W0039466

O.W. BARTH ✹

BERNHARD MOESTL

DER DRACHEN TEMPEL

EIN SHAOLIN-ROMAN

O.W. BARTH ✲

Besuchen Sie uns im Internet:
www.ow-barth.de

© 2019 O. W. Barth Verlag
Ein Imprint der Verlagsgruppe
Droemer Knaur GmbH & Co. KG, München
Alle Rechte vorbehalten. Das Werk darf – auch teilweise – nur mit
Genehmigung des Verlags wiedergegeben werden.
Redaktion: Dr. Caroline Draeger
Covergestaltung: Alexandra Dohse, www.grafikkiosk.de
Coverabbildung: Arcangel Images, David Ridley,
Shutterstock.com, Lucy Baldwin
Abbildung im Innenteil: Komissar007 / Shutterstock.com
Satz: Adobe InDesign im Verlag
Druck und Bindung: GGP Media GmbH, Pößneck
ISBN 978-3-426-29298-3

2   4   5   3   1

Für Caroline

Niemand rettet uns, außer wir selbst.
Niemand kann das und niemand darf das.
Wir müssen selbst unseren Weg gehen.

Buddha

Inhalt

Kapitel eins

Verlorensein

Denkt man an die großen Ereignisse des Lebens zurück, dann sind es oft scheinbare Kleinigkeiten, die einem als Erstes ins Gedächtnis kommen. Es kann ein Geruch sein, ein Gespräch oder ein Geschmack, der spontan die Vergangenheit lebendig werden lässt. Für mich ist es ein Geräusch, das mich zurückbringt in die Welt von Meister Shi Yang He und zu den Mönchen von Shaolin. Ein leises, sattes Klatschen, wie es entsteht, wenn jemand mit der flachen Hand auf seinen ausgestreckten Fußrücken schlägt. Wann immer ich etwas Ähnliches höre, habe ich umgehend den Klosterhof vor Augen, und ich sehe mich selbst, versteckt hinter einer dünnen Säule, wie ich auf eine kleine Gruppe Menschen in orangefarbenen Mönchsgewändern starre.

Zwar war die rote Stütze, hinter der ich mich notdürftig verbarg, viel zu schmal, um meinen ganzen Körper zu verdecken. Doch sie gab mir ein Gefühl der Sicherheit, während ich die jungen Männer beobachtete, die sich wenige Meter von mir zu einer beängstigenden Choreografie bewegten. Die Reihenfolge ihrer Bewegungen schien einem klar definierten Muster zu folgen. Zuerst stießen sie mit einem kurzen Schrei die rechte Faust nach vorne, ließen dann die linke folgen und zogen schließlich beide Fäuste blitzartig zurück an die Hüfte. Ein kurzes Verharren, wieder ein Schrei. Dann ein hoher Sprung, und die Männer ließen sich rücklings auf den Steinboden fallen. Reflexartig schloss ich die Augen. Doch kaum hatte ich sie wieder geöffnet, da war auch die Truppe schon auf den Beinen, und der Ablauf begann von vorne.

Ich beobachtete die Männer mit einer Mischung aus Angst und Faszination. Mir fiel auf, dass die Mitglieder nicht nur in ihren Bewegungen eine perfekte Einheit bildeten. Auch sonst waren sie kaum zu unterscheiden. Alle hatten das schwarze Haar gleich kurz geschoren. Am Körper trugen sie ein orangefarbenes Oberteil und dazu eine weit geschnittene Hose in derselben Farbe. Die Beine waren unten von weißen Strümpfen bedeckt, die ein schwarzes, im Zickzack gebundenes Band eng an den Unterschenkeln hielt, und die Füße steckten in weißen, flachen Turnschuhen einer mir unbekannten Marke. Einzig derjenige, der die Gruppe zu befehligen schien, wich etwas von dieser Norm ab. Zwar war auch er mit der orangefarbenen Hose, weißen Stutzen und den gleichen Schuhen bekleidet, doch trug er trotz der empfindlichen Kälte obenherum nur eine weiße, ärmellose Weste, von der grimmig die gestickten Embleme eines Tigers und eines Drachen herabblickten.

Nachdem der Trainer eine Zeit lang schweigend seine Schützlinge beobachtet hatte, gab er ein kurzes Kommando. Augenblicklich unterbrachen die Männer die Übung und stellten sich in Viererreihen vor ihm auf. Sichtlich zufrieden ließ der Meister den Blick über die Gruppe schweifen. Dann setzte ein weiteres Kommando die Mönche erneut in Bewegung. In exaktem Gleichschritt hoben die Männer nun das rechte Bein so weit in die Höhe, dass die Zehenspitzen über den Kopf ragten, und schlugen sich dabei mit der Handfläche auf den Fußrücken. Dann stellten sie den Fuß zurück und wiederholten die Übung mit dem zweiten Bein. Rechts. Klatsch. Links. Klatsch. Rechts. Klatsch. Klatsch. Klatsch.

Während ich das Geschehen beobachtete, begannen meine Gedanken abzuschweifen. Ich dachte an zu Hause. Wie es wohl meinen Kollegen ging, von denen keiner geglaubt hatte, dass ich jemals diesen Ort erreichen würde? Bald zwei Monate war ich jetzt unterwegs und hatte mich kein einziges Mal daheim gemeldet. Kurz verspürte ich ein schlechtes Gewissen und nahm mir vor, bei nächster Gelegenheit zumindest eine Postkarte zu schreiben. Die Mönche marschierten weiter mit diesem Klatschen im Hof herum, und ich dachte lächelnd daran, dass sich in diesem Moment ein Traum erfüllt hatte.

Begonnen hatte alles an einem dieser dunklen, trüben Herbstabende, an denen ich nichts anderes tun konnte, als mir die Zeit bis zum nächsten Arbeitstag mit Lesen zu vertreiben. Gelangweilt nahm ich eine der Zeitschriften in die Hand, die mir jeden Monat geliefert wurden, weil ich zu bequem war, das Abonnement zu kündigen. Ich blätterte lustlos durch die Seiten und wollte sie gerade wieder zurück auf den Stapel legen, als mein Blick an einem leicht unscharfen Porträt hängen blieb. Das Bild nahm die ganze Seite ein und zeigte einen Mann, der offensichtlich aus Asien stammte. Gebannt starrte ich auf das Foto. Etwas faszinierte mich an dem Mann. Angestrengt versuchte ich, dahinterzukommen, was es war. Der Bildunterschrift konnte ich entnehmen, dass es sich um einen chinesischen Mönch handelte. Doch allein die Tatsache, dass der Fotografierte Asiate war, reichte nicht, um mich derart anzusprechen. Es musste noch etwas anderes sein. Ich legte mir die Zeitschrift auf die Knie und ließ das Foto auf mich wirken. Langsam wurde mir klar, wo die Faszination herrührte. Der Abgebildete strahlte eine Ruhe und Überlegenheit aus, die sich selbst über das Foto auf mich übertrug. Obwohl ich müde war, beschloss ich, die zu dem Bild gehörende Geschichte zu lesen.

Nach den ersten Zeilen war meine Müdigkeit wie weggeblasen. Der Artikel handelte von einem Reisenden, der in den heiligen Bergen Chinas ein im Westen bis dahin unbekanntes Kloster entdeckt haben wollte. Angeblich verfügten dessen Mönche über ein geheimnisvolles Wissen, das sie seit Jahrhunderten von Generation zu Generation weitergaben. War das der Grund für die Ruhe, die dieser Mann ausstrahlte? Ungeduldig überflog ich die Beschreibung der abenteuerlichen Anreise, bis ich zu der Stelle kam, an der es um die Bewohner des Tempels ging. Aufgeregt richtete ich mich auf. Die Mönche, so schrieb der Verfasser, verfügten über Fähigkeiten, mit denen sie ihren Tempel seit mehr als eineinhalb Jahrtausenden gegen alle Angreifer verteidigt hatten. Unsicher, ob ich die Geschichte glauben sollte, unterbrach ich die Lektüre. Konnte so etwas ernsthaft existieren? Oder versuchte hier jemand, mit einer gut erfundenen Story Geld zu verdienen? Andererseits, wie sonst hätte mich der Mönch auf dem Foto derart berühren können?

Es folgten einige Zeilen über die Geschichte des Tempels, welche der Legende nach auf einen indischen Mönch zurückging. Dann blieb mein Blick an einer fett gesetzten Zwischenüberschrift hängen. »Seit der Gründung des Klosters galten die Mönche von Shaolin als unbesiegbare Meister des waffenlosen Nahkampfes.« Die Worte brummten in meinem Kopf. Unbesiegbare Meister. Ich blätterte zurück zu dem Porträt. War der Mann auf dem Foto tatsächlich unbesiegbar? Wirkte er vielleicht deshalb so glücklich? Ich zwang mich, den Blick von dem Mönch zu nehmen und weiterzulesen. »Seit der Gründung des Tempels im fünften Jahrhundert arbeiteten die Mönche unablässig an der Entwicklung und Vervollkommnung von Techniken, mit denen sie ihre Körper in tödliche Waffen verwandeln konnten.« Erneut legte ich die Zeitschrift zur Seite und schloss verwirrt die Augen. Seit wann gab es kämpfende Mönche? Hatte der Verfasser des Artikels zu viel mit den falschen Drogen experimentiert? Oder hielt er seine Leser einfach zum Narren? Doch sofort kam mir wieder das Foto in den Sinn.

»Die Mönche feilten auch an Methoden, die es ihnen erlaubten, ihren Geist zu stählen. Schließlich schien dieser ihnen die einzige wirklich bedeutende Kraft. Schnell hatten die fernöstlichen Meister nämlich erkannt, dass selbst die größte körperliche Stärke nutzlos ist, sobald der Kämpfer auch nur für einen Augenblick die Kontrolle über seinen Geist verliert. Dann richtet sich nämlich seine eigene Kraft gegen ihn selbst.« Gierig las ich weiter. Nur wer imstande sei, sein Denken und seine Gefühle in jedem Augenblick zu kontrollieren, könne nach Ansicht der Mönche einen Kampf bereits beenden, bevor dieser begonnen hatte.

Wieder ließ ich das Heft sinken. Der Satz, der langsam in mein

Bewusstsein sickerte, machte mich schwindlig. Ein Meister konnte einen Kampf beenden, bevor er begonnen hatte. Wenn das stimmte, dann musste ein Mensch, der einmal das Bewusstsein eines solchen Meisters erreicht hatte, nie wieder kämpfen.

Automatisch stellte ich mir meinen Alltag vor, in dem ich mich weder mit den Kollegen auseinandersetzen musste noch mich mit ihnen messen. Ich sah mich diesen ständigen Vergleichen aus dem Weg gehen, bei denen ich ohnehin jedes Mal den Kürzeren zog.

Doch so beeindruckend mir diese Überlegungen auch erschienen, so groß waren meine Zweifel.

Wer hatte denn schon sein Lebensglück wirklich selbst in der Hand? Sogar wenn ich mir mein Bankkonto ansah, war es damit trotz der vielen Arbeit nicht weit her. Bisher war noch nie so viel Geld darauf gewesen, dass es mich richtig glücklich gemacht hätte. Worauf aber waren die Mönche dann aus?

Gedankenverloren klappte ich die Zeitschrift zu und legte sie zu den anderen auf den Stapel. Einerseits schien mir klar, dass die beschriebenen Methoden nicht funktionieren konnten, jedenfalls nicht für mich. Das Leben war nun einmal ein ewiger Kampf – gegen einen selbst und gegen jene, die es nicht gut mit einem meinten. Bereits als Kind hatte ich gelernt, dass jeder Versuch, etwas daran ändern zu wollen, vergeudete Zeit war, in der man besser seinen Pflichten nachging. Dagegen konnten weder heilige Berge noch chinesische Mönche etwas ausrichten. Ich musste eben wie jeder andere mein Geld verdienen, wenn ich meine Kosten begleichen und nicht eines Tages auf der Straße landen wollte. Andererseits ging mir die Frage nicht mehr aus dem Kopf, woher der Mönch auf dem Foto diese beeindruckende Ruhe hatte.

In diesem Moment beschloss ich, mich auf die Suche zu machen. Zumindest herauszufinden, ob es nicht vielleicht doch möglich war, dem ewigen Kampf ein Ende zu bereiten. Was hatte ich denn schon groß zu verlieren? Hatte ich nicht ohnehin schon viel zu viel Zeit mit einem Leben verschwendet, das nie meines gewesen war und immer nur daraus bestanden hatte, es möglichst allen anderen recht zu machen?

Aus der Entfernung mischte sich in das rhythmische Klatschen und meine Erinnerungen ein ruhiger, tiefer Gesang. Gebannt lauschte ich dem Chor der Männerstimmen, der einstimmig und durchdringend bis in den Bauch, von rhythmischen Schlägen auf ein hölzern klingendes Instrument begleitet wurde. Der Text des Gesanges schien zwar nur aus zwei Worten zu bestehen, die sich ständig wiederholten, aber meine Sprachkenntnisse reichten nicht aus, um zu verstehen, was sie bedeuteten.

Ich schloss die Augen und ließ den wohltuenden Klangteppich auf mich wirken. Bereits nach kurzer Zeit spürte ich, dass meine Atmung, mein Puls und schließlich meine Gedanken ruhiger wurden. Vielleicht war ja ohnehin alles gar nicht so schlimm.

Ein scharfes Kommando ließ mich unwillkürlich zusammenzucken. Jemand musste mein Eindringen entdeckt haben! Panisch öffnete ich die Augen und starrte hellwach auf den Mann, der die Kampftruppe kommandierte. Was, wenn er die Männer gegen mich schickte? Erleichtert stellte ich fest, dass meine Furcht unbegründet war. Weder der Trainer noch sonst jemand machte den Eindruck, als würde er sich für mich interessieren. Er deutete nur mit dem Zeigefinger auf seine geschlossene Faust und schien der Gruppe etwas zu erklären.

Dann zeigte er wortlos auf einen Schüler. Dieser trat vor, ohne eine Miene zu verziehen. Er nahm vor dem Meister Aufstellung, hob die rechte Faust auf Höhe des Kinns und umschloss sie mit den Fingern der linken Hand. Zu meinem Erstaunen erwiderte der Meister die Geste, die ich eigentlich als Reverenz wahrgenommen hatte. Auf meiner Reise durch China hatte ich diese Form der Ehrerbietung zwar bereits oft gesehen, wobei ich immer ein klares hierarchisches Gefälle wahrgenommen hatte. Warum aber zollte hier der Ältere dem Jüngeren die gleiche Achtung, als begegnete er ihm auf Augenhöhe?

Nun trat der ältere Mönch wortlos zur Seite. Der junge Mann, der alleine vor der Gruppe stand, verharrte kurz, als wolle er

Energie sammeln. Auf einmal stieß er ohne Vorwarnung einen Schrei aus und machte einen gestreckten Salto seitwärts. Kaum auf den Füßen, sprang er wieder in die Höhe und riss im Sprung den rechten Arm hoch. In diesem Moment sah ich, dass eine dünne, mehrgliedrige Kette in meine Richtung schwang, die der Kämpfer zuvor in seiner Faust verborgen gehabt haben musste. Nun verstand ich die Geste, die der Meister zuvor erklärt hatte, als er auf seine geschlossene Faust gedeutet hatte. Ein aggressives Surren überlagerte den beruhigenden Gesang der Mönche, als die Waffe durch die Luft und direkt auf mich zuschnellte. Instinktiv duckte ich mich hinter die Säule, wagte es aber dabei nicht, die Mönche aus den Augen zu lassen. Doch stellte ich fest, dass der Angriff gar nicht mir gegolten hatte, denn bis jetzt schien mich noch niemand bemerkt zu haben. Eigentlich wollte ich nur noch weg, doch die Faszination für das, was dann geschah, war stärker als jede Furcht.

Der Schüler war inzwischen wieder in die Höhe gesprungen und hatte sich noch in der Luft die Kette um Brustkorb und Bauch gewickelt. Zurück auf dem Boden verharrte er einen kurzen Augenblick in vorgebeugter Haltung, um dann mit einem einzigen, unerwarteten Ruck die ganze Kraft der eisernen Kette zu entfesseln. Noch nie hatte ich eine so schnelle Bewegung gesehen. Das anfänglich leise Surren der Waffe schwoll nun zu einem bedrohlichen Dröhnen an, das mir Angst einflößte. Niemand, so schoss es mir durch den Kopf, war jemals als Sieger aus einem Kampf gegen die Bewohner dieses Klosters hervorgegangen. Ich schloss erneut die Augen und versuchte, meine Aufmerksamkeit auf den beruhigenden Gesang zu richten. Mehr konnte ich im Moment ohnehin nicht tun. Wäre ich weggelaufen, hätte man mich erst recht bemerkt.

Ein süßlicher Geruch biss mir in die Nase, den ich sofort erkannte. Jemand hatte ein Räucherstäbchen entzündet. Aber wo? Vorsichtig drehte ich mich um. Nur nicht auffallen. Auf der rückwärtig gelegenen Seite des Hofes sah ich einen älteren Mann, der dem Haarschnitt nach auch ein Mönch sein musste. Er ähnelte den Mönchen auf dem Foto. War er der Mann, der mich zu dieser Reise veranlasst hatte? Anders als die Mitglieder der Kampfgruppe und die Mönche in der Zeitschrift war er jedoch mit einem grauen, weit fallenden Gewand bekleidet, das mich entfernt an einen Schlafanzug erinnerte. In tiefster Konzentration bewegte er ein rauchendes Bündel auf und ab, das er zwischen seinen gefalteten Händen hielt. Dabei verneigte er sich im Rhythmus des Gesanges vor einer riesigen, furchterregenden Statue, die streng auf ihn herabblickte.

Mein leises Husten brachte umgehend Leben in den Mann. Ich hielt mir sofort den Mund zu, aber der Mönch unterbrach die Anbetung und wandte mir langsam den Kopf zu. Mir lief es kalt den Rücken herunter. Der Alte sah mich kopfschüttelnd an, als wolle er mich fragen, was ich dort zu suchen hatte. Ich fühlte mich so verloren, als stünde ich im Wohnzimmer eines wildfremden Menschen, in das ich ohne Erlaubnis eingedrungen war. Meine Hände zitterten. Welcher Teufel hatte mich geritten, als ich einfach durch das offen stehende Tempeltor gegangen war?

Der Mönch wandte den Blick wieder von mir ab. Dann machte er ein schnalzendes Geräusch mit der Zunge. Augenblicklich erstarb das Surren der Waffe. Ich drehte mich unwillkürlich um und sah, dass sowohl die Blicke der jungen Männer als auch der ihres Trainers auf mich gerichtet waren. Jener Schüler, der gerade noch die Kette durch die Luft hatte schwirren lassen, zeigte auf mich und sagte etwas zu seinem Meister. Plötzlich sah ich, wie dieser gemächlich auf mich zukam. Das Herz schlug mir bis zum Hals. Was, wenn man mich für einen Spion hielt? Wenn ich etwas gesehen hatte, das ich niemals hätte sehen dürfen? Geheimnisvolle, geheime Lehren, es war doch in der Zeitschrift so viel um eine geheime Botschaft gegangen. Ich schluckte. Was, wenn dieser Ort nur als Tempel getarnt war, in Wirklichkeit aber dazu diente, eine verbotene Kampfkunst zu lehren? Nicht einmal der Mönchschor konnte mich mehr beruhigen. Verzweifelt versuchte ich, mein Zittern unter Kontrolle zu bekommen. Mein hastiges Keuchen hallte mir in den Ohren.

Kaum einen Meter von mir entfernt, blieb der Trainer stehen. Dann faltete er ruhig die Hände vor der Brust und verbeugte sich, wobei er etwas murmelte, das wie ein Gruß klang. Ich versuchte, es ihm gleichzutun, so gut ich konnte. Doch meinen ungeschickten Versuch, seine Geste und den Klang seiner Worte zu imitieren, quittierten die Schüler mit schallendem Gelächter. Tief in meinem Inneren war ich erleichtert. Zumindest wurde hier gelacht.

Mein Gegenüber betrachtete mich mit einem Blick, der eine Mischung aus Skepsis und unfreiwilliger Bewunderung verriet. Offensichtlich hatten noch nicht viele Ausländer die Frechheit besessen, ungefragt in das Innere dieses Tempels vorzudringen. Ich fragte mich, was in seinem Kopf vorging. Auch wenn er einen freundlichen Eindruck machte, hatte ich gerade erst gesehen, wie rasch so etwas umschlagen konnte. Ich stellte mich darauf ein, so schnell wie möglich das Weite zu suchen.

Einige Sekunden lang musterte mich der Mönch schweigend. Dann lächelte er plötzlich, und ich vernahm etwas, das nach einer Frage klang. Auch das noch. Wie sollte ich ihm nur klarmachen, dass ich kein Wort verstand? Doch mein Gegenüber hatte die Frage bereits wiederholt und sah mich nun erwartungsvoll an. Ich durfte jetzt nur nicht die gute Stimmung zerstören und beschloss, es einfach mit Kopfschütteln zu versuchen. Das hatte bis jetzt noch überall funktioniert. Zu meiner Erleichterung schien mein Gegenüber zu verstehen, was ich ihm sagen wollte. Mit einer knappen Handbewegung bedeutete er mir, zu warten, und ging hinüber zu seinen Schülern.

Kurz darauf kam er mit einem schmutzigen Stück Papier zurück. Dann bedeutete er mir mit einer lebhaften Geste, ihm einen Stift zu geben. Nervös kramte ich in meinem Rucksack und reichte ihm meinen guten Tintenfüller. Der Meister nickte wortlos und kritzelte etwas auf das Blatt. Dabei drückte er so fest auf, dass die Spitze des Füllers das Papier durchstach. Ich konnte mich in letzter Sekunde zurückhalten, ihm das Schreibgerät aus der Hand zu nehmen. Besser ein kaputter Tintenfüller, als aus dieser Situation nicht mehr lebend herauszukommen! Niemand würde mich hier suchen!

Einige Striche später hielt mein Gegenüber mir auffordernd das Papier hin. Angespannt blickte ich auf den Zettel und fühlte, dass mir flau im Magen wurde. Chinesische Zeichen. Offenbar wusste der Mönch nicht, dass man in Europa nicht mit Zeichen schreibt. Wie aber sollte ich ihm zu verstehen geben, dass ich das Geschriebene nicht lesen konnte? Resigniert betrachtete ich die Krakel auf dem Blatt. Auf einmal fiel mein Blick auf etwas, das mir bekannt vorkam. Ein Viereck aus schwarzen Tintenstrichen, darin drei waagerechte, senkrecht verbunden, und ein Klecks. Die eingeschlossene Jade. Das war doch das Schriftzeichen für Königreich! Der eine Teil der Schriftzeichen im Namen von China, dem »Reich« der Mitte. Dazu ein Fragezeichen am Ende. Ich atmete durch. Der Mönche wollte offenbar wissen, woher ich kam! Das konnte ich sogar sagen. Schließlich hatte ich diese Frage in den letzten Wochen auf der Reise bereits unzählige Male beantwortet. Doch auf einmal war mein Mund so trocken, dass ich keinen Laut herausbrachte. Nervös rieb ich meine Handflächen gegeneinander. Was, wenn ich es falsch aussprach und statt des Namens meiner Heimat ein Schimpfwort herauskam?

»De guo«, sagte ich leise und wartete mit gesenktem Blick auf eine Reaktion.

Doch nichts geschah. Der Meister sah mich nur weiterhin mit diesem durchdringenden Blick an.

»De guo«, sagte ich noch einmal, diesmal lauter. Vielleicht hatte er es einfach nicht gehört.

Wieder keine Reaktion, nicht von ihm, auch nicht von den anderen Mönchen. Es war zum Verrücktwerden. Was bitte war an meinem Chinesisch so schwer zu verstehen? Plötzlich kam mir eine Idee. Ich deutete mit der Spitze meines Zeigefingers auf das Zeichen für »Reich« und hielt dem Mönch den Zettel entgegen.

»Guo«, sagte er und nickte.

Jetzt musste ich nur noch die erste Silbe richtig hinbekommen.

»De«, sagte ich mit Nachdruck und deutete danach auf das Zeichen.

Kopfschütteln.

Blieb noch eine Chance. Ich hob die Stimme, als wollte ich eine Frage stellen. »De?«

In diesem Moment kam Leben in die Gruppe. »Ah, ta shi deguo ren!«, rief einer der Schüler hörbar begeistert. Auch der Meister klopfte mir anerkennend auf die Schulter.

Mit einer energischen Geste zeigte mir der Mönch, dass ich warten solle. Dann verließ er den Klosterhof durch ein kleines rotes Tor, das genau meiner Position gegenüberlag. Ich sah ihm nach. Was mochte sich wohl dahinter verbergen? Auf meinem Weg vom Tempeltor hierher war ich an vielen dieser kleinen Türen vorbeigekommen, hatte mich jedoch nicht getraut, sie zu öffnen. Ein leises Kichern ließ mich zu den Schülern schauen. Ihren Blicken nach zu schließen, unterhielten sie sich gerade über mich. Ich sah mich vorsichtig um. Der Hof, in dem wir uns befanden, war von kleineren Tempeln umschlossen, von denen jeder einer anderen Gottheit geweiht zu sein schien. Fasziniert betrachtete ich die Figuren. Manche machten einen durchaus freundlichen Eindruck, während andere aussahen, als wäre mit ihnen eher weniger zu spaßen.

An der Stirnseite des Hofes befand sich eine große Halle. Durch das offen stehende Tor erhaschte ich einen Blick auf drei goldene Statuen, die auf den ersten Blick alle gleich aussahen. Sie hatten die Beine so im Lotossitz verschränkt, dass ihre Fußsohlen nach oben zeigten. Den halb geschlossenen Augen nach zu urteilen, befanden sie sich im Zustand tiefer Versenkung. Die unbeirrbare Ruhe, welche die Statuen ausstrahlten, ließ mich unwillkürlich an den Mönch aus der Zeitschrift denken. Als ich die lang gezogenen Ohren und die an eine Warze gemahnende Haartolle auf der Stirn sah, wusste ich, dass es sich um Darstellungen Buddhas handeln musste, wie ich sie unterwegs schon öfter gesehen hatte. Nur das kurze, knallblaue Haar, das die Köpfe der Standbilder wie ein Helm bedeckte, erinnerte mich daran, dass ich an einem besonderen Ort war. Ich fragte mich, seit wie vielen Hundert Jahren die drei wohl schon so dasaßen.

Ich ließ den Blick weiterschweifen. Der alte Mönch, der mich entdeckt hatte, schien seine Anbetung beendet zu haben. Zumindest war er nirgends mehr zu sehen. Auf der linken Seite führten Treppen, die von einem kunstvoll verzierten Steingeländer gesäumt waren, in einen etwas tiefer gelegenen, nächsten Hof. Ich überlegte, ob ich versuchen sollte, Kontakt zu den fröhlichen jungen Männern aufzunehmen.

Da verstummte das Kichern. Wie auf einen unhörbaren Befehl hin nahm die Gruppe Haltung an. Gebannt blickte ich in Richtung der roten Tür, die der Trainer gerade hinter einem älteren Mann schloss, den ich auf um die siebzig Jahre schätzte. Er musste eine besondere Stellung im Kloster haben, denn anders als jene Mönche, die ich bisher gesehen hatte, war er in einen orange roten Umhang gehüllt. Auch sein aufrechter Gang war beeindruckend, seine Ausstrahlung – ich starrte ihn an. Dies war schon eher ein Mönch wie jener, den ich aus der Zeitschrift kannte. Doch ich versuchte vergeblich, ihn mir beim Zweikampf vorzustellen.

Die beiden kamen zielstrebig auf mich zu. Ich starrte den Älteren an. Sein Kinn zierte ein spitzer, weißer Bart, um den Hals hingen drei Ketten aus riesigen braunen Holzperlen, und auch seine Handgelenke waren derart geschmückt. Eine tiefe Unruhe erfasste mich. Wer war dieser Mann?

Die Männer kamen etwa auf zwei Meter an mich heran und blieben stehen. Der Trainer deutete mit ausgestreckter Handfläche in meine Richtung und sagte etwas zu dem Älteren. Mir rutschte das Herz in die Hose. Wahrscheinlich würde man mich jetzt festnehmen und der Polizei übergeben. Was hatte ich mir aber auch dabei gedacht, hier einfach einzudringen? Warum um alles in der Welt war ich nicht einfach weggelaufen, als der alte Mönch mich entdeckt hatte? Weil ich ohnehin keine Chance gehabt hätte. Nicht gegen diese Kämpfer. Ich versuchte, mich zu beruhigen: Als Mönche waren die Männer hier sicher dem Frieden verpflichtet.

Wie in Trance verfolgte ich, wie der Ältere sich tief verneigte. Es dauerte einen Moment, bis mir aufging, dass die Verbeugung mir galt. Sofort hob ich meine gefalteten Hände so weit vor mein Gesicht, dass meine Zeigefinger die Nase und die Daumen das Kinn berührten, und erwiderte ungelenk die Verbeugung.

Ein Blick auf mein Gegenüber verriet mir, dass die Position meiner Hände viel zu hoch war. Stumm schimpfte ich mit mir. Warum nur war es mir so wichtig, hier alles richtig zu machen? War es die Ausstrahlung dieses Mönches? Es war etwas an ihm, das in mir den Wunsch erweckte, von ihm gemocht zu werden. Dabei war ich nicht einmal in der Lage, mich richtig zu verbeugen. Hatte ich das jetzt wirklich auch noch falsch machen müssen?

Resigniert richtete ich mich auf und blickte in das freundlichste Gesicht, das ich je gesehen hatte. Eine Mischung aus Erleichterung und tiefem Respekt durchströmte mich. Wieder musste ich an das Foto des Mönchs denken, das mich hierhergeführt hatte. Wie durch einen Nebel beobachtete ich, dass sich die Lippen des Alten bewegten. Offenbar versuchte er, mir etwas zu sagen. Ich wollte ihm gerade freundlich klarmachen, dass ich kein Wort verstehen konnte, als ich zu meiner Überraschung das Gefühl hatte, den Namen meiner Heimat in meiner Muttersprache zu hören. Träumte ich, oder sprach der Mönch tatsächlich Deutsch? Warum aber sollte ausgerechnet hier jemand meine Sprache verstehen?

Ich rang mir ein verblüfftes Lächeln ab und sagte: »Entschuldigung, ich habe das jetzt nicht verstanden.«

»Sprichst du denn nicht Deutsch?«

Die Belustigung im Gesicht meines Gegenübers war unübersehbar.

»Ich … äh … Natürlich, ich bin ja Deutscher!«

Der Mönch sah mich an. »Ich spreche auch ein bisschen Deutsch. Aber lange nicht gesprochen haben.«

Ich traute meinen Ohren nicht. Auch wenn er etwas schwierig zu verstehen war, das war eindeutig Deutsch! Wo nur hatte er denn diese Sprachkenntnisse aufgeschnappt? Jetzt konnte ich die

Begeisterung der Schüler und des jungen Meisters nachvollziehen und verstand, dass er sofort den alten Mönch geholt hatte. Die Jungen standen im Kreis um mich herum und starrten mich an. Der Spitzbart musterte mich mit einem freundlichem Blick. Ich atmete auf. Vielleicht würde ja doch noch alles gut.

Ich fasste meinen ganzen Mut zusammen und sagte verwundert:

»Wie kommt es, dass Ihr meine Sprache sprecht?«

Der alte Meister zog die Augenbrauen zusammen. »Langsam, bitte langsam sprechen!«

Ich bemerkte, dass ich mich reflexartig verbeugte. »Natürlich.« So deutlich als möglich sagte ich: »Wieso könnt Ihr Deutsch?«

»Mein Vater hat gearbeitet für die Besatzer. Ich habe durch Kontakt mit den Kindern die Sprache gelernt.«

Besatzer. Das hatte gerade noch gefehlt. Dunkel erinnerte ich mich daran, dass neben den Engländern auch die Deutschen einmal Teile Chinas besetzt hatten. Meine Erleichterung wich einer erneut aufkeimenden Unsicherheit. Was hatte man wohl mit mir vor? Bestimmt freuten sie sich, dass sie endlich ein lebendes Exemplar dieser verhassten Spezies gefangen hatten und an diesem nun ein Exempel statuieren konnten! Wenn ich mich recht erinnerte, waren die Deutschen in Tsingtao nicht zimperlich gewesen.

Der alte Mönch schien meine Gedanken zu erraten. »Besatzer sind lange her. Heute es gibt keine mehr. Heute bin ich der Abt des Klosters. Ich möchte glauben, du kommst als Freund.« Sein Blick schien mich zu durchdringen.

Er machte eine Pause, als suche er nach den passenden Worten. »Du musst entschuldigen. Ich habe lange nicht mehr in der deutschen Sprache gesprochen.« Noch eine Pause. »Was möchtest du hier?«

Nervös senkte ich den Blick. Der Abt von Shaolin. Nun verstand ich die Reaktion der Gruppe auf sein Erscheinen tatsächlich. Verlegen betrachtete ich den unregelmäßigen Steinboden rund um meine staubigen Schuhe. Was sollte ich ihm denn sagen? Sollte ich ihm von dem Artikel erzählen, der mich hatte aufbrechen lassen? Von meiner Suche nach einem Sinn in meinem Leben? Davon, dass ich endlich unbesiegbar sein wollte? Wie ich mich darauf freute, dass mir meine Gegner bald voller Angst aus dem Weg gingen? So würde es jedenfalls sein, wenn es so kam, wie ich es mir erträumt hatte, und man mich hier als Schüler akzeptierte. Doch mit einem Mal kam ich mir dumm und einfältig vor. In meinen Tagträumen hatte ich mich beim Gespräch mit den Mönchen nie so unsicher gefühlt. Ich stammelte: »Ich möchte ... Ich möchte von Euch lernen.« So, jetzt war es heraus. Ich hob den Kopf und stellte fest, dass mein Gegenüber mich die ganze Zeit über beobachtet hatte.

»Was möchtest du von uns lernen?«

»Man sagt, dass Ihr ein Geheimnis kennt.«, sagte ich flüsternd. »Das Geheimnis des glücklichen Lebens.«

Der Abt antwortete nicht. Hatte er mich nicht verstanden? Ich versuchte es noch einmal. »Ich möchte lernen, zufrieden zu sein. Zufrieden zu sein mit dem, was ich habe. Endlich einen Sinn finden in dem, was ich tue.« Ich senkte den Kopf wieder. »Es heißt, Ihr kennt den Weg dorthin.« Als ich meine stotternd vorgebrachten Worte gehört hatte, wäre ich am liebsten im Boden versunken. Warum blieb mein Gegenüber so ruhig, während ich so nervös war? Ich fühlte den Blick des Abtes auf mir ruhen. Natürlich war er hier zu Hause, und ich war ein Fremder. Aber das allein war es nicht. Der Mönch hatte etwas an sich, das mich beruhigte, während es mir gleichzeitig einen ungeheuren Respekt abnötigte. Wahrscheinlich war er tatsächlich unbesiegbar und wusste das auch. Ich verbeugte mich noch einmal linkisch. »Ich möchte so werden, wie Ihr es seid.«

Der Abt nickte bedächtig und sah mir direkt in die Augen. »Das ist ein langer Weg, mein Freund. Und er ist so verborgen, dass er für viele schwierig zu finden ...«

»Dann zeigt ihn mir doch einfach. «

Erschrocken schlug ich mir mit der Hand auf den Mund. Wie hatte ich es wagen können, den Abt einfach zu unterbrechen! »Entschuldigt bitte«, sagte ich. »Ich wollte nicht unhöflich sein.«

»Es ist ein langer Weg«. Der Abt klang ungerührt.

»Ich weiß es. Aber wenn Ihr ihn mir zeigen wollt, dann werde ich ihn bis zum Ende gehen.«

»Du hast es zu eilig. So schnell geht das nicht.«

Ich antwortete nicht. Wie oft hatte ich diese Worte schon gehört? Waren sich denn darin alle einig? Der Mönch hier genauso wie meine Freunde in Deutschland? Mein ehemaliger Chef? »Warte einfach ab. Kommt Zeit, kommt Rat.« Wie oft hatte ich diesen Spruch schon gehört! Jedem Versuch, etwas an meinem ewig gleichen Leben zu verändern, war gebetsmühlenartig mit diesen Worten die Kraft entzogen worden. In meinem Kopf drehte es sich. Waren diese unnützen Sprüche jetzt schon bis hierher vorgedrungen?

Dem Abt schien meine Enttäuschung nicht entgangen zu sein. »Nehmen wir einmal an, ich könnte dir zeigen, wie du deinen Weg findest. Was könntest du uns als Gegenleistung bieten?«

In meinem Kopf ratterte es, als ich meinen Lebenslauf durchging. Zwei staatlich anerkannte Berufsausbildungen, eine davon mit Auszeichnung abgeschlossen. Acht Zusatzausbildungen in den verschiedensten Bereichen. Ich hatte in drei namhaften Unternehmen bis zu achtzig Wochenstunden gearbeitet, und auch wenn ich nicht wirklich reich geworden war, hatten mich viele meiner Bekannten um den Lebensstil beneidet, den ich mir leisten konnte. Doch am Ende war ich nichts als ein fleißiger Untertan gewesen, der alles dafür gegeben hätte, genau das System, das ihn langsam zugrunde richtete, am Leben zu erhalten. Unwillkürlich zitterte ich, denn ich musste daran denken, dass selbst meine langjährige Beziehung zerbrochen war, als meine Partnerin einen Mann gefunden hatte, der ihr mehr Geld, Komfort und Luxus versprochen hatte.

»Nichts«, hörte ich mich selbst wie durch einen Schleier sagen. »Ich habe Euch nichts zu bieten. Rein gar nichts. Nichts von dem, das ich in meinem bisherigen Leben geleistet habe, hatte einen bleibenden Wert.« Ich beschrieb mit den Schuhspitzen Kreise auf dem Boden.

»Ich würde Euch aber selbstverständlich für Eure Dienste bezahlen!«

Die Augen des Abtes funkelten belustigt. »Du willst uns bezahlen?«

Ich sah ihn erstaunt an. »Ja! Warum nicht?«

»Weil wir dein Geld nicht brauchen können.« Er drehte sich um und machte ein paar Schritte in Richtung der roten Tür. Dann blieb er stehen und drehte sich noch einmal zu mir um. »Ist materieller Besitz denn wirklich das Einzige, was ihr habt? Was sollen wir uns denn von deinem Geld kaufen?« Er machte eine kurze Pause. »Habt ihr denn noch immer nicht begriffen, dass der Tausch von Lebenszeit gegen Geld ein sehr einseitiger ist und euch immer weiter von dem Weg wegführt, den ihr alle so verzweifelt sucht?«

Ich starrte ihn irritiert an.

»Du kannst dein ganzes Leben gegen Geld tauschen. Immer wirst du jemanden finden, der die Tage, Wochen und Jahre deines Lebens nimmt und dir dafür Geld gibt. Zuerst viel, dann immer weniger. Weil du irgendwann so süchtig bist, dass du Geld mit Glück verwechselst. Und am Ende trägst du alles auf die Bank – und hast doch nichts.«

Mir lief es kalt über den Rücken. Wie konnte dieser Mönch wissen, dass ich gearbeitet hatte, bis ich fast umgefallen war, nur um die von der Geschäftsführung vorgegebenen Ziele zu erreichen und bei der nächsten Gehaltserhöhung sicher dabei zu sein?

»Aber wehe«, hörte ich den Abt wie aus der Ferne weitersprechen, »aber wehe du kommst eines Tages darauf, was für ein schlechter Handel dieses Geschäft ist, und möchtest dir Zeit zurückkaufen, weil du doch noch etwas leben möchtest. Dann ist die Wechselstube, in die du alle dir zur Verfügung stehende Zeit getragen hast, um sie gegen noch mehr Geld zu tauschen, plötzlich geschlossen, und der immer lächelnde Berater ist längst dabei, dem Nächsten die Zeit aus der Tasche zu ziehen.«

Obwohl der Mönch nicht lauter geworden war, spürte ich, dass seine Worte eine entsetzliche Unruhe in mir auslösten. Noch niemand hatte mein Leben so präzise beschrieben wie dieser Mann.

»Genau deshalb möchte ich ja …«

Der Blick des Abtes ließ mich verstummen. »Geh nach Hause. Bleib bei deinem Geld, mein Freund.«

Die Worte des Mönches trafen mich mit einer Wucht, die mich fast umwarf. Ich drehte mich weg, damit niemand die Tränen in meinen Augen sehen konnte. Geh nach Hause, hämmerte es in meinem Kopf. Aber wohin sollte ich denn gehen? Dorthin, von wo ich geflüchtet war? Dort galt ich doch genauso nur als Spinner. Als einer, der nicht verstehen wollte, dass das Leben hart war. Dass man Geld ansparen musste, damit man einmal etwas gemacht hatte aus seinem Leben. Ich dachte an das Gelächter, als ich von meiner Idee erzählt hatte, nach Asien zu reisen. Mit welcher Ironie hatten sie mich angeschaut und belächelt! Ganz sicher, gerade dort werde das Leben besser sein. Weil man dort ja mit Sicherheit auf jemanden wie mich warte! Was, wenn meine Freunde nun tatsächlich recht hatten? Wenn wirklich keiner von uns die Möglichkeit hatte, aus diesem Leben auszubrechen? Wenn wir dazu verdammt waren, es bis zum bitteren Ende so weiterzuführen, wie wir es begonnen hatten? Wie oft hatte ich die Frage diskutiert, ob jemand, der in einem Slum aufwuchs, einmal ein erfolgreicher Erwachsener werden könnte. Jedes Mal war ich mit meiner Ansicht alleine geblieben, dass jeder selbst für sein Leben verantwortlich sei. Wenn aber kein Mensch über sein Schicksal bestimmen konnte, warum sollte ausgerechnet ich es können? Gelang es mir nicht, den Abt davon zu überzeugen, mich hier aufzunehmen, konnte ich nur tun, was er mir geraten hatte. Geläutert zurückkehren. Am besten öffentlich meinen Irrtum eingestehen und ein noch braverer, noch unauffälligerer Sklave werden als bisher. War denn meine Idee von einem anderen Leben nichts als ein schöner Traum?

Fast neidisch sah ich die jungen Mönche an. Auch wenn sie wahrscheinlich nur wenig materiellen Besitz hatten, wirkten sie glücklicher, als ich es je gewesen war. Und nun sollte ich ihr Geheimnis nie erfahren?

Zögernd bemühte ich mich, die richtigen Worte zu finden: »Ich verstehe, dass Ihr mich wegschickt. Ich würde es nicht anders tun. Dennoch bitte ich Euch, mich als Euren Schüler anzunehmen. Es ist mein größter Wunsch.«

Der Abt sah mich an, und mir war, als könnte er bis auf den Grund meiner Seele blicken. Und doch fragte ich mich, ob meine Worte überhaupt bei ihm angekommen waren. Als ich mich abwandte, um seinem Blick zu entgehen, bemerkte ich, dass alle Augen auf mich gerichtet waren. Wie viel verstanden die Mönche von dem, was hier gesagt wurde?

Der Abt nickte bedächtig. Dann drehte er sich wortlos in Richtung der Gruppe und sagte etwas auf Chinesisch, das ich nicht verstand. Wahrscheinlich übersetzte er ihnen gerade unsere Konversation und fragte seine Mitbrüder, was mit mir geschehen solle. Noch selten hatte ich mich so einsam und verloren gefühlt wie in diesem Moment. Während die jungen Mönche den Worten des Abtes lauschten, versuchte ich, in ihren Gesichtern zu lesen. Doch ihre Mienen waren unbeweglich wie Stein. Unwillkürlich sah ich die Härte ihrer geballten Fäusten vor mir. Die Vehemenz, mit der sie geübt hatten. Nachdem der Abt geendet hatte, blickten ihn alle schweigend an. Für einen Moment schien die Zeit stillzustehen. Was ging hier vor? Ich fühlte, dass die Angst zurückkehrte. Wollte man mich hier aufhalten, bis endlich die Polizei eintraf, um mich festzunehmen?

Auf einmal löste sich ein junger Mönch aus der Gruppe und trat vor den Abt. Ich betrachtete ihn aufmerksam. Er war etwa einen Kopf kleiner als ich und hatte einen muskulösen, durchtrainierten Körper. Ob ich gegen ihn kämpfen sollte? Sozusagen als Aufnahmeritual? Resigniert dachte ich an das, was ich vorher gesehen hatte. Selbst wenn ich die letzten Jahre statt im Büro in einem Fitnesscenter verbracht hätte, wären meine Chancen, aus einem Kampf mit ihm als Sieger hervorzugehen, gleich null.

Der Mönch verbeugte sich vor dem Abt, der wie zuvor der Meister die Verbeugung mit selbstverständlicher Eleganz erwiderte.

»Ich will deinen Charakter prüfen.« Der Abt hatte sich wieder mir zugewendet. »Bist du bereit, den Weg auch dort zu gehen, wo er schwierig wird?«

Ich spürte, dass meine Handflächen vor Nervosität feucht wurden. Der Klostervorsteher wollte meinen Charakter prüfen. Das konnte nur bedeuten, dass er sehen wollte, ob ich in diesem ungleichen Kampf meinen Mann stehen oder wie ein Feigling davonlaufen würde. Ich blickte zu der Treppe, die in den unteren Hof führte. Ich musste fortlaufen. Rennen, so schnell es ging, die Höfe durchqueren, durch die ich gekommen war, vorbei an den Steinstelen, hinaus durch das Klostertor, aber ich würde im Leben keinen Ort mehr finden, an dem ich mich verstecken konnte. Der Männerchor, dessen Stimmen aus einem der tiefer gelegenen Höfe an meine Ohren und in meinen Bauch drangen, erinnerte mich daran, dass ich in der Falle saß.

»Ich habe dich etwas gefragt.« Die Stimme des Abtes holte mich zurück. »Bist du bereit?«

Ich nahm eine möglichst aufrechte Haltung an. Was hatte ich noch zu verlieren? Es klatschte, als die Finger meiner linken Hand meine rechte Faust umschlossen, so wie ich es zuvor bei dem Mönch gesehen hatte. Mit einer tiefen, ungelenken Verbeugung sagte ich: »Ja. Ich bin bereit.«

Mir lief ein Schauer über den Rücken, als ich diese Worte aus meinem Mund hörte. Ich hoffte einfach, dass ich mich richtig entschieden hatte. Vielleicht war dem Abt ja bewusst, dass meine körperliche Betätigung der letzten Jahre vor allem darin bestanden hatte, auf einem Bürostuhl durch ein Zimmer zu rollen oder vom Schreibtisch in die Kaffeeküche zu gehen. Was aber, wenn er bei mir ganz selbstverständlich die gleichen körperlichen Fähigkeiten voraussetzte, die ich vorhin bei den jungen Mönchen gesehen hatte? Der Trainer hatte ja nicht einmal gewusst, dass wir in Europa nicht mit chinesischen Zeichen schrieben. Woher sollte also jemand hier wissen, wie verantwortungslos wir Büromenschen im Westen mit unserem Körper umgingen, zu dem mittlerweile viele von uns jeden Bezug verloren hatten? Der Gedanke, gerade eine Entscheidung getroffen zu haben, die mein Leben für immer verändern würde, machte mich schwindlig.

»Er hat dich gefragt, wie du heißt.« Die Stimme des Abtes riss mich aus meinen Überlegungen. Ich war so in Gedanken versunken gewesen, dass ich überhaupt nicht bemerkt hatte, dass der junge Mönch, der vorher mit dem Klostervorsteher gesprochen hatte, sich mir gegenüber aufgestellt und mich etwas gefragt hatte. Während ich mich innerlich für meine Unaufmerksamkeit schalt, erwartete ich jeden Augenblick einen Schlag. Ohne den Mönch aus den Augen zu lassen, der mich offenbar aufmerksam beobachtete, stotterte ich meinen Namen.

Doch der Abt schien mir gar nicht zuzuhören. Er deutete auf mich und sagte etwas auf Chinesisch zu meinem Gegenüber. Dann wandte er sich wieder zu mir: »Bei uns heißt du jetzt ›An‹, das heißt ›Friede‹.« Er lächelte. »Meister Shi De Xi hat angeboten, sein Zimmer mit dir zu teilen.«

Mir wurde fast übel vor Erleichterung. Also doch kein Kampf! »Heißt das, dass ich hierbleiben darf?«

»Das hängt davon ab, was die Prüfung ergeben wird.« Am liebsten hätte ich den Abt umarmt. Ich durfte im Tempel bleiben! Ich verbeugte mich so tief und so lange ich konnte, und als ich mich wieder aufrichtete, war der Abt verschwunden. Shi De Xi klopfte mir auf die Schulter und bedeutete mir, ihm zu folgen. Wie betrunken ging ich hinter ihm über den Hof. Entweder träumte ich das alles, oder das Leben hatte zum ersten Mal wirklich ein Einsehen mit mir. »An« sollte ich von nun an heißen. Das chinesische Wort für Friede. Ob ich hier wohl endlich meinen inneren Frieden finden würde?

KAPITEL ZWEI

Verwunderung

E s war noch dunkel, als ich spürte, dass jemand mich vorsichtig an der Schulter berührte. Nervös schreckte ich auf. Wo war ich? Ich öffnete die Augen. In der Dunkelheit erkannte ich nur, dass jemand neben meinem Bett stand. Verwirrt starrte ich in die Umrisse eines Gesichtes. In meinem Kopf arbeitete es. Wer war diese Person? Das Gesicht verschwand, und ich hörte, dass ein Streichholz entzündet wurde. Sekunden später war der Raum in das flackernde gelbe Licht einer Kerze getaucht. Ich rieb mir verschlafen die Augen und blickte in ein lächelndes Gesicht. Shi De Xi. Der Mönch, der mir angeboten hatte, sein Zimmer mit mir zu teilen. Ich jubelte innerlich. Hatte ich das alles also doch nicht geträumt, sondern tatsächlich im Shaolin-Tempel übernachtet! Einen Moment lang ging mir die Idee durch den Kopf, eine Postkarte zu schreiben, um die Zweifler daheim über meinen Erfolg zu informieren. Vielleicht würde Xi sie ja sogar mit unterschreiben! Schnell verwarf ich den Gedanken. Noch viel lieber wollte ich mich an den verdutzten Gesichtern meiner Freunde weiden, wenn ich ihnen persönlich nach meiner Rückkehr davon erzählte.

Ich wartete, dass sich meine Augen an die Lichtverhältnisse gewöhnten, und sah mich in dem kleinen Raum um. Außer dem Bett, auf dem ich bis gerade gelegen hatte, sah ich – nichts. Die gesamte Einrichtung schien aus einem Bettgestell mit einer Decke zu bestehen. Wo mochte mein Mitbewohner sein Bett stehen haben? Als ich in seine Richtung blickte, stellte ich fest, dass er mich die ganze Zeit gespannt beobachtete.

»Wo hast denn du geschlafen?« Xi zog nur fragend die spärlichen Augenbrauen hoch.

»Entschuldigung …«, murmelte ich. »Du verstehst ja nichts.« Ich richtete mich auf, legte mir die gefalteten Hände an die Wange und hoffte, dass man die Geste für Schlafen auch hier verstünde. Dabei schaute ich weiter im Raum herum und schüttelte fragend den Kopf.

Xi deutete mit einer kurzen Bewegung auf den Boden neben mir.

»Auf dem Fußboden?«

Er nickte.

Obwohl ich zweifelte, bewies mir ein Blick in den Raum, dass es keinerlei andere Schlafgelegenheit gab. Aber Xi konnte die Nacht doch unmöglich auf dem harten Lehmboden verbracht haben!

Außer dem Gestell mit dem Holzbrett, auf dem ich geschlafen hatte, und meinem viel zu großen Rucksack, der wie ein riesiger Fremdkörper mitten im Raum lag, war das Zimmer aber leer. Verwundert suchte ich zumindest nach einer Ablage, einem Regalbrett. Doch soweit ich es in dem Halbdunkel beurteilen konnte, gab es nicht einmal so etwas. Wo hatte der Mönche denn seine Sachen untergebracht? Fragend zupfte ich an meinem Oberteil und deutete auf Xi. Der sah mich lächelnd an, zeigte auf sein Gewand und hob den Zeigefinger, um mir die Zahl »eins« zu zeigen. Ich nickte. Daraufhin streckte er zusätzlich den Mittelfinger in die Luft. Zwei. Er sah mich an und schüttelte den Kopf.

»Du hast keine Wechselkleidung?«, entfuhr es mir auf Deutsch.

Xi musste meine Frage verstanden haben, denn nun war er es, der nickte, während ein Lachen über sein Gesicht ging.

Ich wusste nicht, was ich davon halten sollte. Mir gegenüber saß jemand, der offenbar nur eine einzige Garnitur Kleidung besaß und darüber auch noch glücklich zu sein schien! Ich blickte in Xis lachende Augen, die mich aufmerksam musterten. Wahrscheinlich überlegte er gerade, wie jemand mehr als ein Kleidungsstück benötigen konnte. Dabei war die Antwort so einfach:

Weil man doch ordentlich aussehen musste! Es mochte ja sein, dass so etwas in einem Kloster kein Problem war, aber der Gedanke, jeden Tag mit derselben Kleidung im Büro zu erscheinen, ließ mich innerlich lächeln. Was sollten denn die Kollegen denken? Ich konnte das Getuschel in der Kaffeeküche förmlich hören. »Ist euch eigentlich schon aufgefallen, dass unser Kollege seit einer Woche dieselben Klamotten trägt? Ob sich der Arme jetzt wohl nicht einmal mehr etwas Neues zum Anziehen leisten kann? Wahrscheinlich verspielt er sein Geld. Weil – so schlecht verdient er ja auch wieder nicht.«

Die Vorstellung, wie mein Gegenüber auf ein solches Gerede reagiert hätte, amüsierte mich. Ich hatte wohl laut gelacht, denn Xi sah mich fragend an. Spontan öffnete ich den Mund, um etwas zu sagen, schloss ihn aber wieder. Wie sollten wir uns denn unterhalten? Ich verfluchte mich kurz dafür, dass ich vor meiner Abreise nicht zumindest ein paar Worte Chinesisch gelernt hatte. Resigniert zeigte ich auf meinen Rucksack und streckte die Hände seitlich vom Körper weg, um anzudeuten, wie groß er war. Bloß nicht, dass der Mönch dachte, ich wolle ihn beleidigen. Doch Xi wiegte nur lachend den Kopf. Wofür, so schoss es mir in diesem Moment durch den Kopf, brauchte ich das ganze Zeug, das ich seit Beginn der Reise mit mir herumschleppte? Um ordentlich auszusehen. Aber für wen? Wen genau wollte ich mit meiner teuren Kleidung beeindrucken? Wenn hier jeder wirklich nur ein einziges Kleidungsstück besaß, schien niemand sonderlich Wert auf Äußerlichkeiten zu legen.

Ich überlegte, nach einer Dusche zu fragen. Doch irgendwie schien es mir unpassend, und ich wollte Xi nicht verärgern. Er würde mir schon zum richtigen Zeitpunkt zeigen, wo das Bad war. Mein Gastgeber machte eine Bewegung mit der Hand, und ich verstand, dass ich mich beeilen sollte. Wahrscheinlich wartete der Abt bereits auf mich.

Besorgt, es nicht zu zerknittern, zog ich ein Oberteil aus meinem Rucksack, auf dem riesig das Logo eines bekannten Designerlabels prangte. Auch das noch. Aber wahrscheinlich würde hier ohnehin keiner die Marke erkennen. Doch kaum hatte ich es auch nur so weit auseinandergefaltet, dass der Schriftzug erkennbar war, lag bereits ein breites Grinsen auf dem Gesicht des Mönches. Anerkennend rieb er Daumen und Zeigefinger aneinander. Sofort hallten mir die Worte des Abtes durch den Kopf. »Wir wollen deinen Charakter prüfen. Geh heim zu deinem Geld!« Ich überlegte, das Logo abzutrennen. Doch dann fiel mir ein, wie teuer das Shirt gewesen war, das ich durch das Herumschnippeln zerstört hätte. In meinem Kopf begann sich alles zu drehen. Ich begriff, dass der junge Mann, der mir gegenübersaß, mit seinem einen schlichten orangefarbenen Gewand glücklicher sein konnte, als ich es mit all meinem Besitz jemals gewesen war. Fragend sah ich Xi an, der den Kampf mitzubekommen schien, der in mir tobte. Fühlte sich denn ein Designerhemd nicht tatsächlich besser auf der Haut an als eines, auf dem das Label fehlte? Oder redete ich mir das alles nur ein, und es war mir von vornherein nur um die bewundernden Blicke der anderen gegangen? Um das Gefühl, jemand Besserer zu sein, weil ich es mir leisten konnte, teuer gekleidet zu sein? »Wir wollen deinen Charakter prüfen, An.« Entschlossen nahm ich das aufgenähte Stoffpferd zwischen Daumen und Zeigefinger und riss es mit einem kräftigen Ruck herunter.

Die Morgendämmerung setzte gerade ein, als wir den Hof erreichten, in dem ich am Vortag das erste Mal den Mönchen begegnet war. So früh war ich hier in China noch nie unterwegs gewesen. Ich hielt nach dem Abt Ausschau, aber außer einer Gruppe junger Mönche war niemand zu sehen. Auch der Trainer vom Vortag war nicht da. Ich spürte, wie Unruhe in mir aufkam. Warum hatte Xi mich hierhergebracht? Und wo war der Klostervorsteher? Wahrscheinlich gehörte es zur Charakterprüfung, dass er mich warten ließ. Xi war vorgegangen, und ich blieb einige Meter von der Gruppe entfernt stehen. Doch mein Zimmergenosse winkte mich heran. Die zwei Mönche, die direkt neben ihm standen, machten lächelnd Platz. Wie geheißen stellte ich mich zu meinem neuen Mentor und starrte nervös auf den Boden. Was wurde hier wohl von mir erwartet? Mein Blick wanderte zu meinen Füßen, und ich erschrak erneut. Im Gegensatz zu den einheitlich orange gekleideten Mönchen mit ihren billigen Schuhen trug ich als Einziger viel zu enge Jeans und Hightech-Sportschuhe. Sofort drängten sich unerfreuliche Bilder aus der Schulzeit in meine Erinnerung. Ich konnte förmlich den ekelhaften Geruch des alten Turnsaals riechen, als ich daran dachte, wie ich einmal meinen Turnbeutel zu Hause vergessen hatte. Unter dem Gelächter meiner Mitschüler musste ich daraufhin den Unterricht in voller Montur und mit Straßenschuhen absolvieren. Würde sich die gleiche Szene nun hier wiederholen? Am liebsten wäre ich vor Scham im Boden versunken. Ich versuchte, mich auf das Singen der Zikaden zu konzentrieren, das von rundherum an meine Ohren drang, und die Gedanken an den Spott und das Gelächter damals zu verdrängen. Aber warum schien sich ständig alles zu wiederholen? War es uns tatsächlich unmöglich, aus unseren alten Mustern auszubrechen?

»Zou ba!« Ich überlegte noch, was das Kommando bedeuten konnte, als die Gruppe schon begann, im Kreis um den Hof zu laufen. Es handelte sich also um eine Aufforderung, sich in Bewegung zu setzen. Den Ausdruck musste ich mir unbedingt merken. Ich stellte mich zur Seite, um niemanden zu behindern. Doch schon nach wenigen Sekunden forderte mich einer der Mönche im Vorbeilaufen mit einer lebhaften Geste auf, auch mitzumachen. Widerwillig nahm ich die Laufhaltung ein. Ein Blick auf das Tempo der Läufer aber genügte, um zu wissen, dass ich mich hier höchstens lächerlich machen könnte. Denn selbst für den unwahrscheinlichen Fall, dass ich das Tempo der anderen mithalten konnte, würde mir bereits nach wenigen Metern die Luft ausgehen. Resigniert senkte ich den Kopf. Sollte denn die Charakterprüfung tatsächlich daraus bestehen, zu sehen, wie ich mich vor versammelter Mannschaft blamierte? Wieder kamen Erinnerungen an die Schulzeit hoch. Mit einem Mal waren die Hänseleien wieder präsent, die mir mein leichtes Übergewicht und meine Bewegungsschwäche jahrelang von Schulkollegen und Lehrern eingebracht hatten. Verzweifelt hatte ich im Lauf der letzten Zeit an mir und meiner körperlichen Verfassung gearbeitet. Als Ausgleich für das Sitzen im Beruf. Ich hatte Sport gemacht und mich gezwungen, zumindest zweimal in der Woche laufen zu gehen. Doch als ich sah, in welchem Tempo die anderen nun bereits die fünfte Runde an mir vorbeizogen, war mir klar, dass ich hier nur verlieren konnte.

Auf einmal spürte ich eine Hand im Rücken. Ich schaute zur Seite und blickte in das lachende Gesicht von Xi.

»An! Zou ba! Lauf!«

Resigniert gehorchte ich. Dann würde man mich eben auslachen. Ich setzte mich in Bewegung und wartete, dass die anderen an mir vorbeizögen. Doch plötzlich realisierte ich, dass mich niemand überholte. Ich drehte mich um und stellte fest, dass alle Mönche ihre Geschwindigkeit an meine angepasst hatten und langsam hinter mir herliefen. Tränen stiegen mir in die Augen, als ich begriff: Xi und die anderen Mönche hatten es nicht nötig, mir zu zeigen, dass sie besser waren als ich. Es genügte ihnen, selbst zu wissen, wie gut sie waren. Ich hatte das Gefühl, zu fliegen. Warum hatten meine Mitschüler und meine Kollegen mir ständig beweisen müssen, wie schlecht ich war, und warum hatten die Menschen hier im Tempel das nicht nötig? Ich dachte an die Zeitungsreportage. »Die Mönche von Shaolin sind nicht nur unbesiegbare Kämpfer, sondern sie wissen es auch.« Wer gut ist und das auch selbst weiß, schoss es mir durch den Kopf, der hat es nicht mehr nötig, sich mit den anderen zu messen. Bedeutete das aber nicht umgekehrt, dass jemand, der ständig andere heruntermachte, in Wirklichkeit keinerlei Vertrauen in die eigenen Fähigkeiten hatte?

Ich war vielleicht dreißig Runden gelaufen, als ich spürte, dass ich mit meiner Kondition am Ende war. Meine Lunge begann leicht zu brennen, und ich wurde unwillkürlich langsamer. Dennoch befahl ich mir, durchzuhalten. Es konnte nicht mehr lange dauern, bis das Signal kam, das Laufen zu beenden. Was sollten die anderen denken, wenn ich aufgab? Sie waren ohnehin schon langsamer gelaufen, und ich hielt nicht einmal das durch! Keuchend quälte ich mich über zwei weitere Runden, bevor ich mich mit gesenktem Kopf an den Rand stellte. Meine Lunge brannte wie Feuer, und mein Herz raste wie wild. Mit auf die Knie gestützten Händen versuchte ich die Atemnot in den Griff zu bekommen. Aus dem Augenwinkel sah ich, dass auch die anderen das Laufen eingestellt hatten und im Kreis um mich herumstanden. Ich hielt den Rücken gebeugt und vermied es, jemanden anzusehen. Ich hörte ihr Gemurmel. Auch wenn ich nichts verstand, war mir klar, worum es nur gehen konnte. Sagt mir doch, dass ich ein Versager bin!, dachte ich resigniert. Ich wusste es ohnehin. Noch nie hatte ich es jemandem recht machen können. Gleichgültig, wie viel Mühe ich mir auch gegeben hatte. Warum sollte das hier plötzlich anders sein? »Woanders ist es auch nicht besser.« Die Worte meiner Kollegen hallten mir durch den Kopf. Hatte ich denn allen Ernstes geglaubt, die Menschen hier wären anders als daheim?

»An … hao …!«

An? Das war doch ich! Ich versuchte mir nicht anmerken zu lassen, dass ich lauschte. Aber was hatte ich mit dem chinesischen Wort für »gut« zu tun? Es musste noch eine andere Bedeutung haben. Denn das, was ich vernommen hatte, bedeutete, dass ich etwas gut gemacht hatte. Aber was? Meine Performance konnte schwerlich gemeint sein. Friede, schoss es mir durch den Kopf. An bedeutete Friede! Natürlich! Die Mönche diskutierten darüber, wie gut es sein würde, endlich von mir in Frieden gelassen zu werden! »Ich bin ja schon weg.« Traurig richtete ich mich auf und blickte in ein strahlendes Gesicht. Verwirrt sah ich, dass einer der Mönche anerkennend den Daumen in die Höhe gestreckt hatte und wild in meine Richtung deutete.

»An hao! Hen hao!« Als ich sah, wie die anderen es ihm freundlich lachend nachmachten, spürte ich, dass ich rot wurde. Ich wurde gelobt! Abwehrend hob ich die Hände. In meinem Kopf rotierten die Gedanken. So sehr ich mich über die Anerkennung freute, umso weniger verstand ich sie. Hätte nicht umgekehrt ich den anderen Respekt für ihre Leistung zollen müssen? Wie konnten Menschen, die mir mindestens zehnmal überlegen waren, mich für meine schwache Leistung loben? Weil sie gut sind und das wissen, schoss es mir durch den Kopf. Weil sie niemandem etwas beweisen müssen. Hier hatte niemand es nötig, den anderen herunterzumachen.

Die Mönche hatten im Schneidersitz auf dem Boden Platz genommen, und Xi forderte mich dazu auf, mich neben sie zu setzen. Immer noch schwer atmend folgte ich der Geste. Zögernd ließ ich den Blick schweifen. Jeder einzelne Mönch lächelte, wenn mein Blick ihn traf, als freue er sich mit mir über meinen Erfolg. War das der Weg zum Glück? Sich mit dem anderen zu freuen, statt sich nur wegen der eigenen Stärken überlegen zu fühlen? Ich fragte mich, wie ich wohl selbst in dieser Situation gehandelt hätte. Wäre auch ich langsam hinter dem Schwächeren hergelaufen, um ihn stark aussehen zu lassen? Oder hätte ich nicht vielmehr die Chance genutzt, auf Kosten des anderen zu zeigen, wie viel in mir steckt? Obwohl mir die Anerkennung der Mönche guttat, fühlte ich mich nicht wohl in meiner Haut. Ich verdrängte diesen Gedanken und sah mich um. Wo mochte der Abt wohl sein? Ich suchte Xi. Als dieser meinen Blick erwiderte, formte ich mit der Faust unter dem Kinn einen Spitzbart und schüttelte dabei fragend den Kopf.

»Shi Yang He ma?« Xis Nachbar lachte bei seiner Frage.

Ich nickte. Das verstand ich: »Shi Yang He Fragezeichen.«

Xi zog die Beine an den Körper und legte die Hände mit nach oben zeigenden Handflächen auf die Knie. »Shi Yang He zuo chan«, sagte er. Der Abt meditierte.

Mit einem Kreis um das linke Handgelenk deutete ich eine Uhr an. »Wann kommt er denn?«

Xi zuckte die Schultern. Dann machte er eine Bewegung, als würde er sich aus einer Schale etwas über den Kopf gießen, und hob fragend den Kopf.

Nun war es an mir zu lachen. Klar wollte ich duschen. Aber hoffentlich nicht auf diese Art!

Im Lauf meiner Reise hatte ich bereits viele Eigenarten chinesischer Badezimmer kennengelernt. So benutzte ich inzwischen mit einiger Selbstverständlichkeit Hocktoiletten, auch wenn diese mir noch immer ein unangenehmes Ziehen in den Oberschenkeln verursachten, oder wusch mich aus einem großen Bottich, in den ich vorher das heiße Wasser aus einem Kochtopf gießen musste. Aber was man in Shaolin unter einem Bad verstand, war noch einmal etwas anderes. Auf dem Rückweg zum Zimmer war mir so kalt, dass meine Zähne klapperten.

»An?« Xi grinste mich an.

»Xi?«

Er musterte mich und imitierte mein Zittern.

»Ja!«, sagte ich auf Deutsch. »Verdammt kalt sogar. Habt ihr denn hier nicht einmal warmes Wasser?«

Xi sah mich fragend an.

»Ach, nichts.« Frierend kramte ich einen Pullover aus meinem Rucksack. Konnte das denn wirklich der Weg zum Glück sein? Meiner Meinung nach wurde man so einfach nur krank. Wer um alles in der Welt kam auf die Idee, bei geschätzten zehn Grad auch noch kalt zu duschen? Sofern man bei dem, was ich gerade getan hatte, überhaupt von duschen sprechen konnte. Ich dachte daran, dass Xis pantomimische Beschreibung, die ich noch vor wenigen Minuten für einen Scherz gehalten hatte, der Wirklichkeit nähergekommen war, als ich mir hätte träumen lassen. Das Bad war ein länglicher, fensterloser Raum, aus dessen Wand auf Kniehöhe ein Wasserhahn ragte. Mehrere kleine und eine große Tonschüssel, die in einer Reihe auf dem Boden standen, verrieten, dass es sich um eine Waschgelegenheit für mehrere Personen handelte. Ich hatte vorsichtig den Hahn aufgedreht, um Wasser in die große Schüssel zu lassen. Doch als ich den Finger unter den Strahl hielt, zuckte ich zurück. Das Wasser war ja eiskalt! Unwillkürlich sah ich mich um, ob ich irgendwo einen Schalter übersehen hatte, der das Warmwasser aktivierte. Doch da war nichts. Ich dachte an mein komfortables Badezimmer zu Hause. An die Fußbodenheizung, die ich mir vor dem vergangenen Winter hatte einbauen lassen. An die flauschigen Handtücher. War es wirklich eine gute Idee, das alles hinter mir zu lassen und zu glauben, ich würde woanders das große Glück finden? Seufzend ließ ich Wasser in den großen Bottich laufen. Während ich zusah, wie sich das Gefäß langsam füllte, begann ich, auf meinem ganzen Körper Seife zu verteilen. Vielleicht konnte ich mich ja auf diese Art dazu überwinden, sie mir mit dem kalten Wasser wieder abzuwaschen. Dann tunkte ich eine der kleinen Schüsseln in den Bottich und leerte den Inhalt zaghaft über meine Füße. Warum war das nur so kalt? Während ich mich immer weiter hocharbeitete, überlegte ich, wie viel mir gerade eine warme Dusche wert wäre. Den Gegenwert eines Abendessens in einem guten Restaurant? Zumindest. Als mir das kalte Wasser über den Bauch lief, schrie ich kurz auf. Sofort hielt ich mir den Mund zu. Was, wenn das alles ein Teil der Prüfung war und Xi oder der Abt mich beobachteten? Ich goss eine weitere Ladung über meinen Oberkörper. Dann würden sie mich eben nach Hause schicken, beschloss ich. Ohne den Weg zum Glück gefunden zu haben. Wenigstens konnte ich dann wieder warm duschen.

Xi imitierte erneut die Duschbewegung und machte dabei einen stolzen Gesichtsausdruck. »Hao ma?«

Ob es gut war? Am liebsten hätte ich ihm meine Meinung ins Gesicht geschrien. Was war denn das für eine dumme Frage? Und worauf konnte man da stolz sein? Hatte hier noch nie jemand ein westliches Badezimmer gesehen?

»Wangshi …«

Fragend sah ich Xi an. Ich hatte zwar unterwegs ein paar Brocken Chinesisch aufgeschnappt, aber dieses Wort hatte ich noch nie gehört.

Xi deutete mit dem Daumen nach hinten. »Wangshi …«

Ich schüttelte den Kopf. Wo blieb nur der Abt? Ohne ihn war mein Aufenthalt hier einfach sinnlos. Wie sollte ich etwas von den Mönchen lernen, wenn ich mich nicht verständigen konnte? Eine Mischung aus Verzweiflung und Traurigkeit stieg in mir auf, als Xi mir mit den verschiedensten Gesten zu erklären versuchte, was er sagen wollte.

Ich wollte gerade aufstehen und das seltsame Gespräch beenden, als mir etwas einfiel. Ich hatte doch in Hongkong dieses kleine Wörterbuch gekauft! Auch wenn ich nur eine chinesisch-englisch Ausgabe gefunden hatte, war sie besser als nichts. Ich fischte das Büchlein aus meinem Rucksack und reichte es Xi. Doch der sah mich nur fragend an. Verwundert zog ich die Hand zurück. Waren die Mönche hier nicht einmal in der Lage, ein Wörterbuch zu lesen? Dann konnte ich ja wirklich wieder aufbrechen. Ich wollte das Wörterbuch wieder zurück in meinen Rucksack stecken, als mein Blick auf dem Buchdeckel hängen blieb. Die Worte »English-Chinese dictionary« lachten mir entgegen. Kein einziges chinesisches Zeichen verriet dem des Englischen Unkundigen, dass es sich um eine Übersetzungshilfe handelte. Ich fühlte Xis fragenden Blick auf mir ruhen und spürte, dass ich rot wurde. Ohne mein Gegenüber anzusehen, hob ich die Hand, suchte das Wort für »Wörterbuch« und hielt es ihm hin.

»Ah …« Xi, der mir im Schneidersitz auf dem Boden gegenübersaß, nahm das Büchlein mit beiden Händen entgegen. Er blätterte einige Male vor und zurück und reichte es mir so zurück, dass sein Finger auf das Wort »wangshi« zeigte.

»Früher!« sagte ich etwas zu laut.

»Ah, ah, fruha!« Xi nickte aufgeregt.

»Was war … Wangshi?« Ich versuchte, seine Laute so gut nachzumachen, wie ich konnte.

»Wangshi …« Xi deutete in Richtung des Badezimmers. Ich nickte automatisch, und er formte mit den Händen ein Behältnis. Ich nickte erneut, woraufhin er mit zwei Fingern einen gehenden Menschen imitierte und mit dem Zeigefinger in die Luft deutete. Bedeutete das etwa, dass die Mönche früher das Wasser aus dem Gebirge geholt hatten? Ich sah ihn fragend an. Wieder machte der Mönch eine Bewegung mit zwei Fingern. Nur bewegte sich diesmal seine Hand nach unten, und er machte dabei einen Gesichtsausdruck, als würde er etwas Schweres tragen.

»Ihr habt das Wasser früher von dem Berg heruntergetragen?«, fragte ich erstaunt.

Xi nickte heftig, streckte wieder die Hand nach dem Wörterbuch aus und hielt es in meine Richtung.

»Jetzt?« sagte ich fragend.

Er nickte. »Jetzate …«

Ich konnte das Lachen über seine Aussprache nicht unterdrücken. »Es heißt ›jetzt‹, nicht ›jetzate‹!«, sagte ich.

»Shi! Shi! Jetzate …« Eine kindliche Freude huschte über sein Gesicht, als er das Aufdrehen eines Wasserhahns nachmachte.

Ich pfiff anerkennend durch die Zähne. Offensichtlich hatten die Mönche bis vor Kurzem tatsächlich alles Wasser von einer Gebirgsquelle geholt. Nun hatten sie fließendes Wasser im Tempel. Bei allem Verständnis verwunderte mich Xis Freude auch. War es denn heutzutage nicht selbstverständlich, dass das Wasser aus dem Wasserhahn kam und nicht von den Bergen ins Bad getragen werden musste? Erneut blickte ich in das lachende Gesicht des Mönches und verstand. Als Nächstes würde er sich eines Tages darüber freuen, dass das Wasser, das in den großen Bottich lief, warm war. Und ich mich, so ich die Charakterprüfung bestand, wohl mit ihm.

KAPITEL DREI

Eile

E s war April geworden. In Shaolin hielt der Frühling langsam Einzug. Die zarten Knospen verliehen den riesigen Bäumen im Hof des Tempels einen grünen Schimmer, und die ersten Blumen streckten vorsichtig die Köpfe aus den Beeten zwischen den Steinstiegen. Ich war mittlerweile seit drei Wochen im Tempel, doch zu meiner Enttäuschung hatte sich der Abt seit unserer ersten Begegnung kein einziges Mal mehr blicken lassen. Wann immer ich Xi nach ihm fragte, bedeutete er mir nur, dass der Klostervorsteher meditiere. Überhaupt schien er nicht sonderlich daran interessiert, mir darüber Auskunft zu geben. Ich war etwas verunsichert, zumal ich nicht verstand, wie lange so eine Charakterprüfung dauern konnte.

Die Mönche hatten mich mittlerweile stillschweigend akzeptiert, und ich fühlte mich durchaus wohl unter ihnen. Dennoch störte mich das Verhalten des Abtes, das ich als Geringschätzung empfand. Wie lange wollte er mich denn hinhalten? Ich beschloss, noch eine Woche weiterzumachen wie bisher. Dann aber wollte ich meine Abreise verkünden, meine Sachen packen und gehen. Nur weil man hier mit dem, was ich zu geben hatte, angeblich nichts anfangen konnte, hieß das noch lange nicht, dass ich bereit war, mich wie Luft behandeln zu lassen. Ganz abgesehen davon, dass mein Aufenthalt genau genommen keineswegs kostenlos war. Bereits am zweiten Tag wurde ich gemeinsam mit drei Novizen für die Küchenarbeit eingeteilt, sodass ich von da an einen großen Teil meines Tages in der Großküche verbrachte. Die Liste meiner Aufgaben war lang. Holz hacken, das Kochfeuer am Leben erhalten, Wasser holen, Gemüse aus dem Garten holen und schälen, Essschalen reinigen, Stäbchen waschen.

Am Anfang verrichtete ich die mir aufgetragenen Tätigkeiten so schnell, wie ich nur konnte. Das hatte einerseits damit zu tun, dass ich unter keinen Umständen den Eindruck erwecken wollte, ich sei mir zu gut für diese Art von Arbeit. Andererseits wollte ich Tätigkeiten, die mir schon zu Hause keine Freude gemacht hatten, so schnell wie möglich hinter mich bringen. Insgeheim hoffte ich jeden Tag, man werde mir eine andere, mir angemessenere Beschäftigung zuweisen. Schließlich war ich ja nicht nach Shaolin gereist, um eine Ausbildung zum Küchenjungen zu machen! Doch kaum hatte ich die letzten Schalen gesäubert und in die behelfsmäßig zusammengezimmerten Regale gestellt, schickte mich der alte Küchenmeister schon wieder zum Wasserholen. Die Arbeit schien einfach kein Ende zu nehmen. Ganz im Gegenteil. Je mehr ich mich beeilte, umso mehr Aufgaben teilte der Mönch mir zu. Wahrscheinlich hatte der Abt ihn beauftragt, meine Belastbarkeit zu testen. Aber reichten denn nicht auch dafür drei Wochen aus?

Eines Tages passierte, was passieren musste. Ich hatte den Auftrag, eine schier unüberschaubare Anzahl an Schüsseln den langen Weg aus dem Speisesaal zum Spülbecken zu tragen. Eine große Delegation aus einem anderen Tempel war zu Besuch gewesen, und jetzt bedeckten die weißen Schalen und Schälchen alle verfügbaren Tische. Müde von der Arbeit des Tages und von den vielen vergeblichen Versuchen, bei den Gesprächen um mich her auch nur irgendetwas zu verstehen, wollte ich nur noch schlafen. Hektisch stapelte ich Gefäß in Gefäß, bis ich einen Turm von gut einem Meter Höhe aufgebaut hatte. Schwungvoll fasste ich ihn mit der einen Hand von unten, legte die andere zum Stabilisieren obendrauf und machte mich auf den Weg zum Küchenbrunnen. Im Gehen überschlug ich, wie lange es wohl dauern würde, alle Schüsseln zu säubern. Wenn ich für jedes der geschätzt 120 Gefäße eine halbe Minute brauchte, wäre ich in einer Stunde fertig. Noch eine ganze Stunde! Widerstand regte sich in mir. Auch ich hatte ein Recht auf Schlaf! Ich beschloss, die Schalen nur oberflächlich zu reinigen. Ich hatte fast den Brunnen erreicht und überlegte, wie ich den Turm am besten abstellen sollte, da stieß ich mit den Zehen gegen eine Stufe und verlor das Gleichgewicht. Ich konnte nur zusehen, wie sich der Schüsselturm wie in Zeitlupe zuerst in der Mitte nach vorne durchbog und dann abrupt abbrach. Ich versuchte, nach den Schalen zu greifen, aber es war zu spät. Mit einem explosionsartigen Knall zerbarsten die Essgefäße auf dem Boden in tausend Scherben. Es dauerte einen kurzen Moment, bis ich begriff, was geschehen war. Betrübt setzte ich mich auf den Boden. Die kleinen weißen Scherben waren überall verstreut. Warum musste ich auch immer alles schnell, schnell machen? Mir war zum Heulen. Ich vergrub das Gesicht in den Knien. Aus dem Augenwinkel sah ich den Küchenchef um die Ecke kommen. Ich wagte nicht, ihn anzusehen. Geduckt wartete ich, dass das Gebrüll losging. Doch nichts dergleichen geschah. Der Mönch betrachtete nur wortlos die Bescherung, drehte sich um und verschwand wieder. Bestimmt holte er den Abt. Entmutigt blickte ich ihm nach. Das war es wohl gewesen. Vor meinem geistigen Auge erschien der Klostervorsteher. »Du hast die Prüfung leider nicht bestanden.« Seine Stimme klang streng. »Wer das Eigentum der Tempelgemeinschaft zerstört, nur um selbst Zeit zu sparen, der kann keiner von uns sein. Geh nach Hause zu deinem Geld!«

Schritte, die aus Richtung der Küche kamen, holten mich zurück in den Klosterhof. Ich stand auf. Zumindest wollte ich dem Tempelvorsteher mit Respekt begegnen. Zeigen, dass ich gelernt hatte, zu meiner Schuld zu stehen. Schließlich war ich es gewesen, der hier etwas falsch gemacht hatte. Doch zu meinem Erstaunen war der Küchenmönch allein. Mit einem großen Besen in der Hand kam er grinsend auf mich zu. Plötzlich steckte mich seine fröhliche Art an, und ich lächelte unwillkürlich zurück. Sofort mahnte ich mich zur Beherrschung. Was gab es da zu grinsen? Gerade hatte ich durch meine Unachtsamkeit einen ganzen

Berg Geschirr zerstört! Doch den Mönch schien mein Lächeln nicht zu stören. Mit größter Ruhe begann er, die Scherben zu einem Haufen zusammenzukehren. Während ich ihn gebannt beobachtete, wie er systematisch und völlig entspannt meine Aufgabe übernahm, gingen mir die Worte meines Vaters durch den Kopf. »Das wäre ja noch schöner, wenn er jetzt noch hinter dir herräumt!« Umgehend machte ich einen Schritt auf den Mönch zu, um ihm dem Besen aus der Hand zu nehmen.

Doch der richtete sich nur lachend auf und sah mich an. »Wangshi …« Früher. Sein Zeigefinger deutete auf seine Nasenspitze. »Wangshi wo …« Früher ich … Dann legte er das Kehrgerät auf den Boden und machte mit beiden Händen eine Bewegung, als trüge er einen riesigen Stapel Schüsseln.

Ich traute meinen Augen nicht. Mit den Händen deutete ich an, wie ich die Schüsseln getragen hatte. Dann imitierte ich das Geräusch von brechendem Glas und sah mein Gegenüber fragend an.

»Shi!« Der Mönch lachte, lehnte den Besen an die Wand und imitierte meine Pantomime. »Shi! Shi! Wangshi!«

Ich ließ die Worte wirken. Ja! Ja! Früher!

Der Küchenmeister hatte mir tatsächlich zu verstehen geben wollen, dass er einmal genauso ungeduldig gewesen war wie ich. Verlegen verbeugte ich mich und murmelte auf Chinesisch eine Entschuldigung, in der Hoffnung, dass der andere sie verstand.

Der Mönch sah mich erneut mit einem spitzbübischen Grinsen an. Dann sagte er langsam und betont: »Nicht notwendig.« So viel Chinesisch verstand ich inzwischen. »Weil früher war ich wie du.«

Ich nahm den Besen und kehrte weiter die Scherben auf. Wenn das fertig war, konnte ich endlich in mein Zimmer gehen. Der Mönch war neben mir stehen geblieben und beobachtete mich. Sofort wurde ich unsicher. War ich zu langsam? Nicht, dass er mich jetzt noch für faul hielt! Unwillkürlich kehrte ich schneller.

»An?« Der Mönch schaute mich an.

»Ja?«

»Früher ich …« Er deutete mehrmals mit der Handfläche nach oben, um Geschwindigkeit anzudeuten. »Dann …« Das Geräusch von etwas, das auf den Boden fällt. »Jetzt ich …« Er wies mit den Handflächen gemächlich zu Boden und verwendete ein chinesisches Wort, das ich schon oft gehört, aber nie verstanden hatte. »Jetzt ich … Man, man!«

Plötzlich verstand ich. Langsam! Er meinte, ich solle die Dinge langsamer angehen! War ich wirklich zu schnell? Aber wenn ich noch langsamer machte, würde die Arbeit doch nie fertig!

»An?«

Ich spürte eine Hand auf meiner Schulter. »Ja?«

»Wenn langsam, dann …« Der Mönch tat, als stelle er einen Schüsselturm ins Regal und machte danach die Geste für Schlafen, die Hände zusammen neben dem Gesicht. »Wenn schnell …« Er zeigte auf den Boden, wo noch immer Reste des zerbrochenen Geschirrs lagen.

Ich wusste nicht, was ich sagen sollte. Klar hatte mein Gegenüber recht. Hätte ich das Geschirr in Ruhe zum Brunnen getragen, wäre ich schon lange mit meiner Arbeit fertig. Nun musste ich den Hof von Splittern säubern, was bestimmt noch eine Weile dauern würde.

»Aber?« Mein Gegenüber lachte mich an.

»Nein, kein Aber«, murmelte ich auf Deutsch. »Ich habe verstanden.«

Deshalb also die scheinbar nie enden wollende Arbeit! Je schneller ich eine mir unangenehme Tätigkeit verrichtete, um sie endlich loszuwerden, umso mehr bekam ich aufgetragen. Nicht nur verstärkte die Hektik, mit der ich die Arbeiten ausführte, mein Gefühl von Unlust. Vielmehr führte sie zu Fehlern, welche die Qualität meiner Leistung verschlechterten und am Ende meine Arbeitszeit verlängerten, statt sie zu verkürzen. Beschämt dachte ich daran, wie viele Jahre meines Lebens ich bereits unwiederbringlich darauf verschwendet hatte, mir alles so einzuteilen, dass ich möglichst schnell die Arbeit beenden und hinter mir lassen konnte. Ich hatte immer nur an die freie Zeit gedacht. Am Dienstag hatte ich bereits begonnen, die Tage bis zum Wochenende zu zählen, und am Sonntagabend berechnete ich, wie lange es noch bis zum nächsten Urlaub dauerte. Dabei hatte mich nicht einmal das Nichtstun je wirklich glücklich gemacht. Wenn ich das hier genauso machte, hätte ich gleich ganz zu Hause bleiben können.

Ich sah auf die Uhr und überlegte. Es war fünf vor sechs; und die Dunkelheit war bereits hereingebrochen, was in diesen Breitengraden erstaunlich plötzlich und für mein Empfinden sehr früh geschah. Hätte ich die Schüsseln in Ruhe abgespült, wäre die Arbeitszeit auch nicht anders gewesen als sonst. Wie jeden Tag wäre ich gegen sechs Uhr fertig gewesen. Jetzt aber war ich mindestens eine weitere Stunde damit beschäftigt, den Schaden zu beseitigen, den ich durch meine unnötige Eile verursacht hatte.

Kapitel vier
Kraft

Xi empfing mich mit einem lachenden Gesicht, als ich zurück in unser Zimmer kam. Wahrscheinlich hatte sich bereits herumgesprochen, was passiert war. Auch wenn er wie die meisten Chinesen nur selten Emotionen zeigte, hatte ich durchaus das Gefühl, mich mit ihm angefreundet zu haben. Es fiel mir nicht so schwer, das Zimmer mit ihm zu teilen, wie ich zunächst gedacht hatte, zumal wir gleich am Anfang gemeinsam ein zweites Bettgestell in den Raum getragen hatten. Dann hatten wir uns angewöhnt, mithilfe meines Wörterbuches zu kommunizieren. War es am Anfang noch ziemlich mühsam gewesen, so konnten wir uns mittlerweile richtig gut unterhalten.

Xi nahm die Übersetzungshilfe in die Hand. Er zeigte auf die Worte »Was« und »sich ereignen« und schüttelte fragend den Kopf. Ich deutete auf ihn, suchte das Wort für »wissen, erfahren«, schüttelte ebenso den Kopf und machte einen fragenden Gesichtsausdruck. Dann lachten wir beide. Xi stand auf, ohne zu antworten. Es war Zeit für den Abendsport. Mir steckte die Müdigkeit in den Knochen. Auf der einen Seite hatte ich überhaupt keine Lust aufs Laufen, die Liegestütze und Kniebeugen. Zumal ich noch kein einziges Mal beim Kampftraining hatte dabei sein dürfen! Andererseits hatte ich mir aber selbst versprochen, die Übungen durchzuziehen, solange ich im Tempel war. Auch wenn es mir mit jedem Tag unwahrscheinlicher schien, bestand ja immer noch die Möglichkeit, dass der Abt mich hier tatsächlich irgendwann als Schüler akzeptieren würde. Angesichts des in diesem Fall noch weit höheren Trainingspensums war ich mir gar nicht mehr so sicher, ob ich das überhaupt wollte. Gleichzeitig wollte ich die Entscheidung aber nicht durch meine schlechte körperliche Verfassung vorwegnehmen. Ich schlüpfte in meine Sportsachen und sah zu, wie Xi direkt neben mir gegen einen imaginären Gegner boxte. Ich hatte mich mittlerweile daran gewöhnt, dass die Mönche in jeder freien Minute ihre Kampftechnik und Geschwindigkeit verbesserten, indem sie die ewig gleichen Bewegungsabläufe wiederholten. Früher hatte das ja sicher Sinn gemacht, aber warum wappneten sie sich auch heute noch für einen imaginären Gegner?

»Xi?«

Er unterbrach seine Übungen.

Ich nahm das Wörterbuch. »Warum kämpfen lernen?«

Xi nickte ruhig und setzte sich wie meistens mit überkreuzten Beinen auf den Boden. Auch wenn mich diese Haltung immer noch schmerzte, tat ich es ihm nach.

»Nur wer gut kämpfen kann, muss nicht kämpfen.«

Ich runzelte die Stirn. Was sollte das jetzt bedeuten? Wenn ich gar nicht kämpfen musste, wozu sollte ich es dann können?

Der Mönch blätterte im Wörterbuch. »Nehmen wir an, du möchtest nicht kämpfen, aber dein Gegner möchte kämpfen. Gibt es jetzt Kampf?«

Ich nickte. Natürlich gab es dann Kampf! Ich erinnerte mich daran, wie oft ich erfolglos versucht hatte, einem Streit aus dem Weg zu gehen. Denn nur weil ich ein friedliebender Mensch war, galt das noch lange nicht für alle anderen. Und ich musste zugeben, dass ich recht oft das Ziel von Aggressionen gewesen war. Ich hatte mich schon oft wehren müssen, aber zuvor nie darüber nachgedacht, warum man immer ausgerechnet mich ausgesucht hatte.

»Wenn du Zorn abladen möchtest, wen greifst du an?« Xi schien meine Gedanken erraten zu haben.

Ich sah ihn fragend an. Eine Gefahr war ich ja nun wirklich für keinen. »Vielleicht denjenigen, von dem die wenigste Gegenwehr zu erwarten ist?« Die unerwartete Erkenntnis arbeitete in mir. »Ich möchte auch kämpfen lernen«, sagte ich. »So gut kämpfen lernen, dass ich nie wieder kämpfen muss.«

Xi wiegte grinsend den Kopf, lächelte mich verschmitzt an und sagte: »Bist du auch bereit, zu kämpfen, wenn es sein muss?« Jetzt verstand ich gar nichts mehr. Was redete der Mönch da? Wieso sollte ich noch bereit sein, zu kämpfen, wenn ich es doch dann überhaupt nicht mehr musste? Ich wollte die Kampfkunst doch gerade lernen, weil ich eben nicht dazu bereit war, es zu tun! Ich wollte so gefährlich und trainiert wirken, dass niemand mehr wagen würde, mich zu provozieren.

Xi schien meinen verständnislosen Gesichtsausdruck bemerkt zu haben. »An?« Sein Blick war ernst.

»Töten zu können, aber nicht töten zu wollen, beeindruckt keinen Gegner.«

Ich legte den Kopf schief. Langsam überstieg unser Gespräch mein Fassungsvermögen. Wieso sollte ich jemanden töten wollen? Hatten wir denn nicht gerade darüber gesprochen, dass derjenige, der die Techniken des Kampfes beherrschte, sie nicht mehr anwenden musste? Vielleicht klappte die Kommunikation mit dem Wörterbuch doch nicht so gut, wie ich gehofft hatte. Denn so, wie ich es verstand, machte das Ganze überhaupt keinen Sinn. Warum sollte ich kämpfen lernen, um den Kampf zu vermeiden, wenn ich dann wieder dazu genötigt werden konnte, doch zu kämpfen?

»Wen fürchtest du mehr? Einen alten, erfahrenen Kampflehrer, von dem man weiß, dass er noch nie in seinem Leben einen echten Schlag ausgeteilt hat? Oder einen ungestümen Jungen, der dafür bekannt ist, sofort zuzuschlagen, wenn ihm etwas nicht gefällt?«

»Den Jungen«, sagte ich.

»Wie gesagt«, Xi suchte ein Wort, »sie sind beide nur dafür bekannt.«

Allmählich begann ich zu begreifen. Was hatte der alte Kampfkünstler von seiner Kraft, wenn ohnehin jeder davon ausging, dass er sie niemals gegen einen Gegner richten würde? Erst die Bereitschaft, sein kämpferisches Können im Ernstfall auch gegen einen Angreifer einzusetzen, gab dieser Fähigkeit tatsächlich einen Wert.

Xi stand auf. »Gehen wir!«

»Einen Moment noch, Xi.« Ich hatte mich auch erhoben. »Kannst du mich lehren, wie ich kämpfe und wie ich die Bereitschaft dazu entwickeln kann?«

Xi sah mich ernst an und griff erneut nach dem Wörterbuch. »Kämpfen lernen heißt, eigene Kraft kontrollieren.« Er deutete mit der Hand in Richtung Zimmertür. »Befreie dich zuerst von deiner eigenen Kraft. Aber jetzt: Zou ba!« Lass uns gehen.

Das Abendtraining schien kein Ende zu nehmen. Während ich sonst mit Freude dabei war, drehten sich diesmal meine Gedanken vor allem um das, was Xi gesagt hatte. Was wollte er damit sagen, dass ein Kämpfer seine eigene Kraft kontrollieren müsse? Und dann dieses »Befreie dich von deiner eigenen Kraft«. Was hatte er damit gemeint? Mir fiel ein, dass ich weder ihn noch einen seiner Mitbrüder jemals zornig oder in anderer Weise emotional erlebt hatte. Von der Bereitschaft, beim geringsten Anlass loszulachen, einmal abgesehen. Sogar der Küchenmönch war gelassen geblieben, als mir die Schüsseln runtergefallen waren. Ganz im Gegenteil schien dieser sich fast über die Lektion gefreut zu haben, die ich mir mit meiner Eile selbst erteilt hatte. Wie in Trance lief ich Runde um Runde.

»An?« Xis Stimme holte mich zurück. Ich blickte mich um und bemerkte, dass die anderen Mönche längst den Hof verlassen hatten. Xi winkte mich zu sich. »Gehen wir!«

Doch zu meiner Überraschung gingen wir nicht zurück in unser Zimmer. Ich folgte ihm gespannt, als er mich zielstrebig Richtung Tempeltor führte. Schweigend durchquerten wir die beiden großen Höfe, bis wir einen hallenartigen Durchgang erreichten. Ich hatte ihn erst einmal am ersten Tag betreten, als ich ungefragt in den Tempel eingedrungen war. Damals hatte ich aber vor lauter Angst, entdeckt zu werden, keine Augen für das gehabt, woran ich vorbeieilte.

Xi hielt an, und ich blickte mit ehrfürchtigem Erstaunen auf zwei riesigen Statuen, die links und rechts den Durchgang zu bewachen schienen. Die beiden an Soldaten erinnernden Figuren waren gut drei Meter hoch und machten den Eindruck, dass man sie besser in Ruhe ließ. Der muskulöse Körper des Kämpfers zu meiner Linken war rot angemalt, und er stützte seine rechte Hand auf ein mächtiges Schwert.

»Hen«, sagte Xi, der meinem Blick gefolgt war. »Sein Name Hen.«

Wir hatten vereinbart, uns gegenseitig unsere Sprachen beizubringen, aber manchmal hatte ich das Gefühl, dass Xi schneller Deutsch lernte als ich Chinesisch. Gebannt betrachtete ich die mächtige Figur. Wen auch immer sie verkörpern sollte, ihre Kampfbereitschaft war förmlich fühlbar. Hen hatte die erhobene linke Hand zur Faust geballt und den Mund geöffnet wie jemand, der gerade stoßartig ausatmet. Ich wendete mich zu der zweiten Statue.

»Ha«, sagte Xi. »Sein Name Ha.«

Ha sah nicht viel freundlicher aus. Im Gegensatz zu seinem Kollegen war seine Haut blau, und er hatte den Mund geschlossen. Dafür machten seine Augen den Eindruck, als wolle er mich töten. Mir lief es kalt über den Rücken. Was, wenn die beiden plötzlich lebendig würden und mit meiner Anwesenheit nicht einverstanden waren? Xi grinste. Wusste er, was mir gerade durch den Kopf ging?

»Hen und Ha«, er blätterte im Wörterbuch, »Hen und Ha Kämpfer.«

Ich nickte. So wie die beiden aussahen, hatte ich nicht viel anderes erwartet. Aber warum standen sie hier? Und was hatten sie damit zu tun, dass ich mich von meiner Kraft befreien sollte? Verwirrt musterte ich erst die beiden Figuren und dann Xi. Der hatte sich vor der roten Figur auf den Boden gesetzt und begann, einzelne Wörter aus dem Wörterbuch auf einen Zettel zu schreiben. Mir fiel ein, dass ich eines Tages mit Erstaunen festgestellt hatte, dass die Mönche nicht nur chinesische Zeichen, sondern auch lateinische Buchstaben lesen und schreiben konnten. Xi hatte mir erklärt, dass die Schrift Pinyin heiße und man mit dieser Kunstschrift die chinesische Sprache sozusagen in Lauten notieren könne, was vor allem für Menschen aus dem Westen oft die einzige Möglichkeit sei, sich die Vokabeln zu notieren. Auch wenn mir nicht ganz klar war, wieso nicht alle einfach unsere Buchstaben benutzten und die verwirrenden Zeichen wegließen, war ich durchaus froh darüber, dass zumindest Xi sie beherrschte. Denn so konnte er ganze Sätze auf einmal übersetzen und ich musste nicht auf jedes einzelne Wort warten.

Ungeduldig ging ich auf und ab. Konnte er nicht schneller machen?

Xi unterbrach das Schreiben und sah mich an. Dann drehte er das Blatt um und schrieb darauf:

»Ungeduld ist deine Kraft gegen dich.«

Er wartete, bis ich ihm nickend bestätigte, den Satz gelesen zu haben. Dann wendete er das Blatt wieder und schrieb weiter, als wäre nichts gewesen.

Offensichtlich wollte Xi mir sagen, dass er Ungeduld als eine Kraft sah, die jemand gegen sich selbst richtet. Aber wie konnte das sein? Schließlich entstand meine Ungeduld ja nicht aus dem Nichts, sondern immer deshalb, weil ein anderer mir einen Anlass dazu gab. Ich blickte zu Xi. Doch der blätterte in Seelenruhe in meinem Wörterbuch und schien meine Anwesenheit bereits vergessen zu haben. Waren aber nicht gerade er und sein Verhalten die Ursache für meine Ungeduld? Hatte denn nicht der Abt, der mich bereits seit drei Wochen hinhielt und einfach so tat, als existierte ich nicht mehr, diese Kraft in mir erst aktiviert? Ich spürte, dass Xi mich während des Schreibens beobachtete. Was mochte in ihm vorgehen? Wieder wendete er das Blatt. Er schrieb etwas und hielt es mir hin. Die Worte »Auch dein Ärger ist in dir« starrten mir entgegen. Es war mir schon klar, dass mein Zorn in mir war. Aber gab es nicht auch hier einen Anlass, der dieses Gefühl erst in Gang setzte? Niemand war schließlich einfach so zornig.

Ich wollte gerade etwas erwidern, als mir zu dämmern begann, dass der Mönch recht hatte. Denn auch wenn alle Emotionen einen äußeren Auslöser hatten, entstanden sie am Ende doch in meinem Inneren. Ich versuchte, mich an eine der wenigen Gelegenheiten zu erinnern, bei denen ich so richtig zornig gewesen war. An die Wut, die in meinem Körper gehämmert hatte wie ein Monster, das gewaltsam einen Weg nach draußen suchte. An die Schäden, die ich in meinem Ärger angerichtet hatte, und daran, wie lange es gedauert hatte, sie wieder zu beseitigen. Mir entfuhr ein Seufzer, als ich begriff. Solange wir unsere eigene Kraft nicht unter Kontrolle hatten und Emotionen unsere Handlungen bestimmten, richtete sich diese nicht gegen unsere Gegner, sondern allein gegen uns selbst.

Doch so einleuchtend mir die Idee auch schien, gab es etwas, das mir daran nicht gefiel. Wenn der Ursprung aller Probleme allein in mir lag, wären ja diejenigen, die meine Emotionen verursachten, frei von jeder Verantwortung! Verbittert dachte ich an das verletzende Benehmen des Abtes. Zwar duldete er meine Anwesenheit, wofür ich ihm durchaus dankbar war. Gleichzeitig aber nahm er keinerlei Notiz mehr von mir. Wie oft hatte ich darüber schon nachgegrübelt und mich gekränkt gefühlt? Hatte ich dieses Empfinden denn etwa auch mit meiner eigenen Kraft herbeigeführt?

Mit einer triumphierenden Geste bat ich Xi, mir das Blatt zu geben. »Was ist, wenn ein anderer mich absichtlich kränkt? Ist das dann auch meine innere Kraft?«

Irritiert stellte ich fest, dass Xi lächelte, während er nach Worten für eine Antwort suchte. Insgeheim bewunderte ich die Geduld, mit der er wieder und wieder auf meine Fragen einging. Ich verspürte eine tiefe Dankbarkeit.

»Danke, dass ich hier sein darf, Xi.«

Xis fragender Blick erinnerte mich daran, dass ich wieder einmal Deutsch gesprochen hatte.

Ich wollte gerade nach dem Wörterbuch greifen, als Xi verstehend mit dem Kopf nickte.

»Bitte!«, sagte er auf Deutsch. »Du da sein ist gut.« Er schrieb einige weitere Wörter und reichte mir den Zettel mit beiden Händen, was richtig feierlich aussah. Aufmerksam las ich das Geschrie-

bene. Wort für Wort. »Kränkung ist ein Kampf, den du unter An-
leitung deines Gegners gegen dich selbst führst.« Ich ließ das Blatt
sinken und starrte ins Leere. Kränkung ist ein Kampf, den ich gegen mich selbst führe, weil mein Gegner das so will, wiederholte
ich in Gedanken. Obwohl mir die Idee keineswegs gefiel, fand ich
nichts, mit dem ich sie hätte entkräften können. Bis jetzt war ich
immer überzeugt gewesen, es sei allein die Kraft meines Gegners,
die mich verletzte, und hatte nach Wegen gesucht, um diese abzu-
wehren. Lag der Schlüssel zum kampflosen Sieg denn in Wirklichkeit tatsächlich in mir selbst? Auch wenn ich es nur ungern zugab,
irgendwie hatte er recht. Wenn meine Gefühle in mir selbst entstanden, konnte es sich bei ihnen schwerlich um fremde Kräfte
handeln. Am Ende konnte selbst der stärkste Kämpfer seinem
Gegner keine Emotionen einpflanzen.

»Es ist gut«, sagte ich. »Du hast gewonnen.«

Ich musste lachen, als ich in das freundliche Gesicht des Mönches blickte. Natürlich hatten Ärger, Kränkung und all meine anderen Emotionen einen Auslöser, der vielleicht sogar gezielt von
meinem Gegner gesetzt wurde. Schließlich konnte dieser ja damit rechnen, dass ich meine Energie gegen mich selbst richtete.
Ich musste lächeln, als mir die Stärke dieses Mechanismus klar
wurde. Manchmal reichte ein einziges Wort, und ich setzte meine ganze Kraft ein, um mich selbst zu lähmen! Kopfschüttelnd
dachte ich daran, wie oft ich mich über das Verhalten von Menschen geärgert, wie oft ich mich durch sie gekränkt gefühlt hatte.
Dabei hatten die Auslöser dieser Gefühle meist gar nichts davon
mitbekommen! Der Einzige, den ich mit diesen Aktionen ge-
schwächt und stimmungsmäßig runtergezogen hatte, war ich
selbst gewesen. Ich blickte zu Xi und dann zu den beiden grimmig blickenden Figuren, zu deren Füßen wir uns niedergelassen
hatten.

»Hen und Ha«, fragte ich. »Auch eigene Kraft?«

Xi nickte. Erst jetzt sah ich, dass er noch ein zweites Blatt voll-
geschrieben hatte. Er reichte es mir. Wie lange mochten wir bereits hier in der Dunkelheit gesessen haben? Meine Armbanduhr

zeigte fast elf. Wir hatten zwei Stunden hier verbracht. Verwundert, wie schnell die Zeit vergangen war, begann ich zu lesen.

Hen und Ha waren Generäle. Beide waren unsterblich und unbesiegbar. Hen hatte nämlich einen tödlichen Blick und Ha einen giftigen Atem.

Ich ließ das Blatt sinken. Nun verstand ich, warum ich das Gefühl gehabt hatte, dass die Figur mich mit ihren Augen töten wollte.

Da sie aber ihre Kraft nicht kontrollieren konnten, las ich weiter, *begannen sie eines Tages, sie zu missbrauchen. Sie wollten wissen, wer von ihnen der Stärkere ist, und begannen gegeneinander zu kämpfen. Es konnte aber keiner gewinnen, da sie ja beide unsterblich waren.*

»Ein völlig sinnloser Kampf also«, sagte ich mehr zu mir selbst. »Und jetzt stehen die beiden zur Strafe hier und müssen für immer den Tempeleingang bewachen.«

Doch obwohl ich die Idee langsam zu verstehen begann, war mir nicht klar, wie man sie in der Praxis umsetzen konnte. Schließlich erwachte die innere Kraft ja nicht aus einer Laune heraus. Vielmehr war sie meist die Antwort auf eine Aktion des Gegners, die ich trotz allem nicht kontrollieren konnte. Das Problem drehte sich also im Kreis. Zumindest solange wie ich keinen Weg fand, auszubrechen. Ich nahm das Blatt und den Stift.

Vielleicht hat sich einer der beiden vom anderen provoziert gefühlt?

Xi las, nickte und sagte etwas auf Chinesisch.

Ich schüttelte fragend den Kopf.

Grinsend schrieb der Mönch:

Haben dich meine Worte jetzt geärgert?

Verwundert schüttelte ich den Kopf. Wie sollte mich etwas ärgern, das ich überhaupt nicht verstand?

Xi nickte wieder und schrieb weiter. Als ich las, was auf dem Papier stand, spürte ich umgehend einen Anflug von Traurigkeit.

»Alle Europäer sind gierig und dumm.«

Hatte Xi tatsächlich eine derart schlechte Meinung von mir? Aber mir ging das zu weit. Ich hatte mich bemüht, mich anzupassen, so gut es mir möglich war. Hatte sogar meine teuren Markenklamotten zerstört, nur um dem Vorwurf zu entgehen, an Geld interessiert zu sein. Und jetzt das? Ich wollte gerade aufstehen und das Gespräch beenden, als ich bemerkte, dass Xi sein Gesicht hinter der Hand verbarg. Dann hörte ich sein leises Lachen. Ich war so verwirrt, dass ich meine Emotionen vergaß.

»An?« Xi gluckste leise, während der Stift sanft über das Blatt glitt.

»Ja?«, sagte ich, unsicher, ob ich böse sein oder in Xis Lachen einstimmen sollte.

»Verstehst du jetzt?«

Ich zog die Augenbrauen zusammen. Was gab es da zu verstehen, außer, dass die Mönche hier offensichtlich glaubten, mich nach Belieben kränken zu können, weil ich ja nur der Europäer war?

»Du wirst nur emotional, weil du meine Worte verstehst. Wenn du sie nicht verstehst, sind sie dir gleichgültig. Lerne, dass du nicht immer alles verstehen musst.«

Die Worte auf dem Blatt verschwammen vor meinen Augen, während ihr Inhalt langsam durchsickerte. Der Mönch hatte mich überhaupt nicht kränken wollen. Er wollte mir vielmehr eine Lektion erteilen. Wenn meine Emotionen nicht davon abhingen, was ein anderer sagte, sondern nur davon, ob ich das Gesagte verstand, dann konnte ich ja jeden Angriff einfach ins

Leere laufen lassen! Ich musste einzig lernen, mir vorzustellen, der Angreifer spräche in einer mir unbekannten Sprache. Schon konnte er meine Kraft nicht mehr gegen mich aktivieren.

Ich lächelte, als ich die Macht dieser Methode verstand. Wie lange hatten mich die Worte des Abtes beschäftigt, ich solle zurück zu meinem Geld gehen! Wäre er nicht in der Lage gewesen, sie in meiner Sprache zu sagen, wäre ihre Wirkung bereits an meinem Trommelfell verpufft. Niemals hätten sie die Kraft entwickelt, mich zu kränken.

»Lass uns schlafen gehen, Xi.« Ich erhob mich mit bleischweren Knochen, als hätte mich die Erkenntnis, wie viel Kraft ich völlig unnötigerweise aufgebracht hatte, noch einmal müder gemacht. Längst war nur noch das nächtliche Sirren der Zikaden zu hören, und auch die anderen Mönche lagen bestimmt schon in ihren Betten.

Während ich gedankenverloren zu unserem Zimmer ging, wurde mir zum ersten Mal klar, wie sehr sich die Mühen der letzten Wochen gelohnt hatten. Ich hatte gelernt, dass der Weg zum kampflosen Sieg über die Fähigkeit führt, so gut kämpfen zu können, dass man nicht mehr kämpfen muss. Denn obwohl ich gegen keinen einzigen der Mönche gekämpft hatte, musste auch keiner von ihnen befürchten, dass ich es jemals versuchen würde. Zu groß war mein Respekt vor dem, was ich bisher gesehen hatte.

Ich drehte mich um. »Danke, Xi«, sagte ich auf Chinesisch. »Ich habe so vieles gelernt.«

Xi lächelte, blieb stehen und schrieb etwas auf.

»Nur wer den größten Gegner besiegt hat, ist wirklich unbesiegbar.«

Ich lächelte wortlos zurück. Mein größter Gegner, so verstand ich in diesem Moment, war niemand anders als meine eigene Kraft.

KAPITEL FÜNF

Befreiung

Das Gespräch mit Xi an jenem Abend veränderte vieles. Entgegen meinem ursprünglichen Plan blieb ich nicht nur eine fünfte Woche, sondern auch eine sechste und dann noch eine siebte. Immer wieder ließ ich mir die Worte des Mönches durch den Kopf gehen, bis ich zu dem Schluss kam, dass ich mir mit meinem Verhalten am Ende selbst schadete. Für den Abt machte es schließlich keinen Unterschied, ob ich da war. Aber ich stellte fest, dass ich nur ungern auf dieses völlig neuartige Leben verzichtet hätte, das ich nun immer besser kennenlernte. Ich gewöhnte mich an den Rhythmus, die immer gleichen Tätigkeiten und Bewegungen, und manchmal vergaß ich sogar, dass die Zeit verging. Aber das waren seltene Momente. Viel häufiger geschah es, dass mich die Gleichförmigkeit der Tage daran erinnerte, dass noch immer keine Entscheidung getroffen worden war. Gerade in diesen Momenten boten die Gespräche mit Xi eine willkommene Ablenkung.

Eines Abend meinte er, eigentlich könne niemand wissen, ob hinter dem Verhalten des Klostervorstehers wirklich jene Absicht steckte, die ich vermutete. »Nur der Abt kann die Gedanken des Abtes kennen«, schrieb er.

Ich lachte unwillkürlich, als ich Xis Schrift im Dämmerlicht unseres Zimmers im Schein meiner Taschenlampe entziffert hatte. Wie recht er hatte. Vielleicht war der Abt einfach beschäftigt. Oder er wollte mir Zeit geben, mich im Tempel einzuleben, bevor er von mir eine Entscheidung über meine Zukunft verlangte. Ich hatte mich wieder einmal schlaflos auf dem Bett hin und her gewälzt und auch Xi damit vom Einschlafen abgehalten, als dieser die Kerze anzündete und das Wörterbuch zur Hand nahm.

»Wo immer wir dazu neigen, das Schlechteste anzunehmen, richtet sich am Ende wieder unsere Kraft gegen uns selbst.«

Xi hatte meinen Unmut über die Situation richtig eingeordnet.

»Was nämlich, wenn die vermutete Ursache für unsere Unzufriedenheit am Ende gar nicht den Tatsachen entspricht? Dann haben wir uns völlig umsonst geärgert«, fuhr er fort.

Es war zu dunkel, als dass wir uns hätten erkennen können, jeder ausgestreckt auf seinem Bett. Aber ich konnte sein Lächeln deutlich vor mir sehen.

»Solange wir den wahren Grund für das Verhalten eines Menschen nicht kennen, haben wir die Freiheit, vom Besten auszugehen. Das tun wir nicht für jemand anders, sondern allein für uns selbst. Für unser eigenes Wohlbefinden.« Nach einer kurzen Pause, in der er das nächste Wort nachschlug, fügte er hinzu: »Falsche Gedanken sind Gift.«

Ich gab es auf, mich gegen diese Einsicht zu wehren. Natürlich war es für meinen Seelenfrieden besser, ich ging erst einmal davon aus, dass der Abt mich in Ruhe ließ, um mich nicht zu überfordern, als wenn ich mir einredete, er ignoriere mich mit Absicht.

Am folgenden Tag nahm Xi mich das erste Mal zur Abendmeditation mit. Obwohl ich keine konkrete Vorstellung davon hatte, was mich erwartete, sträubte sich alles in mir, als wir über den Hof zur Meditationshalle gingen. Ich dachte an meine Mutter und an das tägliche Abendgebet, auf das sie seit meiner Kindheit bestanden hatte. Schon damals war mir die Stille ein Gräuel gewesen. Und dabei hatte sie höchstens fünf Minuten gedauert. Allein die Vorstellung, nun eine ganze Stunde zurückgeworfen auf meine Gedanken verbringen zu müssen, machte mich unruhig. Was sollte ich denn die ganze Zeit über tun?

Mit gemischten Gefühlen erklomm ich die Treppen, die zum Eingang führten, und betrat die Halle. Ich sah mich um. Auf der dem Eingang gegenüberliegenden Seite thronte auf einem Podest eine lebensgroße goldene Buddha-Statue. Wie die anderen, die mir bereits am ersten Tag aufgefallen waren, hatte er blaue Haare, saß mit halb geschlossenen Augen im Lotossitz auf einem hohen verzierten Sockel und schien tief in sich zu ruhen. Instinktiv verneigte ich mich und richtete mich irritiert über mein spontanes Verhalten wieder auf, während ich beobachtete, dass Xi noch in einer Verbeugung verharrte. Links und rechts der Buddha-Statue befanden sich zwei weitere vergoldete Statuen, von denen eine mich an einen Reisenden erinnerte. Ich verbeugte mich auch vor ihm. Selbst wenn ich mir nicht sicher war, was ich von alldem halten sollte, konnte man nie wissen. Der andere hatte jene lang gezogenen Ohrläppchen, die ich bis dato nur bei Abbildungen von Buddha gesehen hatte. Wie ich später von Xi erfuhr, handelte es sich um seinen bedeutendsten Schüler. Offensichtlich waren die beiden dem Erleuchteten untergeordnet, denn obwohl sie standen, waren sie nur genauso groß wie der sitzende Buddha. An den Seitenwänden des Raumes befand sich eine Reihe weiterer Statuen, bei denen es sich um buddhistische Heilige zu handeln schien.

Ich folgte Xi in den vorderen Bereich der weiträumigen Halle, in der bereits etwa fünfzig Mönche schweigend auf dem Boden saßen. Xi ließ sich im Schneidersitz nieder. Als ich versuchte, es ihm möglichst lässig gleichzutun, durchzuckte ein stechender Schmerz meinen Oberschenkel und mein Gesäß. Reflexartig streckte ich das rechte Bein wieder aus und stieß dem Mönch vor mir mit voller Wucht den Fuß in den Rücken. Sofort hob ich beschwichtigend die Hand und zog die Beine so nahe es ging zu mir an den Körper. Doch zu meiner Verwunderung drehte sich der Mönch, der meinen Stoß deutlich gespürt haben musste, nicht einmal um. Kein Geschrei, keine Wutgebärden, nichts. Stattdessen gar keine Reaktion. Als wäre nichts geschehen. Beeindruckt dachte ich an das, was Xi mir gesagt hatte. Solange der Mönch nicht davon ausging, dass ich ihn mit Absicht getreten hatte, war jede Emotion verschwendete Energie.

Ich wendete mich zu Xi, der neben mir saß. Als ich sein Grinsen sah, wusste ich, dass er die Situation beobachtet hatte. Umständlich kramte ich den Zettel aus meiner Hosentasche, auf den er unsere Gespräche notiert hatte, und zeigte mit dem Finger auf den Satz: »Befreie dich von deiner eigenen Kraft.«

Doch Xi schüttelte nur leicht den Kopf und zeichnete mit den Fingern ein kleines Rechteck in der Luft.

Das Wörterbuch. Nicht zum ersten Mal war ich froh, dass ich die kleinste Variante gekauft hatte. So hatte ich es immer in der Hosentasche und bei Bedarf sofort bei der Hand. Denn nicht nur Xi, sondern auch die anderen Mönche hatten sich recht schnell an die sonderbare Form der Kommunikation gewöhnt. Xi deutete auf den Mönch, der ruhig vor mir saß. Offensichtlich ging es bei dem, was er mir mitteilen wollte, nicht um mich, sondern um den Mitbruder, den ich gerade getreten hatte. Gespannt wartete ich, dass er mir das Buch hinhielt.

»Befreie dich von der Kraft deines Gegners«, setzte ich die Worte zusammen. Fragend sah ich zuerst Xi und dann den Mönch an. Wer genau sollte sich hier von wessen Kraft befreien?

Xi nickte. Dann deutete er auf den Mann vor mir und danach auf mich. Ich versuchte, zu verstehen, was er mir begreiflich machen wollte. Der Mönch sollte sich von meiner Kraft befreien. Aber warum? Damit er den Tritt nicht spürte? Ich musste lächeln, als der Groschen fiel. Sich von der Kraft des Gegners zu befreien bedeutete nichts anderes, als sich davon zu befreien, dass irgendein anderer auf einen selbst Einfluss hatte! Mein Vordermann hatte sich also gar nicht von seiner eigenen Kraft befreit, als er auf meinen Tritt nicht reagiert hatte. Im Gegenteil, ich hätte vielmehr keinerlei Möglichkeit gehabt, ihn überhaupt zu einer Reaktion zu bewegen. Denn selbst wenn ich ihn tatsächlich hätte provozieren wollen, hätte er meine Energie einfach ins Leere laufen lassen. Er hatte sich tatsächlich von der Kraft eines potenziellen Gegners befreit.

Dankbar dachte ich daran, wie viel ich bereits von den Mönchen gelernt hatte. Was für ein Glück, dass ich nicht davongelaufen war, nur weil das Verhalten des Abtes nicht meinen Erwartungen entsprochen hatte.

Von der rechten Seite des Raumes hallte ein angenehmer Klang herüber, der mir bekannt vorkam. Ich hatte die Augen geschlossen, um mich nicht vom Anblick der Mönche ablenken zu lassen. Ich wollte zumindest versuchen, beim Meditieren ganz in mir selbst zu sein. Aber als ich den Klang der Musik hörte, blinzelte ich unter den Lidern hervor und beobachtete einen älteren Mönch, der mit einem Stäbchen auf eine umgedrehte Holzschüssel schlug. Die Mönche intonierten dazu im Chor dieselbe Melodie, die ich bereits am ersten Tag gehört hatte. Ich schloss die Augen. Knapp zwei Monate zuvor hatte ich voller Angst hinter einer Säule im Hof gestanden und mir gewünscht, hier dazugehören zu dürfen. Nun saß ich mitten im Kreis der Mönche. Allein das Gefühl erfüllte mich mit einer nie gekannten Ruhe.

Gleichzeitig erinnerte ich mich an meine Befürchtungen von damals. Warum war ich ganz selbstverständlich davon ausgegangen, dass alle es schlecht mit mir meinten, und brachte mich damit unbewusst um meine Lebenszeit? Wie oft hatte ich mich über etwas geärgert, und im Nachhinein hatte sich herausgestellt, dass etwas vollkommen anderes dahintergesteckt hatte? Aber konnte es denn tatsächlich sein, dass der Fehler allein bei mir lag? Dass alle Menschen in Wirklichkeit gut waren und nur ich mich mit dem Irrglauben quälte, sie wären schlecht?

In meinen Beinen begann es zu kribbeln. Lange konnte ich so nicht mehr sitzen. Rund um mich schienen alle so entspannt zu sein, als säßen sie auf einem Sofa. Ich schloss die Augen wieder und versuchte, mich auf den Gesang und das rhythmische Schlagen der Holztrommel zu konzentrieren und meine Gedanken fließen zu lassen. Wenn die Mönche von Shaolin tatsächlich davon ausgingen, dass alle Menschen gut waren, warum übten sie sich dann überhaupt im Kampf? Xi hatte es mir erklärt, als wir an diesem Abend bei Hen und Ha gewesen waren. Ich versuchte mich daran zu erinnern, wie Xi es begründet hatte, dass der Weg zum kampflosen Sieg nur über die Bereitschaft führe, dieses Wissen gegebenenfalls auch anzuwenden. Vielleicht hatte ich ja etwas falsch verstanden.

Ich rief mir seine Worte noch einmal ins Gedächtnis. »Befreie dich von der Kraft deines Gegners.« Gegner. Also doch. Wären Xi und seine Mitbrüder wirklich der Meinung, dass alle Menschen gut waren, wer sollte denn dann ein Gegner sein? Dann bildete ich mir also die Existenz meiner Gegner doch nicht nur ein. Es musste demnach Menschen geben, die böse waren.

Ich seufzte leise. Hier versuchte niemand, mich zu überreden, mir unangenehme Wahrheiten schönzulügen. Am liebsten hätte ich Xi umarmt. Endlich jemand, der die Wahrheit beim Namen nannte. Wir alle haben Gegner.

Wie anders wäre mein Leben verlaufen, hätte mein Umfeld mir erlaubt, jene zu beschuldigen, die es mir immer schwer gemacht hatten? Fast hätte ich laut aufgelacht, als ich den Satz in Gedanken wiederholte. Genau das war es doch. Mein Umfeld. Wer hatte denn meinem Umfeld die Kraft eingeräumt, mein Leben und meine Gefühle zu kontrollieren? Niemand anders als ich selbst.

Ich beschloss, den Abt zu bitten, zumindest noch so lange in Shaolin bleiben zu dürfen, bis ich diese zwei Dinge gelernt hatte. Mich von meiner eigenen Kraft zu befreien. Und von der meiner Gegner.

KAPITEL SECHS

Wahrheit

Als Xi mich am nächsten Morgen weckte, stellte ich mit Verwunderung fest, dass er einen aufgeregten Eindruck machte. So hatte ich ihn noch nie erlebt. Ich sah auf die Uhr. Viertel nach vier. Warum so zeitig? Noch nie hatte mein Programm vor fünf Uhr begonnen. Was konnte um diese Tageszeit so wichtig sein?

»Meister Shi Yang He möchte dich sprechen.«

Was mochte der Abt von mir wollen? Mir mitteilen, dass ich die Prüfung nicht bestanden hatte und sofort das Kloster verlassen sollte? Ich zuckte unwillkürlich zusammen und sprang aus dem Bett. »Wann?«

»In einer halben Stunde.«

Ich atmete tief durch, um meine Unruhe zu überspielen, aber Xi sah mich an, als wüsste er, was in mir vorging. Sollte heute wirklich alles vorbei sein?

»An?«

Ich nickte nervös. Sollten wir nicht lieber gehen, als uns hier erst noch zu unterhalten? Doch Xi hatte bereits das Wörterbuch auf den Knien liegen und schrieb etwas.

»Auch Vorstellung ist innere Kraft.«

Ich kratzte mich am Kinn. Woher wusste mein Zimmergenosse stets, was in mir vorging?

»Hast du Emotionen oder Erwartungen gehabt, bevor du gewusst hast, dass der Abt dich sprechen möchte?«

Ich schüttelte den Kopf. Nein, hatte ich natürlich nicht. Warum auch hätte ich welche haben sollen? Ich grinste unwillkürlich, als ich verstand, worauf Xi hinauswollte. Schließlich hatte sich die Tatsache, dass Shi Yang He mich zu sich gerufen hatte, ja nicht erst in dem Moment ergeben, in dem ich davon erfahren hatte. Vielleicht hatte der Abt bereits am Vorabend beschlossen, mit mir zu sprechen. Trotzdem hatte ich die Nacht über ruhig und gut geschlafen. Ich überlegte, wie die Nacht wohl verlaufen wäre, hätte mein Mitbewohner mir schon am Abend von dem bevorstehenden Treffen erzählt. Ausschlaggebend war also nicht der Zeitpunkt, an dem der Klostervorsteher die Entscheidung getroffen hatte, sondern allein jener, an dem ich von ihr erfahren hatte. Wie einfach hätte mir ein Gegner durch geschickte Wahl des Augenblicks den Schlaf rauben können?

Xi stieß mich an und deutete auf das Blatt.

»Niemand zwingt dich, dir etwas vorzustellen. Nimm an, was du hörst, und bewerte es nicht.«

Ich sah ihn fragend an, und er schrieb weiter.

»Was ist, wenn ich gelogen habe? Was, wenn der Abt auf dem Weg hierher stirbt und es nie zu dem Gespräch kommt?«

Ich lachte laut auf. Dann wären die Emotionen, die ich bei mir selbst durch meine Gedanken ausgelöst hatte, noch sinnloser.

Offenbar erwartete der Klostervorsteher mich in seinem Zimmer. Ich folgte Xi durch die noch im Dunkeln liegenden Höfe, bis er vor der Tür eines kleinen Ziegelbaus stehen blieb.

»Hier, Shi Yang He.«

Ich legte die Hände vor der Brust aneinander und verbeugte mich leicht. »Danke, Xi.«

Der Mönche erwiderte den Gruß, drehte sich um und verschwand in der Morgendämmerung.

Ich inspizierte das kleine graue Gebäude. Es war so unscheinbar, dass ich mich unwillkürlich fragte, ob ich hier richtig war. Nichts deutete darauf hin, dass hinter diesen Mauern der Abt des Shaolin-Klosters lebte. Ich lauschte, aber es war nichts zu hören. Sogar die Zikaden hatten ihren Gesang eingestellt. Aus Gewohnheit klopfte ich vor dem Eintreten an die Tür und wartete. Doch es regte sich nichts. Ich klopfte erneut. Wieder keine Reaktion. Zögernd öffnete ich die Tür und trat ein. Zu meiner Überraschung ähnelte der Raum, in dem Shi Yang He untergebracht war, exakt dem, in dem Xi und ich schliefen. Eine Kerze brannte. Außer dem Bett und einem kleinen Hocker, der als Ablage für einen Wecker diente, verfügte auch dieses Zimmer über keinerlei Einrichtung.

Der Abt saß im Lotossitz auf dem Bett und verneigte sich leicht, als ich den Raum betrat. Ich trat vor ihn hin, legte die Hände zum Gruß vor der Brust aneinander und verbeugte mich, so tief ich konnte.

Etwas an der Präsenz dieses Mannes machte mich nervös. Nie zuvor hatte ich diese Mischung aus Überlegenheit, Gelassenheit und Wärme gespürt, die Shi Yang He ausstrahlte. Langsam richtete ich mich wieder auf. Da ich mittlerweile wusste, dass es in China als unhöflich galt, jemandem direkt in die Augen zu schauen, musterte ich ihn verstohlen. Im Gegensatz zu unserer ersten Begegnung trug Shi Yang He diesmal das gleiche einfache Gewand wie die anderen Mönche auch. Irritiert suchte ich nach etwas, das mein Gegenüber als Klostervorsteher auswies. Einen Anstecker. Einen Aufnäher. Eine Borte. Etwas, das ihn nach außen hin auszeichnete. Doch ich konnte nichts entdecken. Wäre Shi Yang He mir auf dem Klosterhof begegnet, hätte ich ihn nicht als Abt erkannt. Irritiert dachte ich daran, dass man auch an nichts festmachen konnte, wer hier wohnte. Er empfing mich nicht in einem besonders repräsentativen Raum, und nichts an seiner Kleidung, ja nicht einmal ein Türschild wies den Besucher darauf hin, wem er hier gegenüberstand. Im Grunde war es, als würde der Vorstandsvorsitzende eines Unternehmens seinem Sekretär in T-Shirt und kurzer Hose gegenübertreten. Und das auch noch im eigenen Schlafzimmer. Dennoch ließ mich die Ausstrahlung dieses Mannes förmlich zittern.

Während er mich schweigend musterte, erinnerte ich mich, dass ich einige Tage zuvor mit Xi darüber gesprochen hatte, woran in Shaolin ein Meister zu erkennen wäre. Ich hatte nämlich beobachtet, dass selbst die jungen Novizen den gleichen schwarzen Gurt trugen, mit dem auch mein Mitbewohner seine Jacke zusammenhielt.

»Einen Meister erkennst du nicht an Äußerlichkeiten«, hatte Xi geantwortet. »Du erkennst ihn daran, dass er einen Schüler hat.«

Lange hatte ich darüber nachgedacht, was er mit dieser Aussage meinen konnte. Doch sie ergab keinen Sinn. Wie sollte man einen Meister an seinem Schüler erkennen? Ein Meister hatte ein Zeugnis, eine Position, einen Titel, einen bestimmten Gürtel, eine besondere Berufskleidung oder sonst etwas, das seine Meisterschaft bezeugte. Aber doch nicht einen Schüler! Sonst konnte doch jeder daherkommen und behaupten, ein Meister zu sein. Ich war in dem Moment zu müde gewesen, um weiterzudiskutieren, und hatte beschlossen, Xi später noch einmal danach zu fragen.

Der Abt saß auf dem Bett, den Rücken kerzengerade. Unwillkürlich kamen mir die meditierenden Statuen mit den blauen Frisuren in den Sinn, vor denen ich täglich meditierte. Was war es, das mich so an ihm faszinierte? Auch wenn ihn äußerlich außer dem Alter nichts von den anderen Mönchen unterschied, strahlte er eine Autorität aus, die ich noch nie zuvor bei einem anderen Menschen gespürt hatte. Mir fiel auf, wie muskulös und geschmeidig der Körper dieses Mannes, trotz seines sicher fortgeschrittenen Alters, war. So gut kämpfen können, dass du nicht mehr kämpfen musst. War es das, was mich so beeindruckte? Das Gefühl, jemandem gegenüberzusitzen, der nicht nur einmal ein herausragender Kämpfer gewesen sein musste, sondern es wahrscheinlich immer noch war? Ich überlegte, ob Shi Yang He wohl auch jene aberwitzig schnellen Bewegungen ausführen konnte, die ich in der Früh oft bei den trainierenden Mönchen bestaunte.

»An?« Die ruhige Stimme des Abtes riss mich aus meinen Gedanken.

»Ja?«

»Nimm bitte Platz.« Shi Yang He deutete auf eine kleine Matte, die vor seinem Bett lag. Mir wurde bewusst, dass ich die ganze Zeit mitten im Raum gestanden und ihn angestarrt hatte. Nun keimte wieder Nervosität auf. Denn obwohl ich meinen Körper in den letzten Wochen durchaus unter Kontrolle bekommen hatte, machte mich die Idee, mich vor den Augen des Abtes auf dem Boden niederlassen zu müssen, unruhig. Dabei lag die Schwierigkeit vor allem darin, zuerst im Stehen die Beine zu kreuzen und dann so lange in die Knie zu gehen, bis das Gesäß den Boden berührte. Bis jetzt waren fast alle Versuche, hierbei die selbstverständliche Eleganz der Mönche zu kopieren, gescheitert. Einmal war ich nach hinten gekippt und hatte hilflos auf dem Rücken gelegen wie eine Schildkröte, ein anderes Mal hatte ich einen Krampf im Unterschenkel bekommen, und das letzte Mal war ich über meine gekreuzten Beine gestolpert. Die Prüfung, schoss es mir durch den Kopf. Er will sehen, wie weit du gelernt hast, deinen Körper zu beherrschen. Konzentriert stellte ich den linken Fuß schräg vor den rechten und senkte langsam das Gesäß Richtung Steinboden. Es klappte! Ich wollte gerade erleichtert aufatmen, als ich plötzlich das Gleichgewicht verlor und wie ein Sandsack zu Boden plumpste. Verdammt noch mal! Warum ausgerechnet jetzt? Mit Mühe unterdrückte ich meine Enttäuschung und setzte mich möglichst gerade hin.

»Xi hat mir von deinen Fortschritten erzählt.«

Die Worte des Abtes ließen mich zusammenzucken. Fortschritte? Von welchen Fortschritten sprach er? Hatte Shi Yang He denn nicht gesehen, was ich gerade abgeliefert hatte? Ich versuchte, seinem Blick auszuweichen.

»Es scheint jedenfalls, als würde es dir bei uns gefallen.«

Ich nickte langsam. Auch wenn ich eine Zeit gebraucht hatte, mich an das karge Leben und das körperliche Training zu gewöhnen, gefiel es mir. Zum ersten Mal in meinem Leben verspürte ich so etwas wie innere Ruhe.

»Ihr habt mit Xi über mich gesprochen?« Vorsichtig hob ich den Kopf. Xi hatte nie etwas davon erzählt, dass sich der Abt nach mir erkundigt hätte. Gespannt wartete ich auf eine Antwort, doch der Mönch saß nur schweigend auf seinem Bett.

Dann sah er direkt in meine Richtung. »An?« Er machte eine kurze Pause. »Ich habe eine schlechte Nachricht für dich.«

Der Satz schlug in meinem Kopf ein wie eine Bombe. Eine schlechte Nachricht. Ich fühlte, dass sich alles zu drehen begann. Geh nach Hause zu deinem Geld! Die Worte vom ersten Tag hallten in meinem Kopf wider. Was hatte ich denn erwartet? Es stimmte, ich hatte viel bekommen. Aber was hatte ich den Mönchen im Gegenzug gegeben? Natürlich hatte ich in der Küche gearbeitet. Aber welchen Wert hatte diese Hilfsarbeit gehabt im Vergleich zu dem vielen, das ich erhalten hatte?

»… das Kloster verlassen.« Die Worte von Shi Yang He erreichten mein Bewusstsein mit Verzögerung. Erst vernahm ich sie unklar, wie eine Schrift, die man zuerst nur undeutlich durch die Tränen sieht. Doch nach und nach gewannen sie an Schärfe und Kontur. Als hätte er sie mir mit einem Meißel in den Kopf geschlagen.

»Ich habe mit Xi über deine Fortschritte gesprochen. Du musst das Kloster verlassen«, hämmerte es in meinem Kopf.

Ich zitterte. Was hatte ich falsch gemacht, dass ich so plötzlich zum Gehen aufgefordert wurde? Warum hatte Xi mich nicht zumindest gewarnt? Hatte mein Gastgeber mich im Auftrag des Abtes ausgehorcht und dann hinter meinem Rücken an ihn berichtet? Das konnte ich einfach nicht glauben. Was hätte er denn erzählen sollen? Dass ich das Geschirr hatte fallen lassen? Dass ich zu viele Fragen stellte? Egal. Es war vorbei. Ich zog die Füße an den Körper und erhob mich ungelenk. Wie im Rausch beobachtete ich mich, wie ich mich tief vor Shi Yang He verbeugte, mich umständlich für die Aufnahme und die Gastfreundschaft bedankte, versprach, mich zumindest baldmöglich mit einer Spende erkenntlich zu zeigen, und mit zitternden Knien den Raum verließ. Es war vorbei.

Während ich gedankenverloren den Hof durchquerte, spürte ich, wie die Traurigkeit einer riesigen Enttäuschung wich. Es war nicht das erste Mal, dass ich auf diese Art abserviert wurde. Schon an meinem ersten Arbeitsplatz hatte ich bereitwillig jene Arbeiten ausgeführt, für die sich alle anderen zu gut gewesen waren. Immerhin konnten der Chef und die Kollegen sich so davon überzeugen, welch guter und ordentlicher Mitarbeiter ich war, hatte ich gedacht. Und dann würden sie mich bestimmt bald für die lukrativeren Tätigkeiten einteilen. Doch es geschah das Gegenteil. Sobald finanziell lohnende Aufgaben anstanden, holte der Chef einen der Kollegen, die sich vor jeder niederen Tätigkeit drückten, und überging mich großzügig. Ein Freund, den ich einmal darauf ansprach, hatte nur lachend gemeint, dass das Verhalten meines Vorgesetzten doch durchaus verständlich wäre. »Versetze dich einfach in die Lage deines Chefs«, hatte er gesagt. »Würdest du für eine heikle Arbeit ausgerechnet die Person holen, die sich förmlich um die Drecksarbeit reißt? Oder würdest du einen echten Spezialisten bevorzugen?« Trotzdem war ich mehr als nur gekränkt gewesen, als mir mit der Begründung gekündigt worden war, mich nicht genügend weiterentwickelt zu haben.

Aus der Küche des Klosters stieg mir der Duft von gekochtem Gemüse in die Nase. Die Frühstückssuppe wurde zubereitet. Ob ich dort Bescheid sagen sollte, dass ich gefeuert war? Trotzig ging ich weiter. Entweder wussten sie es ohnehin bereits, oder sie würden es in Kürze erfahren. Vielleicht waren ja gerade meine Hilfstätigkeiten dort das Motiv für meinen Rausschmiss. Aber was war denn überhaupt der Grund, warum der Abt mich nicht mehr hierhaben wollte? An! Befreie dich von deiner eigenen Kraft! Ich beschloss, die Überlegungen sein zu lassen und dankbar an das zu denken, was gut gewesen war.

Die nächste Überraschung erwartete mich bereits wenige Augenblicke später. Ich hatte mich innerlich bereits darauf vorbereitet, Xi aus dem Weg zu gehen. Ich hätte nicht einmal sagen können, dass ich böse auf ihn gewesen wäre. Am Ende hatte auch er nur seine Pflicht getan. Und ich hatte von vornherein gewusst, dass ich mich einer Prüfung unterzog, die nicht zwingend in meinem Sinne enden musste. Trotzdem konnte ich nicht leugnen, dass mich das Verhalten des Mönches enttäuschte.

In Gedanken versunken betrat ich unser gemeinsames Quartier und schrak zurück. Wieso war der Platz neben dem Bett, in dem ich die letzten Wochen geschlafen hatte, leer? Das zweite Bettgestell, auf dem Xi geschlafen hatte, war verschwunden wie auch sein kleiner Wecker, den er einmal als Geschenk erhalten hatte. Ich sah mich um. Von meinen eigenen Habseligkeiten abgesehen, war das Zimmer leer. War Xi ausgezogen? Aber warum hätte er das tun sollen? Zumal er das Zimmer ohnehin bald wieder für sich haben würde.

Seufzend setzte ich mich auf das Bett, das nun nicht mehr meines war. War es tatsächlich mein Schicksal, im Leben nicht einmal das zu Ende zu bringen, von dem ich es mir sehnlichst wünschte? Musste alles immer vorbei sein, sobald es begann, mir Freude zu machen? Traurig machte ich mich daran, meine Sachen zu packen. Ich wollte gerade meinen Rucksack auf das Bett stellen, als mein Blick auf einen kleinen Zettel fiel.

»Lieber An! Verzeih, dass ich ohne Verabschiedung gegangen bin, aber es musste alles schnell gehen. Der Abt hat mir eine Aufgabe an einem anderen Ort gegeben. Danke, dass du mein Leben bereichert hast. Wir sehen uns wieder. Shi De Xi«

In diesem Moment wurde mir alles zu viel. Ich setzte mich auf mein Bett, stützte den Kopf in die Hände und weinte. Da klopfte es an der Tür. Wer mochte das sein? War Xi doch noch einmal zurückgekommen, um sich zu verabschieden? Ich öffnete und blickte staunend in das lächelnde Gesicht des Abtes.

»An? Wo bist du denn? Solltest du nicht schon lange in der Küche sein?«

»Aber ... Habt Ihr denn nicht vorhin gesagt, dass ich das Kloster verlassen soll?«

»Wo hast du denn so etwas gehört?«

Ich fragte mich, ob Shi Yang Hes Erstaunen echt war. »Vorhin«, sagte ich. »In Eurem Zimmer. Als Ihr mir die schlechte Nachricht verkündet habt, dass ich gehen soll.«

Die Augen des Abtes blitzten belustigt auf. »Hast du das tatsächlich so gehört, oder glaubst du nur, dass ich es gesagt habe?«

Ich schwieg. Natürlich hatte ich es gehört. Exakt aus dem Mund jener Person, die mir nun gegenüberstand und so tat, als habe sie es nie gesagt. Meine Knie begannen zu zittern, als Shi Yang He mir die Hand auf die Schulter legte.

»Lass uns spazieren gehen. Ich möchte dir etwas erzählen.«

Verwirrt folgte ich dem Mönch durch das Tempeltor nach draußen. Seit meiner Ankunft hatte ich die Anlage kein einziges Mal verlassen. Während wir einen unebenen Waldweg entlanggingen, ließ mich der Gedanke lächeln, dass ich es daheim nicht einmal einen ganzen Tag zu Hause ausgehalten hatte, ohne unleidlich zu werden. Hier waren die Wochen wie im Flug vergangen, aber vermisst hatte ich nichts. Hatte mich der Aufenthalt im Tempel tatsächlich schon verändert?

Wir gingen etwa eine Stunde schweigend nebeneinanderher. Ich genoss die Gegenwart des Meisters und bemühte mich, so gut ich konnte, mit ihm Schritt zu halten. Selbst wenn ich die Prüfung am Ende nicht bestanden hatte, war ich froh, zumindest noch etwas Zeit mit dem Abt verbringen zu dürfen.

Während wir den kleinen Berg hinaufgingen, der sich gegenüber dem Kloster inmitten eines dichten Waldes erhob, hatte ich keinen Blick für die Landschaft. Ich versuchte noch immer, zu verstehen, was schiefgelaufen war. Und was mochte der Abt damit bezwecken, dass wir jetzt diese Wanderung machten? Ich akzeptierte ja, dass er mich loswerden wollte. Aber wozu noch dieser Spaziergang? Sollte ich tatsächlich alles falsch verstanden haben?

Doch gleichgültig wie oft ich mir das Gespräch mit dem Abt

auch ins Gedächtnis rief, jedes Mal standen am Ende die Worte »schlechte Nachricht« und »... das Kloster verlassen«. Doch selbst wenn damit die Nachricht gemeint gewesen war, dass Xi das Kloster verlassen würde, wusste ich dennoch noch immer nicht, was aus mir werden sollte.

Plötzlich endete der Wald, und wir standen an einem See, dessen Ufer aus riesigen Steinen bestand, als habe die Natur in der Eiszeit eine Art große Wanne geschaffen, in der sich seitdem das Wasser hielt. Shi Yang He zeigte auf einen der glatt geschliffenen Felsbrocken und lud mich mit einem Wink ein, Platz zu nehmen. Dann setzte er sich mir gegenüber. Wieder bewunderte ich die Eleganz und Körperbeherrschung, mit der er aufrecht vor mir auf dem kleinen Stein saß.

»Bist du böse auf Xi?«

Ich betrachtete verlegen meine Fußspitzen in den inzwischen reichlich ausgetretenen Turnschuhen. Was sollte ich sagen? Einerseits war ich natürlich enttäuscht von Xi. Andererseits saß mir nun Xis Vorgesetzter gegenüber, der an diesem Verhalten nicht ganz unbeteiligt war.

»Ich weiß es nicht.« Ich druckste herum. »Ich würde eher sagen, dass ich enttäuscht bin.« Ich war wahrlich nicht verärgert über Xi. Abgesehen davon, dass ich ihm so vieles zu verdanken hatte, wusste ich überhaupt nicht, was er dem Abt über mich erzählt hatte. Trotzdem war ich enttäuscht, weil er mit seinem Verhalten alles zerstört hatte, was ich in den gemeinsamen Wochen an ihm bewundert hatte. Die ganze Faszination war mit einem Schlag verschwunden.

»Warum bist du enttäuscht?«, fragte der Abt.

»Ich glaube, ich ärgere mich vielmehr über mich selbst«, sagte ich. »Weil ich mich noch selten so sehr in einem Menschen geirrt habe.«

»Was glaubst du denn, was er dir getan hat?«

Langsam begann mich Shi Yang Hes Lächeln zu irritieren. Wozu dieses Theater? Es lag doch auf der Hand, dass es seltsam war, mir nicht persönlich zu sagen, was Sache war. Zumal ich die ganze Zeit gedacht hatte, zwischen Xi und mir wäre ein ehrliches Vertrauensverhältnis entstanden.

»Ich will dir ein Geheimnis verraten, An.« Shi Yang He wandte sich ab und blickte ernst in die Ferne. »Unsere Gedanken haben eine beängstigende Kraft. Sie erschaffen unsere Wirklichkeit.«

Ich nickte abwesend. Auch wenn mich die Denkweise der Mönche beeindruckte, war sie mir manchmal etwas zu hoch. Wie sollten Gedanken Wirklichkeit erschaffen? Wirklichkeit war das, was war. Das, was ich wahrnahm, was ich fühlte. Das, was ich sah. Was sollte das mit meinem Denken zu tun haben?

»Ihr meint, unsere Gedanken …«

»… erzeugen unsere Wirklichkeit. Sie schaffen die Basis für alles. Für unsere Meinungen, unsere Entscheidungen und unser Wohlbefinden.«

Etwas in mir machte dicht. Einfach das Gute im Schlechten sehen, und schon wird alles gut? Wie oft hatte ich das nun schon gehört?

»Weißt du eigentlich, dass ich kurz überlegt habe, dich aufzuhalten, als du aus meinem Zimmer gelaufen bist?« Shi Yang He sah mich an.

»Warum habt Ihr es dann nicht getan?«

»Weil dein Geist verschlossen war, An. Du hast gehört, was du hören wolltest.«

Ich schüttelte den Kopf. »Ich habe gehört, was Ihr gesagt habt.«

Wieder lächelte der Abt. »Was habe ich denn gesagt?«

Ich seufzte. »Ihr habt gesagt, dass Ihr eine schlechte Nachricht für mich habt und ich das Kloster verlassen soll.«

»Das ist, was du verstanden hast. Möchtest du wissen, was ich tatsächlich gesagt habe?«

Wieder betrachtete ich die Spitzen meiner Sportschuhe.

Shi Yang He drehte mit der Hand seinen Fuß, bis die Sohle nach oben zeigte. Ich starrte ungläubig hin. Wie konnte er das so entspannt tun?

»Meine schlechte Nachricht war, dass dein Freund Shi De Xi unser Kloster verlassen wird. Ich wollte dir gerade erzählen, dass ich eine andere Aufgabe für ihn habe, doch da warst du bereits hinausgestürmt. Du hast so sehr erwartet, dass ich dir sage, dass du gehen sollst, dass du genau das gehört hast. Dabei hatte ich dich mit keinem Wort erwähnt.«

Mir wurde abwechselnd heiß und kalt. Auf einmal passte alles zusammen. Die schlechte Nachricht. Das leere Zimmer. Der Brief von Xi. Ich spürte, dass ich rot wurde. Trotzdem blieb die Enttäuschung darüber, dass Xi mit dem Abt über mich gesprochen zu haben schien.

Ich fasste mir ein Herz. »Ihr habt also gar nicht mit Meister Xi über mich gesprochen?«

Der Abt schüttelte den Kopf. »Nein. Er hat mir nur von den großen Fortschritten erzählt und mich um die Erlaubnis gebeten, dich zu seinem Schüler zu machen. Hatte er es richtig verstanden, dass du die Kunst des Kampfes lernen willst?«

Ich nickte verlegen. Tatsächlich hatte ich mir nichts sehnlicher gewünscht als das. Seit Xi eines Tages gemeint hatte, dass man die Kunst des geistigen Sich-zur-Wehr-Setzens am besten über körperliche Techniken lernte, hatte ich jeden Tag die Anstrengungen verdoppelt, meinen Körper kräftig und geschmeidig werden zu lassen.

»Habt Ihr ihn deshalb weggeschickt?«, fragte ich leise.

Wieder schüttelte der Abt den Kopf. »Nein. Sein Können wird an einem anderen Ort benötigt.«

Ich spürte, wie mir vor Erleichterung die Tränen in die Augen stiegen. »Fast hätte ich alles weggeworfen, was zwischen uns gewesen ist.«

»Das weiß ich, An«, sagte der Abt leise. »Deshalb sind wir hier.« Er deutete auf das Wasser, das für einen Moment so ruhig dalag, dass sich der Wald darin spiegelte. »Es gibt noch etwas, das du wissen sollst. Siehst du diesen See?«

Ich nickte leise.

»Wie auch er sind alle Wesen der Natur wandelbar. Nichts ist nur hart, und nichts ist nur weich.« Er sah mich an, als wollte er sich vergewissern, dass ich seine Worte verstand. »Nimm als Beispiel dieses Wasser. Was würde passieren, wenn du versuchen würdest, darauf zu laufen?«

»Ich würde untergehen. Weil es mich nicht tragen kann.«

Der Abt wiegte bedächtig den Kopf. »Weil es Frühling geworden ist. Wie anders aber ist dieses gleiche Wasser doch im Winter! Es gefriert und wird zu hartem Eis, sodass es dich gefahrlos bis ans andere Ufer trägt.«

Ich starrte schweigend auf die kleinen Wellen, die der Wind aufwarf.

»Was aber würde jemand sagen, der den See nur im Sommer kennt?«, fragte Shi Yang He.

»Dass er weich ist«, sagte ich. »So wie jemand, der ihn nur im Winter kennt, sagen würde, dass er hart ist.«

»Je nachdem, zu welcher Zeit du ihm begegnest, ist der See aber beides. Weich und nachgiebig genauso wie hart und kalt. Auch Menschen vereinen dies alles in sich. Niemand ist nur gut und niemand nur böse.«

»Erlaubt Ihr mir eine Frage?« Die Erfahrungen der letzten Minuten hatten mich vorsichtiger gemacht.

»Ich bin hier, um dir Fragen zu beantworten«, sagte Shi Yang He.

»Das würde dann aber bedeuten, dass auch Ihr Böses in Euch tragt.«

»Zweifelst du daran?«

Einen Moment lang glaubte ich, mich verhört zu haben. Wie sollte dieser Mensch, der mir mit seiner Gelassenheit und Ausstrahlung so sehr imponierte, auch nur ansatzweise in der Lage sein, etwas Böses zu tun? »Ehrlich gesagt bezweifle ich es immer noch.«

Der Abt lächelte mich fragend an.

»Wenn Ihr wirklich in der Lage wärt, Böses zu tun, dann hättet Ihr es doch längst getan.«

»Auch das ist ein Irrtum«, sagte der Abt. »Stell dir nur vor, du müsstest aus zwei Menschen einen aussuchen, der in deiner Abwesenheit auf dein Haus aufpasst. Wenn du einen unbeschultenen Bürger und einen Mann zur Auswahl hast, der bereits zweimal wegen Einbruchs verurteilt wurde, für welchen der beiden entscheidest du dich?«

»Für den unbescholtenen Bürger natürlich.« Endlich gelang es mir, seinem Blick standzuhalten. »Ich möchte schließlich, dass meine Sachen noch da sind, wenn ich wieder zurückkomme!«

»Und warum glaubst du, dass er dich nicht bestehlen wird?«

»Weil er es bisher noch nie getan hat.«

Shi Yang He wiegte bedächtig den Kopf. »Das ist eine interessante Schlussfolgerung. Aber sie ist falsch. Du übersiehst nämlich dabei, dass alles ein erstes Mal passiert. Auch der Einbrecher wurde nicht als Einbrecher geboren. Es gab eine Zeit, in der auch er ein unbescholtener Bürger war. Damals haben ihm alle vertraut, und niemand hätte gedacht, dass er einmal ein Einbrecher sein würde.«

Der Gedanke hatte etwas Beängstigendes. »Bedeutet das, dass ich von jedem Menschen das Schlimmste annehmen muss?«

Shi Yang He schüttelte langsam den Kopf. »Nein, das bedeutet es überhaupt nicht. Wir nennen es Achtsamkeit.«

»Achtsamkeit. Das heißt aufpassen. Aufmerksam sein. Nicht wahr?«

»Achtsamkeit bedeutet, den Geist offenzuhalten. Nichts vorauszusetzen. Ein achtsamer Kämpfer nimmt von seinem Gegner weder das Beste noch das Schlechteste an. Er nimmt vielmehr gar nichts an und ist bereit, ihm in jedem Moment so entgegenzutreten, wie er gerade ist.« Nach einer kurzen Pause fügte der Mönch hinzu: »Alles andere schränkt nämlich deine Wahrnehmung ein und macht dich manipulierbar.«

Obwohl ich spürte, dass der Abt recht hatte, verwirrte mich seine Aussage. »Aber was ist dann mit guten und bösen Menschen, so wie ich es immer gelernt habe?«

»Was ist mit dem See, über dessen Oberfläche man im Winter gefahrlos ans andere Ufer gelangen kann, während man im Sommer in ihm ertrinkt? Viele Menschen denken in Schubladen. Das ist einfacher. Das ist ein guter Mensch und das ist ein schlechter.

Da muss ich nicht lange nachdenken, und es ist bequem. Aber am Ende ist diese Unachtsamkeit gefährlich.« Shi Yang He blickte mir direkt in die Augen. »Du hast doch mit Sicherheit Yu bemerkt. Den kleinen Jungen, der immer beim Training dabei ist?«

Ich nickte. Das Kind mochte vielleicht sechs Jahre alt sein und wirkte zart und zerbrechlich.

»Seine Eltern haben mich gebeten, ihn aufzunehmen. Nehmen wir an, du müsstest gegen ihn kämpfen. Was erwartest du von diesem Gegner?«

Ich musste bei der Vorstellung schmunzeln, gegen diesen Knirps in den Ring zu steigen. »Ich erwarte wenig, weil er noch so klein ist. Was sollte er mir denn schon tun?«

»Siehst du, ein achtsamer Kämpfer würde das anders sehen. Was nämlich tust du, wenn das Kind plötzlich ein Messer in der Hand hält?«

Staunend blickte ich den Abt an. Daran hatte ich nun wirklich nicht gedacht.

»Noch etwas, An. In den Jahrhunderten, die dieses Kloster schon besteht, haben wir vom größten Lehrer gelernt, den es gibt. Von der Natur. Wir haben Tiere gesehen, deren Jagdtechnik darin besteht, die Beute anzulocken, indem sie sich schwach stellen. Genauso tun es auch manche Gegner. Sie machen dich glauben, sie wären klein und schwach. Doch wehe du näherst dich ihnen unvorsichtig oder glaubst, ihre wahre Absicht zu durchschauen. Dann blickst du nur noch gebannt auf ein Detail und übersiehst den großen Zusammenhang. Wenn du stark sein möchtest, dann lass deinen Gegner glauben, dass du schwach bist. Schon wird er sich bereitwillig von dir kontrollieren lassen.«

Wieder ruhte sein Blick auf mir wie der eines Vaters auf seinem Sohn. »Meister Shi De Xi ist übrigens noch mit einer Bitte an mich herangetreten.«

Ich blickte über den kleinen See. Die Landschaft, die nur aus Steinen und Wasser bestand, hatte etwas wunderbar Unwirkliches. Was konnte Xi sich gewünscht haben?

»Er hat mich gebeten, dich an seiner statt zu unterrichten.«

Ich musste schlucken, als ich die Worte des Abtes vernahm.

»Auch wenn ich schon lange niemanden mehr unterwiesen habe: Möchtest du mein Schüler sein?«

Ich glaubte, mich verhört zu haben. Xi hatte nicht nur erreicht, dass ich im Kloster bleiben konnte, er hatte vielmehr sogar den Abt zu meinem Lehrer gemacht! In mir war alles im Aufruhr.

»Ich habe Angst, Euch zu enttäuschen.«

Ich hätte mich ohrfeigen können, aber es war zu spät. Die Worte hatten meinen Mund bereits verlassen. Wie war ich nur auf die Idee gekommen, so etwas zu sagen? Natürlich wollte ich sein Schüler sein!

Wieder blitzte es in den Augen des Abtes belustigt auf. »Das wäre dann auch dein Problem.«

Einen kurzen Moment lang wusste ich nicht, was ich sagen sollte. Wie reagierte man auf so ein Angebot? Ich legte die Hände vor der Brust zusammen, verneigte mich, so tief es mir in der sitzenden Position möglich war, und sagte in meinem besten Chinesisch: »Ich danke Euch, Meister.«

Wir saßen noch eine Zeit lang schweigend nebeneinander, und endlich konnte ich den Ausblick über den See und die nahen Berge wirklich genießen. Ich atmete tief durch, und mir fiel auf, wie verkrampft ich in der letzten Zeit gewesen war, als hätte ich auf einen harten Schlag gewartet. Nun aber war diese Sorge von mir genommen. Ich wusste, ich durfte bleiben.

Der Weg bergab fiel mir deutlich leichter, auch mein Herz war so unglaublich leicht geworden, dass ich meinte, fliegen zu können. Dennoch beobachtete ich fasziniert die Mühelosigkeit, mit welcher der Abt über die Steine sprang, als wäre er zwanzig. Während ich versuchte, meinem neuen Meister zu folgen, ohne zu stolpern, dachte ich an Xi. Wo er jetzt wohl war? Und ob er meinen ungerechtfertigten Ärger mitbekommen hatte? Ich versuchte, mich mit dem Gedanken zu beruhigen, dass er wohl ohnehin nur gelächelt hätte. So, wie er es immer getan hatte, wenn ich meine Emotionen nicht unter Kontrolle gehabt hatte.

Wir hatten etwa die Hälfte des Rückweges zurückgelegt, als Shi Yang He erneut stehen blieb und sich zu mir drehte.

»Es gibt noch etwas, das ich dir sagen will, An.« Er machte eine kurze Pause. »Ich weiß, dass du heute den Eindruck hattest, von deinem Mitbruder verraten worden zu sein.«

Ich nickte erstaunt. Waren meine Gedanken für ihn so offensichtlich?

»Du hast ihm damit unrecht getan. Ich habe mit Shi De Xi nicht über dich gesprochen. Er hat einzig von deinem Wunsch berichtet, sein Schüler zu werden.«

Ich spürte, dass ich rot wurde. »Ich dachte, Ihr wolltet mich prüfen?«

»Macht man denn das bei euch hinter dem Rücken des Prüflings?«

Ich schwieg beschämt. Natürlich machte man das bei uns so. Verwirrt dachte ich daran, dass gerade in der Geschäftswelt mehr heimlich als offen geredet wurde.

»Bei uns macht man das jedenfalls nicht«, sagte der Abt. »Abgesehen davon, dass ich nicht deine Meinungen prüfen wollte, sondern deinen Charakter. Und der teilt sich nicht durch Worte mit.«

»Sondern …?« Erschrocken schlug ich mir die Hand vor den Mund. Wie konnte ich den Abt einfach unterbrechen?

Doch Shi Yang He sprach unbeirrt weiter. »Worte können lügen. Doch nach einiger Zeit geht jede Lüge so weit in dich über, dass sie vermeintlich zu deinem Wesen wird. Nicht, weil du dich wirklich geändert hast, sondern weil dir die Lüge zur Wahrheit wird. Achte nicht auf Worte, An. Sie sind wertlos.«

»Wenn ich aber nicht auf Worte achten soll, auf was denn dann?«, fragte ich.

»Achte auf Taten. Auf das, was jemand tut. Menschen können sich verstellen. Sie können eine Einstellung vortäuschen, die nicht die ihre ist. Wenn sie es lange genug wiederholen, glauben sie eines Tages selbst, dass sie so denken. Bei Handlungen ist das anders. Solange man nicht die Einstellung ändert, die zu einer

Handlung führt, fällt man irgendwann in das alte Muster zurück.«

Dem Mönch musste mein fragender Blick aufgefallen sein, denn er trat einen Schritt auf mich zu.

»Stell dir einmal vor, ein Tier, das zu einem Bauern gehört, könnte mit Menschen sprechen. Wenn es nun eines Tages den Bauern fragte, ob der vorhabe, es zu töten, was würde dieser wohl antworten?«

»Nein«, sagte ich. »Ich werde dich nicht töten.«

»Genau«, sagte Shi Yang He. »Aber ist es auch so? Der Bauer lügt, weil er auf diese Weise Gegenwehr vermeiden kann. Vielleicht rechtfertigt er sich damit, dass er in diesem Moment ja tatsächlich nicht vorhat, das Tier zu schlachten. Doch wenn dieses den Worten des Bauern vertraut, macht es einen tödlichen Fehler. Es muss nämlich nur lange genug warten, und der Bauer zeigt sein wahres Gesicht.«

»Deshalb habt Ihr mich also so lange warten lassen, bis Ihr mich zu euch gerufen habt?«

Der Abt nickte bedächtig. »Hätte ich dich am ersten Tag gefragt, ob du bleiben möchtest, was hättest du denn geantwortet?«

»Ich hätte Ja gesagt«, sagte ich. »Ja, ich möchte bleiben.«

»Natürlich. Schließlich wolltest du die beschwerliche Reise zu den heiligen Bergen nicht umsonst auf dich genommen haben. Auch am zweiten Tag hättest du noch so geantwortet. Aber wie hätte ich wissen können, dass du dich nicht nach einer Woche oder einem Monat langweilen würdest und dein Versprechen, bei uns zu bleiben, plötzlich wertlos wäre?«

Der Abt drehte sich ohne Vorwarnung um und setzte den Weg nach unten fort. Ich fragte mich, woher Shi Yang He wusste, dass ich anfangs fast täglich an meinem Vorhaben gezweifelt und erwogen hatte, die Heimreise anzutreten. In diesem Moment wusste ich, er würde mir noch viel beibringen. Vor allem auch über mich selbst.

KAPITEL SIEBEN

Enttäuschung

Die Tage nach dem Gespräch mit Shi Yang He waren erstaunlich schwierig. Obwohl ich nicht hätte sagen können, was genau ich erwartete, war ich von den tatsächlichen Ereignissen überrascht. Es passierte nämlich nichts.

Einerseits hatte ich das wohlige Gefühl, ein persönlicher Schüler des Abtes von Shaolin zu sein. Auch wenn ich ein schlechtes Gewissen hatte und inständig hoffte, dass niemand meine Gedanken erriet, malte ich mir wieder und wieder aus, welche Augen meine Freunde und Bekannten zu Hause machen würden, wenn ich ihnen davon erzählte. Ausgerechnet mich hatte Shi Yang He als Schüler erkoren. Mich, dem man oft nicht einmal zugetraut hatte, den Müll hinunterzubringen. Andererseits existierte dieses Glück allein in meinem Kopf und in meiner Fantasie. Denn nach dem Spaziergang brach der Kontakt zu meinem neuen Meister abrupt wieder ab. Auch ertappte ich mich immer häufiger dabei, dass ich in alte Gedankenmuster zurückfiel.

So störte es mich des Morgens, dass man mir bei der Morgenmeditation nicht einen Platz einräumte, der für einen Schüler des Abtes vielleicht angemessener wäre. Nach mir waren mehrere junge Mönche eingetroffen, die in anderen Klostertempeln ihre Ausbildung begonnen hatten. Trotzdem schien niemandem aufzufallen, dass ich noch immer in der letzten Reihe saß. Auch in der Küche schenkte man meinem neuen Status keine Beachtung. Unverändert putzte ich Gemüse und wusch Essschalen ab. Und als wollte er mein Unglück noch vergrößern, blieb auch Shi Yang He wie vom Erdboden verschluckt.

Am Tag nach dem gemeinsamen Spaziergang war ich besonders früh aufgestanden, um sicher fertig zu sein, wenn der Abt mich zur Unterweisung holen ließ. Die ganze Nacht über hatte ich mir ausgemalt, wie ich Seite an Seite mit dem Klostervorsteher über den Hof zur Meditationshalle schritt. In meinem frühmorgendlichen Tagtraum konnte ich die bewundernden, fast neidischen Blicke der anderen Mönche förmlich spüren. Respektvoll flüsternd hatte in meiner Vorstellung ein Mönch den anderen gefragt, ob der Ausländer nun wohl der neue Schüler des Abtes sei, was ich natürlich großzügig ignoriert hatte. Doch je mehr ich mich diesen Gedanken hingab, desto mehr erschreckten sie mich. Unwillkürlich fragte ich mich, ob ich tatsächlich wieder dort stand, wo ich vor knapp zwei Monaten begonnen hatte. Bezog ich wirklich von Neuem meinen Wert daraus, mich mit der Stellung eines anderen Menschen zu schmücken, statt meinen Wert in mir selbst zu finden? Kollegen, welche die Nähe des Vorgesetzten suchten, um selbst besser dazustehen, hatte ich immer verachtet. Aber tat ich nicht gerade genau das Gleiche? Hier interessierte es offensichtlich niemanden, dass ich der Schüler des obersten Chefs war. Andererseits hätte man mich in Shaolin nicht einmal anders behandelt, wäre ich der Klostervorsteher persönlich gewesen. Welchen Grund sollte es also geben, mich zu bewundern?

Dennoch störte es mich, dass Shi Yang He mich so demonstrativ ignorierte. Was für ein Spiel spielte er nun wieder? Obwohl ich versuchte, die mir übertragenen Aufgaben weiterhin so gut wie möglich zu erledigen, wuchs mein Missmut von Tag zu Tag. Hatte der Abt mich denn immer noch nicht genug geprüft? Wenn es nur darum ging, einen kostenlosen Mitarbeiter für die Küche zu haben, hätte er das zumindest von Anfang an sagen können. So wäre es wenigstens meine eigene Entscheidung gewesen, dem Kloster als unbezahlte Arbeitskraft zur Verfügung zu stehen oder eben nicht. So fühlte ich mich einfach nur ausgenutzt. Zwar war mir durchaus bewusst, dass jeder Einzelne seinen Beitrag zum Funktionieren der Klostergemeinschaft leistete. Aber alle außer mir schienen zufrieden mit dem, was sie im Gegenzug erhielten.

Hinzu kam, dass ich die Gespräche mit Xi vermisste, auch wenn die Kommunikation mühsam gewesen war. Er war der erste Mensch in meinem Leben gewesen, den ich als so etwas wie einen Lehrer akzeptiert hatte. Ich war innerlich zerrissen. Zwar hatte ich es geschafft, in einem der ehrwürdigsten Klöster der Welt Aufnahme zu finden. Und das nicht nur als einfacher Mönch, sondern als direkter Schüler des Abtes. Aber was nutzte mir das, wenn mein Meister sich nie blicken ließ, geschweige denn Zeit hatte, mich zu unterrichten?

Trotz meiner Enttäuschung dauerte es noch einige Tage, bis ich den Mut fand, den Küchenmönch nach dem Verbleib von Shi Yang He zu fragen. Seine Antwort warf mich fast um. Der Abt, so verstand ich, war in ein anderes Kloster gefahren. Niemand wusste, wann er zurückkehren würde. Ich nickte dem Mönch dankend zu und machte ihm verständlich, dass ich kurz nach draußen gehen wollte.

Kaum hatte ich die Küche verlassen, spürte ich, dass mir alles zu viel wurde. Ich rannte in den Klosterhof und weiter, direkt auf den Baum zu, der in der Mitte des Hofs aufragte. In mir schrie es, ich solle endlich aufhören, mir alles gefallen zu lassen. Natürlich war ich ein Ausländer, aber das war auch gut so! Glaubte hier allen Ernstes jemand, dass ich so werden wollte wie sie? So duldsam, dass ich mich widerspruchslos in die niedrigsten Arbeiten fügte, ohne dafür zumindest irgendeine Gegenleistung zu bekommen? Ohne Shi Yang He und ohne Xi gab es nicht einmal mehr jemanden, mit dem ich wirklich hätte sprechen können. Nein! Nein, nein, und wieder nein! So ließ ich mich nicht mehr behandeln! Es krachte laut, als meine Faust auf die Baumrinde traf. Wie in Trance beobachtete ich, wie mir das Blut über die Fingerknöchel lief. Doch statt mich zu beruhigen, machte mich der Anblick meiner langsam anschwellenden Hand nur noch aggressiver. In überkochendem Frust setzte ich mit der zweiten Faust einen Schlag nach, der den ersten an Härte noch übertraf. Sollten sie doch sehen, was sie davon hatten! Wenn das alles war, was sie zu bieten hatten, dann konnten sie es gerne behalten. Ich wollte es einfach nicht mehr! Wie von Sinnen schlug ich auf den Baum ein, bis mich endlich die Kraft verließ. Dann sank ich atemlos zu Boden und begann zu weinen. Noch nie in meinem Leben hatte ich mich derart hilflos gefühlt.

Wie Xi es mich gelehrt hatte, versuchte ich, meinen Geist über den Atem zu beruhigen. Meine Hände brannten wie Feuer. Langsam tropfte das Blut von meinen Fingern auf den Boden. Erschrocken über mich selbst, dachte ich nach. Was hatte mir das alles gebracht? Immerhin hatte ich zum ersten Mal in meinem Leben meinen Frust herausgelassen. Erschöpft horchte ich in mich hinein. War es das wert gewesen? Fühlte ich mich jetzt tatsächlich besser? Nein. Aber wollte ich mich weiterhin einfach hinhalten lassen und so tun, als sei nichts?

Eine Zeit lang blieb ich regungslos liegen und hoffte, dass jemand mich sah. Doch zu meiner wachsenden Enttäuschung kam niemand, um mich aus meinem Elend zu erlösen oder es auch nur wahrzunehmen. Ich raffte mich auf. Mein Zorn war einer tiefen Traurigkeit gewichen. Was waren das nur für Menschen? Wahrscheinlich hatte ich es nicht anders verdient. Ich fühlte mich unendlich allein.

Deprimiert machte ich mich auf den Weg zurück in die Küche. Auch wenn meine Sprachkenntnisse noch immer äußerst rudimentär waren, würden die anderen wohl auch ohne Worte verstehen. Ich war mir sicher, dass ein Blick genügte, um zu erkennen, wie es mir ging.

Doch zu meiner großen Überraschung schien in der Küche niemand von meinen Problemen Notiz zu nehmen. Der ältere Mönch, der gerade Dienst hatte, sah nur kurz auf und in meine Richtung. Dann schüttelte er den Kopf und bedeutete mir, mich zu waschen und mich dann schlafen zu legen. Keine Frage danach, was passiert war. Waren die Menschen hier in Wirklichkeit noch mitleidloser als dort, wo ich herkam? Fanden die Mönche ihr Glück, indem sie das Unglück der anderen ignorierten? Resigniert ging ich in mein Zimmer und legte mich aufs Bett.

Traurig stand ich nach einer Weile wieder auf und begann, meine Sachen zu packen. Doch diesmal, soviel war mir klar, war es endgültig. So faszinierend der Aufenthalt in Shaolin auch gewesen sein mochte, nun war es an der Zeit, ihn zu beenden. Ich starrte auf meinen Rucksack, als mir unvermittelt Xis Worte durch den Kopf schossen: »An! Befreie dich von deiner eigenen Kraft.« Ich senkte den Kopf, und mein Blick fiel auf meine blutverschmierten Hände. Die Intensität, mit der ich die Worte meines Mitbruders auf einmal verstand, überwältigte mich. Ich legte mich zurück aufs Bett und begann, hemmungslos zu weinen. Doch diesmal war es kein Selbstmitleid. Dieses war der klaren Erkenntnis gewichen, dass der Einzige, den ich mit dieser Aktion bestraft hatte, ich selbst war. Und ich schwor, nie wieder meine Energie gegen mich selbst zu richten. Andernfalls würde mich das eines Tages zerstören.

Ich schloss die Augen und überlegte, was Xi mir in dieser Situation geraten hätte. Wie gerne hätte ich ihn gefragt, was es konkret bedeutete, sich von der eigenen Kraft zu befreien. Wie fing man das an? Zuerst einmal musste ich bei den Dingen bleiben, die ich sicher wusste. Dann würde ich auch aufhören, mich ständig dazu hinreißen zu lassen, mich so in etwas hineinzusteigern. Meine Gefühle aufzuschaukeln, bis nicht mehr ich sie beherrschte, sondern sie mich. Niemand außer mir selbst war der Ansicht, dass der Abt mich gezielt vernachlässigte. Vielleicht hatte er ja einen Mönch gebeten, mir von seiner Abreise zu erzählen. Und vielleicht war es demjenigen einfach unangenehm gewesen, sich nicht mit mir verständigen zu können. Möglicherweise hatte der Betreffende die Anweisung vergessen. Oder er war der Meinung gewesen, die Information sei nur für ihn selbst gedacht. Keine dieser Möglichkeiten war es wert, sich die Finger so wund zu schlagen, dass sie bei jeder Bewegung wehtaten. Ich richtete mich entschlossen auf. Von nun an würde ich alles anders machen.

Offenbar hatte der Küchenmeister den anderen Klosterbewohnern doch von meinen Verletzungen erzählt, denn am nächsten Tag kam ein Mönch in die Küche, den ich davor nur in der Klosterapotheke gesehen hatte. Er verneigte sich und überreichte mir schweigend ein flaches Döschen. Dann klopfte er sich mit der Hand auf die Fingerknöchel und verschwand so still, wie er gekommen war. Die Tinktur brannte, als ich sie auftrug, aber die Verletzungen heilten innerhalb weniger Tage so weit ab, dass ich meinen Verpflichtungen in der Küche wieder in vollem Umfang nachkommen konnte. Das schmerzhafte Ereignis, von dem mir eine dicke Narbe am Mittelfinger bleiben sollte, veränderte mich auch innerlich. Zwar war meine begierige Unruhe noch nicht vollständig verflogen, aber ich hatte das Gefühl, die unsichere Zukunft besser ertragen zu können. Über meinem Bett hing nun einer der Zettel, auf denen Xi mir Wichtiges notiert hatte: »Vor der Erleuchtung: Holz hacken, Wasser holen. Nach der Erleuchtung: Holz hacken, Wasser holen.« Wann immer ich mich dabei ertappte, ungeduldig oder gar ungehalten zu werden, genügte es, einen Blick draufzuwerfen, um mich an mein Versprechen zu erinnern, meine eigene Kraft nie wieder gegen mich selbst zu richten.

Im Lauf der Zeit lernte ich, die strukturierte Monotonie zu schätzen, die der Klosteralltag mit sich brachte. Konnte ich anfangs noch nicht einmal dem Zwang widerstehen, ständig auf die Uhr zu sehen, wusste ich mittlerweile häufig nicht einmal mehr, welcher Wochentag war. So konnte ich nur schätzen, dass seit dem Gespräch mit Shi Yang He mehrere Wochen vergangen sein mussten, als es zeitig in der Früh an meine Zimmertür klopfte. Obwohl es noch lange vor der offiziellen Weckzeit war, fühlte ich mich zu meinem Erstaunen nicht einmal dadurch gestört, dass mich jemand mitten in der Nacht aus dem Schlaf riss. Gleichmütig stand ich auf, um dem Besucher zu öffnen.

Vor mir stand ein Kind, das ich auf höchstens zwölf Jahre schätzte. Wir verbeugten uns, und ich forderte den Kleinen mit freundlichem Kopfnicken auf, zu sprechen. Das Einzige, was ich aus dem Redeschwall, der sich nun über mich ergoss, heraushören konnte, waren die Worte »Shi Yang He« und »sprechen«.

Doch das genügte, um mich in eine kribbelnde Aufregung zu versetzen.

Gedankenverloren folgte ich dem jungen Mönch durch die Klosteranlage. Ich nahm mir vor, ruhig zu bleiben und mir ohne jedwede Erwartung anzuhören, was der Meister mir sagen würde. Dankbar wollte ich sein für das Privileg, überhaupt mit ihm sprechen zu dürfen. Was würden andere für diese Möglichkeit geben, die sie nie in ihrem Leben bekommen konnten?

»Es ist so weit, dass die Verwandlung, die du in der letzten Zeit durchgemacht hast, auch äußerlich sichtbar wird.« Shi Yang He saß in einer anderen Kammer als der, die ich schon kannte, hinter einem großen Tisch, wodurch er für mich noch mehr Autorität ausstrahlte. Zwar war auch der Empfangsraum des Klostervorstehers ähnlich karg eingerichtet wie das Zimmer, das er bewohnte, aber der Tisch und eine mächtige Kalligrafie an der Wand genügten, um dem Raum eine ernste Würde zu verleihen.

Der Abt schob ein quadratisches Päckchen über den Tisch, das in braunes Papier eingewickelt war. Es hatte etwa die doppelte Größe eines Schulheftes und schien etwas Weiches zu enthalten. Ich zitterte vor Aufregung, als mir klar wurde, was sich in dem Paket befinden musste. Was konnte meine Veränderung äußerlich sichtbar machen, wenn nicht das orangefarbene Gewand eines Mönches? Ich jubelte innerlich. Ab sofort würde ich überall als einer von ihnen erkennbar sein. Als Mönch des Klosters von Shaolin!

Ich trat einen Schritt vor, nahm das Paket mit beiden Händen feierlich an mich, verbeugte mich und schickte mich an, den Raum wieder zu verlassen. Schließlich konnte ich es kaum erwarten, in mein Zimmer zu gehen und mich umzuziehen. Endlich wie ein richtiger Mönch auszusehen! Ich legte gerade die Hand auf die Klinke, als ich von hinten die Stimme des Abtes hörte.

»An?«

Ruckartig drehte ich mich um.

»Wohin so eilig? Möchtest du denn gar nicht wissen, was in dem Paket ist?«

Ich fühlte, dass ich errötete. »Natürlich möchte ich das. Ich wollte nur …«

»Pack es aus. Du kannst das Papier ruhig hierlassen.«

Mit größter Mühe verbarg ich meine Enttäuschung, als ich langsam einen grauen Anzug auseinanderfaltete. Es war tatsächlich das gleiche Gewand, das hier jeder Novize trug! Aber war ich nicht zumindest ein Meisterschüler? Ein kurzer Blick auf den Abt aber genügte, damit ich verstand. Er hatte mit Absicht darauf bestanden, dass ich das Paket vor ihm öffnete, da er mein Gesicht sehen wollte, wenn ich feststellte, was es enthielt. Ich musste wirklich lernen, mich von meinen Emotionen zu befreien. Erst dann war ich würdig, das gleiche Gewand zu tragen wie jener ehrwürdige Mönch, der mir gerade lächelnd gegenübersaß.

»Geh hinauf in den ersten Hof. Du wirst dort erwartet.«

Im Laufschritt durchquerte ich die Höfe und nahm immer gleich zwei Treppenstufen auf einmal. Ich war erleichtert, aus dem Zimmer des Abtes wegzukommen. Fast hätte ich mich wieder einmal selbst um eine Freude gebracht. Statt mich zu bedanken, hatte ich meine Gedanken darauf verschwendet, mich tief in meinem Inneren darüber zu beklagen, dass das Geschenk nicht meinen Vorstellungen entsprach. Zugegeben, ich war enttäuscht. Aber warum eigentlich? Wäre es mir wirklich lieber gewesen, ich hätte gar nichts bekommen?

Ein kurzer, kräftiger Applaus riss mich aus meinen Gedanken. Ich blickte mich um. Etwa zwanzig vorwiegend junge Mönche hatten sich in einem Kreis aufgestellt, in dessen Mitte ein Stuhl stand. Als ich mich näherte, öffnete sich der Kreis. Einer meiner neuen Mitbrüder bedeutete mir, auf dem Stuhl Platz zu nehmen. Unsicher folgte ich der Aufforderung und setzte mich vorsichtig. Dann sollte ich die Augen schließen. Was immer jetzt geschah, ich konnte es nicht mehr ändern.

Plötzlich hörte ich von hinten ein vertrautes Surren und spürte, dass sich jemand an meinem Kopf zu schaffen machte. Oh, Gott.

Nur nicht das. Aus dem Augenwinkel sah ich, wie eine dunkelbraune Haarlocke neben der anderen auf den Boden fiel. Ich ließ die Prozedur widerstandslos über mich ergehen und zwang mich zu einem gleichmütigen Lächeln. Wenn ich eines Tages das Kloster verließ, würden die Haare ohnehin wieder nachwachsen.

Der eigentliche Schock kam, als ich mich auf dem Weg zurück in mein Zimmer in einer Glasscheibe spiegelte, hinter der sich eine besonders wertvolle Buddha-Statue befand. Zunächst begriff ich überhaupt nicht, wer der Mann mit der Glatze war, der mir da entgegenstarrte. Bis mir klar wurde, dass ich es selbst war. Ungläubig betastete ich meinen Kopf. Doch es änderte nichts. Meine Haare, die immer das Einzige gewesen waren, das ich an mir gemocht hatte, wurden wohl gerade entsorgt. Ich überlegte, meinen Kopf zumindest mit einer Kappe zu bedecken. Aber wie würde denn das aussehen, als Einziger inmitten all der barhäuptigen Mönche?

Ich riss mich von meinem Spiegelbild los und ging weiter. Was sollten bloß die anderen denken, wenn sie mich so ohne Haare sahen? Wieder bemerkte ich, dass sich in mir Widerstand regte. Doch diesmal beschloss ich, ihm nicht nachzugeben. Stattdessen versuchte ich, mir bewusst zu machen, was genau mich störte. Ich rief mir ins Gedächtnis, wie eigenartig ich mir am Anfang vorgekommen war, weil ich als Einziger im Kloster westliche Kleidung getragen hatte. Aber war tatsächlich der Kleidungsstil der Grund für mein Unbehagen gewesen? Und hatte ich nicht insgeheim gehofft, ein Gewand wie ein Mönch tragen zu dürfen? Wie kam es, dass ich nie daran gedacht hatte, dass dazu auch eine rasierte Glatze gehörte? Und warum hatte es mir nichts ausgemacht, als Einziger das Haar lang zu tragen?

Wieder einmal kam mir ein Spruch von Xi in den Kopf. »Es gibt nichts, was für alle richtig ist. Wir gehen immer nur von uns selbst aus. Wenn sich etwas für uns richtig anfühlt, dann wollen wir glauben, dass das auch für alle anderen gilt.«

Unschlüssig irrte ich im Hof herum. Einerseits konnte ich es kaum erwarten, mir das Mönchsgewand anzuziehen. Vielleicht würde mich das von meinen geschorenen Haaren ablenken. Gleichzeitig spürte ich, dass mir die Veränderungen zu viel waren.

»An?« Die ruhige Stimme von Shi Yang He holte mich sanft aus meinen Gedanken. Ein Schauder lief mir über den Rücken. Es war das Glücksgefühl, als ich begriff, dass der Abt mir gefolgt war. Offensichtlich war ich ihm doch nicht so gleichgültig, wie ich geglaubt hatte.

»Erinnerst du dich noch, dass ich dich bei deiner Ankunft gefragt habe, was du uns zu geben hast?«

Ich nickte beschämt. Natürlich wusste ich es noch. Ich hatte damals nichts zu geben gehabt. Aber hatte sich das denn in der Zwischenzeit geändert? Ich betete, dass der Mönch mich nicht noch einmal danach fragen würde.

Doch der sah mich nur ernst an. »Du hast heute einen deiner größten Feinde überwunden.« Ich fühlte einen warmen Blick auf meinem kahlen Kopf ruhen und wusste sofort, worauf Shi Yang He anspielte.

»Das weiß ich«, sagte ich mehr zu mir selbst. »Ich habe meinen Stolz verloren.«

»Kurze Haare sehen aber ohnehin besser aus«, meinte Shi Yang He, der mich prüfend betrachtete.

»Vielleicht bei asiatischen Mönchen.« Der Trotz in meiner Stimme war unüberhörbar.

»Bei jedem. Sie sehen einfach ordentlicher aus.«

Vor meinem geistigen Auge erschien das Bild meines Vaters, der mir mit genau diesem Argument nie erlaubt hatte, als Jugendlicher die Haare auch nur so lang zu tragen, dass sie über die Ohren reichten. Ordentlich aussehen. Konnte man das nicht auch mit langem Haar? Solange ich denken konnte, war ich davon überzeugt gewesen, dass solche Kurzhaarfrisuren etwas für langweilige, angepasste Spießer waren.

»Was ist das, ein Spießer?« Shi Yang He klang belustigt.

»Ein, ein …« Ich merkte, dass ich stotterte. Oh weh, hatte ich meine Gedanken tatsächlich laut ausgesprochen? Was sollte ich sagen? Einerseits wollte ich den Mönch nicht beleidigen, andererseits war das Wort nun schon draußen. »Ein Spießer ist jemand, der immer das tut, was die anderen von ihm erwarten«, sagte ich.

»Aber kurze Haare sehen einfach nur ordentlich aus. Das hat doch nichts damit zu tun, was andere von dir erwarten!«

Ich spürte den Drang, dem Abt zu widersprechen. Sofort nachdem ich von zu Hause ausgezogen war, hatte ich begonnen, mir das Haar wachsen zu lassen. Selbst wenn ich nie offen ein Rebell gewesen war, hatte ich mich zumindest still den Regeln widersetzt, wo immer es ging.

»Ich finde kurze Haare bei Menschen aus dem Westen ganz furchtbar«, sagte ich mit Nachdruck.

»Dann weißt du, wie es mir mit langen Haaren geht.«

Ich wollte gerade ausführlicher erklären, warum ich keine kurzen Haare mochte, als ich sah, dass Shi Yang He mich angrinste.

»Warum ist es dir eigentlich so wichtig, dass wir gleicher Meinung sind?«

Verwirrt blickte ich den Mönch an.

»Ich meine, was bekommst du zurück für die Zeit und Energie, die du dafür aufwendest, um mich von deinem Standpunkt zu überzeugen?«

Einen kurzen Moment wusste ich nicht, was ich sagen sollte. Im Grunde genommen schien es tatsächlich völlig gleichgültig zu sein, ob mein Gegenüber kurze oder lange Haare bevorzugte. Warum wäre ich aber dennoch bereit gewesen, darüber eine hitzigere Diskussion zu führen?

Shi Yang He winkte auffordernd in Richtung meines Zimmers. »Gehen wir. Ich möchte dich in deinem neuen Gewand sehen.«

Während wir schweigend nebeneinanderher gingen, arbeitete es in meinem Kopf. Wie viel Zeit und Energie hatte ich bereits für den Versuch aufgewendet, Menschen auch dort von meiner Einstellung zu überzeugen, wo es völlig belanglos war? Welchen Unterschied machte es am Ende, ob jemand Blau oder Gelb als Lieblingsfarbe hatte? Genauso waren meine Haare nun einmal kurz, ob es mir gefiel oder nicht.

Ich blieb stehen und sah den Abt an. »Wisst Ihr eine Antwort darauf? Warum verhalten sich Menschen denn so?«

In den Augen des Mönches blitzte es belustigt auf. »Hast du dich einmal gefragt, warum es dich stört, wenn jemand sich in deiner Gegenwart anders verhält, als du es tust?« Er war stehen geblieben und stemmte einen Fuß in Kopfhöhe gegen einen Baumstamm. Dann beugte er sich vor und begann in aller Ruhe, den Schnürsenkel seines rechten Schuhs fester zu binden.

Ich war so erstaunt, dass ich außerstande war, zuzuhören. Auch wenn ich bereits mehrfach gesehen hatte, dass die körperlichen Fähigkeiten der Mönche weit über mein Vorstellungsvermögen hinausgingen, waren es die Selbstverständlichkeit und die Leichtigkeit, mit der er das tat, die mir die Sprache verschlugen. Wie konnte ein Mensch ohne jede sichtbare Anstrengung sein Bein so weit heben, dass der Fuß auf die Höhe des Kopfes kam, und dann noch seinen Oberkörper so weit nach vorne beugen, dass das Gesicht fast die Fußspitze berührte?

»… ein Kaiser uns als einzige buddhistische Mönche erlaubt hat, Fleisch zu essen.«

»Ihr esst Fleisch?« Ich konnte mein Erstaunen nicht verhehlen, denn mir waren in der Klosterküche nie tierische Produkte begegnet. Abgesehen davon war in meinem Kopf das Verbot des Fleischessens stets eine der unumstößlichen Säulen des buddhistischen Glaubens gewesen. Obwohl es mir nicht leichtgefallen war, hatte ich seit meiner Ankunft im Kloster versucht, den Gedanken an Fleisch umgehend zu verdrängen, sobald er auch nur ansatzweise aufkam.

»Ich habe nicht gesagt, dass ich es tue. Aber es ist uns Mönchen gestattet. Und manche meiner Mitbrüder tun es auch. Sie meinen, es sei besser für ihren Körper.« Er hatte den Fuß wieder auf den Boden gestellt und machte sich nun daran, den anderen Schuh auf die gleiche Weise fester zu schnüren. »Abgesehen davon, dass der Buddha den Verzehr von Fleisch nie verboten hat, sorgt das Thema vor allem unter den Novizen für Diskussionen. Wir stellen jedem frei, wie er sich ernähren möchte. Doch immer wieder beobachte ich, dass jene, die sich fleischlos ernähren, so lange auf die Fleischesser einwirken, bis diese aufgeben.« Er lachte. »Ich kann nicht sagen, dass mich das stört. Schließlich ist die Achtung vor dem Leben immer noch ein Grundprinzip der Lehre des Buddha. Dennoch finde ich den Mechanismus interessant, der hinter diesem Verhalten steht.«

Ich sah ihn fragend an.

»Warum stört es dich, wenn Menschen sich anders verhalten oder anders denken als du? Wodurch entsteht in dir dieser Drang, ihre Meinung zu ändern?« Er sah mich auffordernd an, doch ich schüttelte nur den Kopf. »Weil dieses Abweichen dein eigenes Verhalten infrage stellt. Wir Menschen wollen immer eine Bestätigung für unser Tun. Wenn aber das, was du denkst, richtig ist, wie kann dann ein anderer das Gegenteil denken? Am Ende geht es immer nur darum, Macht über unsere Mitmenschen zu erlangen. Derjenige, dessen Meinung allgemein akzeptiert ist, gibt vermeintlich vor, wo es langgeht. Weißt du jetzt, warum du mit mir über die Länge der Haare diskutiert hast?«

Ja, ich wusste es. Weil ich es nicht ertragen hatte, mit meiner Meinung allein zu sein. Am Ende, so verstand ich, war es mir gar nicht darum gegangen, die Ansicht des Abtes zu ändern. Genau genommen hätte es mir wohl gereicht, wenn er mir nur zugestimmt hätte, dass kurze Haare unansehnlich waren. Egal, wie er in Wirklichkeit darüber dachte. Aber wie viel meiner Kraft war diese oberflächliche Zustimmung wert? Keine. Ich schüttelte den Kopf und beschloss, von nun keine Energie mehr auf diese Weise zu verschwenden.

»Was denkst du?«

Shi Yang He wollte offensichtlich wirklich wissen, was ich dachte.

»Ich möchte lernen, auch Meinungen gut zu finden, die meiner eigenen widersprechen«, sagte ich, als wir gerade vor meinem Zimmer anlangten.

»Weißt du, was du in Wirklichkeit lernen musst?«, fragte der Abt.

Wieder schüttelte ich den Kopf.

»Du musst lernen, dass nicht alles eine Reaktion erfordert. Hör auf zu werten. Werde zum stillen Beobachter. Niemand zwingt dich, zu allem eine Meinung zu haben. Du musst nicht alles gut oder schlecht finden. Akzeptiere, dass sich die Welt auch ohne dich und deine Meinung weiterdreht.«

Ich hatte die Hand bereits auf die Türklinke gelegt und ließ sie wieder sinken. Tatsächlich war das Werten etwas, was mir in Fleisch und Blut übergegangen war. Entweder fand ich etwas gut oder schlecht, doch ich verstand, dass ich in Zukunft einfach feststellen sollte, dass etwas so war, wie es war. Wie oft hatte ich mich veranlasst gesehen, einen Menschen oder eine Aktion zu loben oder gar zu kritisieren, obwohl mich niemand nach meiner Meinung gefragt hatte?

»Hat Shi De Xi dir einmal etwas vom Prinzip des Wu Wei erzählt?«

Ich erinnerte mich dunkel, dass mein anfänglicher Mitbewohner einmal zwei Zeichen aufgeschrieben und diese so benannt hatte. »Ihr meint das Prinzip des Nichtstun?«

Das erste Mal, seit ich in Shaolin war, hörte ich einen Mönch laut und herzhaft lachen. »Eigentlich hätte ich es wissen müssen«, sagte er.

Ich starrte ihn an. Was hatte ich jetzt wieder gesagt?

»Wobei, so falsch ist es gar nicht. Die Idee des Wu Wei ist es, zu handeln, indem man nicht handelt. Um es mit deinen Worten zu sagen, etwas zu tun, indem wir es nicht tun.« Er sah mich wieder mit der gewohnten Ernsthaftigkeit an. »Vieles ergibt sich von allein, wenn wir es einfach in Ruhe lassen«, sagte er. »Es wird aber schlimmer, sobald wir eingreifen. Und doch können die meisten Menschen ihre Finger nicht bei sich behalten.«

Ich blickte beschämt zu Boden. Zu lebhaft war die plötzliche Erinnerung an eine Situation, in der ich durch mein unnötiges Eingreifen einem Menschen geschadet hatte, dem ich eigentlich hatte helfen wollen. Bei einem Spaziergang durch einen Park hatte ich ein Kind beobachtet, das verzweifelt versuchte, auf ein viel zu hohes Klettergerüst zu gelangen. Der Erwachsene, der das Kind beaufsichtigte, saß direkt daneben auf einer Parkbank und las ein Buch, ohne den Kleinen weiter zu beachten. Einer spontanen Eingebung folgend, packte ich den Jungen und hob ihn auf das Gerüst. Voller Freude, nun ein besserer Mensch zu sein als der ignorante Elternteil, der das Kind mit seinem Problem einfach alleingelassen hatte, ging ich weiter. Kurz darauf hörte ich ein schreckliches Plärren. Ich drehte mich um und sah, dass der Kleine bei dem Versuch, das Klettergerüst zu verlassen, abgerutscht und aus vergleichsweise großer Höhe hinuntergefallen war. Nicht alles erfordert eine Reaktion, wiederholte ich in Gedanken. Was war aber, wenn die Dinge mich selbst betrafen?

»Bedeutet das auch, dass ich mich sogar gegen einen Angriff nicht verteidigen soll?«, fragte ich. »Ich meine, wie soll ich reagieren, wenn jemand mich beschimpft?«

»Wie möchtest du denn reagieren?«

»Gelassen«, sagte ich. »Am liebsten wäre mir, ich könnte endlich einmal gelassen bleiben. So, dass ich meinem Gegner nicht auch noch Energie gebe und ihn dadurch erst recht stark werden lasse.«

»Dann beginn dein Training damit, zu lernen, dass du nicht immer alles hören musst.« Langsam wurde mir das Paket mit dem Gewand schwer, und ich legte unterstützend die zweite Hand darunter.

»Wenn du etwas nicht hörst, dann stört es dich doch auch nicht, oder?«

Ich dachte an das Gespräch mit Xi. Wie lange war es schon her, dass er mir gezeigt hatte, dass das Entstehen von Emotionen davon abhängig war, ob ich verstand, was ein anderer zu mir sagte. Aber das hier ging einen entscheidenden Schritt weiter.

Zögernd sagte ich: »Xi hat mir geraten, nicht immer alles persönlich zu nehmen, was ein anderer zu mir sagt. Aber es gibt doch Dinge, die kann man nicht einfach unwidersprochen stehen lassen. Soll ich mich selbst dann nicht zur Wehr setzen?«

Wieder tanzte ein belustigtes Blitzen in den Augen des Meisters. »Ich will dir etwas sagen, An. Hör mir ganz genau zu.« Das nun Folgende klang wie von einer dieser Kassetten, die mit den Sprachlernbüchern kamen. »Ni de faxing feichang nankan!«

Ich lachte hilflos. »Gut«, sagte ich. »Das ist eine Antwort. Was auch immer das heißen mag.«

Shi Yang He sah mich an und grinste spitzbübisch. »Ich dachte, du müsstest dich verteidigen, wenn jemand dich angreift!«

Ich zog die Augenbrauen zusammen. »Wie soll ich mich denn gegen etwas verteidigen, was ich gar nicht verstehe?«

»Ich dachte, es ginge nur darum, was dein Gegenüber sagt! Ist es da nicht gleichgültig, ob du es verstehst?«

Auf einmal begriff ich und strich mir unwillkürlich über die Glatze. »Ihr habt gerade nicht wirklich gesagt …«

»… dass ich deine Frisur ganz furchtbar finde.« Jetzt lachte er herzhaft.

»Also gefällt sie Euch ja doch nicht!« Sofort bereute ich meinen aufbrausenden Ton.

Doch Shi Yang He ließ sich von mir seine gute Laune nicht verderben. »Warum hast du erst jetzt das Gefühl, dich gegen meine Worte wehren zu müssen, wo du sie verstehst? Gesagt habe ich doch beide Male dasselbe.« Und er wiederholte noch einmal die chinesischen Worte. Dann aber nickte er ernster. »Dennoch haben dir deine Gedanken erst beim zweiten Mal jene Wirklichkeit geschaffen, die dich emotional werden ließ. Wenn ich dir meine Worte nicht übersetzt hätte, hättest du dich niemals angesprochen gefühlt, nicht wahr?«

»Nein«, sagte ich leise. »Ich hätte gar nicht weiter darüber nachgedacht.«

»Du siehst, es kommt nicht darauf an, was jemand sagt. Es kommt allein darauf an, wofür du empfänglich bist. Vergiss nicht: Du musst weder alles hören, noch musst du alles verstehen.«

Versonnen überlegte ich, wie viele unangenehme Momente mir im Leben erspart geblieben wären, wäre mir das schon früher bewusst gewesen. Zwar konnte ich nicht beeinflussen, was jemand zu mir sagte. Sehr wohl aber lag es an mir, zu entscheiden, ob ich unangenehme Worte in mein Inneres durchließ oder sie gleichsam wie Wassertropfen an einer Plastikjacke abperlen ließ.

Aber konnte das wirklich so einfach sein, wie es sich aus dem Mund des Mönches anhörte?

Shi Yang He schien zu ahnen, womit ich haderte. »Du fragst dich gerade, wie du in der Praxis ruhig bleiben kannst, wenn jemand dich anschreit oder beschimpft, oder?«

Ich nickte. Offensichtlich war ich für diesen Mönch ein offenes Buch.

»Lerne, die Energie des Gegners durch dich hindurchzulassen«, sagte Shi Yang He. »Sei wie Watte. Stelle dem Angriff nichts entgegen, sondern lass ihn dich einfach durchdringen.«

Ich musste lachen. Die Idee, dass einem Worte bei einem Ohr hinein und beim anderen wieder hinausgingen, war mir ja durchaus bekannt. Nur hatte ich noch nie verstanden, wie ich das Hirn dazwischen davon abhalten sollte, die Worte aufzufangen.

»Stell dir einfach vor«, sagte Shi Yang He, der meine Frage wieder einmal vorwegnahm, »der Angreifer spricht nicht mit dir. Vielmehr schimpft er mit einer Person, die hinter dir steht, und du wirst nur zufällig Zeuge dieses Vorgangs. Dann berühren dich die Worte ja auch nicht.«

»Nein«, sagte ich. »Dann gehen sie genauso an mir vorbei, wie wenn ich sie nicht verstanden hätte, und dann berühren sie mich tatsächlich nicht.«

»Zieh dich jetzt um«, sagte Shi Yang He. »Ich sehe dich in zwanzig Minuten zum Training. Ich glaube, nun bist du wirklich bereit.«

KAPITEL ACHT

Verstand

Das Kampftraining hatte nur wenig mit dem zu tun, was ich mir vorgestellt hatte. Aber ich hatte mir vorgenommen, nicht mehr von meiner vorgefassten Meinung auszugehen. Meine Tage begannen unverändert mit der Morgenmeditation und dem Frühstück im großen Saal, bei dem alle Mönche gemeinsam schweigend Gemüsesuppe aßen. Danach folgte das Grundlagentraining, das ich zusammen mit einigen anderen Novizen absolvierte. Die Übungen begannen mit einer Kombination aus Laufen, Liegestützen und Dehnübungen. Dann mussten wir uns auf ein Kommando des Lehrmönches in Zweierreihen aufstellen und eine Haltung einnehmen, die den klingenden Namen »Ma bu« trug. Zwar empfand ich die Bezeichnung »Pferdestellung« als etwas unpassend, da ich mich mehr wie ein Reiter denn wie ein Pferd fühlte, aber sie beschrieb dennoch ganz gut, worum es ging. Um in die Position zu gelangen, stellte man zuerst die Füße auf Schulterbreite auseinander und ging dann so weit in die Knie, als säße man auf dem Rücken eines Pferdes. Die Stellung, die anfangs sehr einfach zu halten schien, zeichnete sich von ihrer Stabilität abgesehen vor allem dadurch aus, dass sie dem Übenden nach einiger Zeit schier unerträgliche Schmerzen in den Oberschenkeln bereitete. Oft mussten wir so lange in dieser eigenartigen Hocke verbringen, dass ich meine Beine nicht mehr fühlte. Dann hieß es, ohne sich aufzurichten, die zur Faust geballten Hände an die Hüften zu führen. Hier hatte ich am Anfang das Problem, dass ich mir nie merken konnte, ob der Daumen über die anderen Finger zu liegen kommen musste oder ob er von ihnen verdeckt werden sollte. Doch der Trainer half meinem Gedächtnis recht schnell auf die Sprünge. War mein Daumen nicht sichtbar, drückte er mir ohne Vorwarnung so fest gegen die Finger, dass ich vor Schmerzen aufschrie. Aus dieser Grundstellung bekämpften wir mit Hunderten Faustschlägen imaginäre Gegner, die jeweils hintereinander das Gesicht, die Brust und den Bauch des gedachten Opponenten treffen sollten. Hierbei galt es zusätzlich, die Faust während des Schlages so zu drehen, dass der Handrücken im Augenblick des Auftreffens auf dem gegnerischen Körper nach oben zeigte. Gleichzeitig durften die Ellenbogen nie ganz durchgestreckt sein, damit wir die Hand nach dem Schlag schnellstmöglich wieder zurückziehen konnten.

Obwohl ich mich zeitweise für meine Unbeholfenheit genierte, die ich oft selbst bei den einfachsten Bewegungen an den Tag legte, hatte sich mein Körpergefühl insgesamt verbessert. Zwar war ich noch immer weit von der Leistung der jungen Novizen entfernt. Aber ich war lange nicht mehr so ungelenkig, langsam und schwach wie noch vor wenigen Wochen. Nicht einmal beim Lauftraining mussten die anderen mehr Rücksicht auf mich nehmen.

Und auch mein Alltag hatte sich verändert. Hatte ich noch bis vor Kurzem den Tag fast ausschließlich in der Küche verbracht, beschränkte sich meine Tätigkeit dort nun auf die Mittags- und Abendstunden. Am Nachmittag standen täglich vier bis fünf Stunden auf dem Programm, in denen Meister Shi Yang He mich persönlich in der Kampfkunst unterwies. Doch hier gab es eine Überraschung. Hatte ich mich in meinen Träumen gesehen, wie ich lässig gegnerische Attacken abwehrte und dreimal so schwere Angreifer mit einem Fingerstoß durch die Luft fliegen ließ, bestand das Training in Wirklichkeit vor allem aus endlosen Wiederholungen der immer gleichen Bewegungen, deren Sinn mir zumeist völlig unverständlich blieb. Zu meinem Überdruss legte der Abt dabei noch auf meiner Ansicht nach völlig belanglose Kleinigkeiten Wert. Machte es denn wirklich einen Unterschied, ob ich den Ellenbogen zwei Zentimeter weiter oben oder unten hielt? Erschwerend kam hinzu, dass sich das Training mehr nach fortgeschrittener Gymnastik anfühlte als nach einer Vorbereitung auf einen Kampf. Manchmal überlegte ich, wen dieses eigenartige Gebaren beeindrucken sollte.

Fragte ich aber Shi Yang He danach, schüttelte er nur den Kopf. Den Spruch, der gebetsmühlenartig folgte, kannte ich bald auswendig: »Abwarten. Wenn dein Geist bereit ist, wirst du in ihnen lesen wie in einem Buch.«

Ich wusste, dass die Abläufe einem über die Jahrhunderte entwickelten Muster folgten. Trotzdem konnte ich meine Ungeduld vor dem Meister immer schwieriger verbergen.

Als er mich eines Tages wieder einmal wegen einer Kleinigkeit korrigierte, brach es aus mir heraus: »Ich verstehe überhaupt nicht, was ich hier tue!« Erschrocken über meinen zornigen Ton, schlug ich mir die Hand vor den Mund. Unsicher sah ich Shi Yang He an.

Doch der sagte nur lächelnd: »Dann bist du auf dem richtigen Weg.«

Noch ein oder zwei Wochen zuvor hätte er in mir damit den Reflex ausgelöst, alles hinwerfen zu wollen. Einfach aufzugeben und wegzulaufen. Doch mittlerweile war ich fest entschlossen, durchzuhalten.

»Du musst die Bewegungen für dich beherrschen. Jede einzelne von ihnen muss dir so in Fleisch und Blut übergehen, dass du sie nie wieder vergisst. Genau so, als wolltest du dir ein neues Verhalten antrainieren. Auch dieses muss immer erst ein selbstverständlicher Teil von dir werden, bevor du damit hinausgehen und dich der Kritik deines Umfeldes aussetzen kannst. Zu groß ist sonst die Gefahr, dass du schneller wieder zu deinem alten Verhalten zurückgehst, als dir lieb ist.«

Ich dachte daran, wie oft ich mit dem Gedanken spielte, wieder in mein altes Leben zurückzukehren. War es das, was der Meister meinte?

»Lerne, dich wie ein Kämpfer zu bewegen, wie ein Kämpfer zu

denken und wie ein Kämpfer zu fühlen. Dann erst kannst du lernen, ein Kämpfer zu sein.«

Ich nickte abwesend. Ein Kämpfer sein. Genau das wollte ich. Tief in mir war mir klar, dass Shi Yang He recht hatte. Wie oft hatte ich bereits versucht, Dinge zu verändern, nur um kurz darauf resigniert genauso weiterzumachen wie zuvor?

»Noch etwas, An.«

Ich schreckte aus meinen Gedanken hoch.

»Denke an den Sieg, nicht an den Kampf. Lerne, so gut zu kämpfen, dass du nicht mehr kämpfen musst.«

Das hatte Xi auch immer zu mir gesagt. Inzwischen aber wollte ich mich nicht mehr damit zufriedengeben. »Gestattet mir eine Frage, Meister.«

Der Abt nickte auffordernd.

»Wie könnte ich denn ein guter Kämpfer werden, wenn ich nicht einmal den Sinn der Bewegungen verstehe, die ich hier täglich üben soll? Was nutzt es mir, wenn diese zwar Teil meiner Natur sind, ich aber gar nicht weiß, wozu sie dienen?«

Shi Yang He dehnte sein Handgelenk so weit, dass der Daumen den Unterarm berührte. »Du möchtest also so richtig kämpfen lernen?«

Ich spürte, dass ich regelrecht strahlte. Klar, wollte ich das! Wie gut, dass ich den Meister darauf angesprochen hatte. Ab jetzt, das fühlte ich, würde es keine sinnlosen Wiederholungen nichtssagender Bewegungen mehr geben, sondern er würde mir handfeste Kampftechniken beibringen.

»Ja«, sagte ich. »Das möchte ich.«

Ein feines Lächeln spielte um Shi Yang Hes Augen, als er auf meine Hände blickte. »Sind denn die Wunden an deinen Fingern schon verheilt?«

Als ich an diesem Abend in meinem Bett lag, fühlte ich mich so traurig wie schon lange nicht mehr. Denn auch wenn der Abt kein weiteres Wort mehr gesagt hatte, war klar gewesen, worauf er hinauswollte: Solange ich mich selbst nicht im Griff hatte und weiter gegen mich selbst kämpfte, würde ich keine weitergehenden Techniken lernen. Ich schloss die Finger der rechten Hand zur Faust und öffnete sie wieder. Vor Schmerz verzog ich das Gesicht. Warum hatte er mich damals nicht einfach aufgefordert, das Kloster zu verlassen? Stattdessen hatte er nur gesagt: »Du musst ruhiger werden, An.«

Von nun an verstärkte ich meine Anstrengungen, meine Gefühle zu kontrollieren. Weder wollte ich undankbar sein, noch wollte ich so wirken. Doch erst mit der Zeit gelang es mir zu verstehen, dass mir ein neues Verhalten so weit in Fleisch und Blut übergehen musste, dass es Teil meines Wesens wurde. Denn wenn meinem Verstand auch durchaus klar war, welches Privileg ich genoss, hier bei den Mönchen leben zu dürfen, gewannen meine Emotionen noch viel zu oft die Oberhand.

Keine zehn Tage später klopfte es wieder einmal zeitiger als gewohnt an meine Zimmertür. Ich öffnete verschlafen und blickte in das lachende Gesicht von Shi Yang He.

»Guten Morgen, An!«

»Shi Fu, guten Morgen!« Mein Körper führte die Verbeugung fast schon automatisch aus, während ich mir den Schlaf aus den Augen rieb. Obwohl der Abt mir angeboten hatte, ihn bei seinem buddhistischen Namen Shi Yang He zu nennen, schien es mir respektvoller, ihn »Shi Fu« zu nennen, wie ich es bei den anderen beobachtet hatte. Das hieß auf Chinesisch schlicht Meister. Als die Erkenntnis durchsickerte, was in diesem Moment vor sich ging, stieg eine leise Aufregung in mir auf. Welchen Grund mochte es haben, dass mein Lehrer mich heute so früh und dann noch persönlich weckte?

Ich folgte Shi Yang He in seinem üblichen Eiltempo Richtung Tempeltor. Verwundert stellte ich fest, dass das Kloster wie ausgestorben dalag. Offenbar begann das tägliche Programm der Mönche viel früher, als ich gedacht hatte. Wir verließen die Anlage und gingen schweigend nebeneinanderher.

Zum ersten Mal beachtete ich bewusst den umgebenden Wald, der dem Tempel seinen Namen gegeben hatte. »Shao Lin« hatten die Erbauer des Klosters die Anlage genannt, was auf Chinesisch so viel bedeutete wie »Junger Forst«. Nach etwa fünfhundert Metern verließen wir den Hauptweg und bogen nach rechts ab. Ein schmaler Pfad führte in Richtung der mächtigen Berge, welche die Tempelanlage wie ein riesiger Schutzwall umgaben. Ich betete, dass unser Ziel nicht irgendwo dort oben lag. Shi Yang He hatte sein Schritttempo derart erhöht, dass ich Mühe hatte, ihm zu folgen. Beschämt überlegte ich, wie es möglich war, dass ein Mann, der weit über siebzig war, mich einfach abhängte! Der leicht ansteigende Pfad wand sich durch eine karge Landschaft. Das Mondlicht verstärkte den Eindruck, dass hier nichts existierte außer Natur. Wir waren seit etwa einer halben Stunde im Laufschritt unterwegs, als der sandige Weg abrupt zu Ende war. Entsetzt starrte ich in der Dunkelheit auf die ersten Stufen einer Treppe, die erst hoch oben in den Bergen zu enden schien.

Der Meister lief voran, nahm eine Stufe nach der anderen, und ich folgte ihm übermütig. Doch schnell musste ich einsehen, dass ich meine Leistungsfähigkeit überschätzt hatte. Das Training hatte meiner Kondition zwar enorm gutgetan. Aber in dem flachen Klosterhof hatte mich nichts darauf vorbereitet, bergauf zu laufen. So hatte ich kaum zweihundert Stiegen überwunden, als ich nicht mehr weiterkonnte.

Schnaufend beugte ich mich über das Geländer, das die Treppen auf der einen Seite gegen den Abgrund absicherte. Was um alles in der Welt wollte Shi Yang He da oben? Er war einige Meter weiter oben stehen geblieben und sah ohne jedes Anzeichen von Müdigkeit zu mir herunter.

Keuchend deutete ich mit dem Finger bergauf.

Shi Yang He nickte. Dann drehte er sich um und lief mit einer Leichtigkeit weiter den Berg hoch, als mache er einen Strandspaziergang. Staunend verlor ich ihn aus den Augen. Zum ersten Mal begriff ich, welche Kraft und Ausdauer wirklich in diesem alten Mönch steckten. Es dauerte eine Weile, bis sich mein Atem so weit beruhigt hatte, dass ich mich wieder auf den Weg machen konnte.

Bereits nach wenigen Schritten aber kam ich nur noch im

Schneckentempo voran, denn hunderte Füße hatten über die Jahrhunderte die grob in den Felsen gehauenen Stufen derart ausgetreten und glatt gerieben, dass ich bei jedem Schritt Gefahr lief, auszurutschen. Erschwerend kam hinzu, dass ich aus Freude über das neue Mönchsgewand auch meine guten Laufschuhe gegen die dünnen Schuhe getauscht hatte, die hier alle trugen. Eine Idee, die ich nun bitter bereute. Die Sohlen dieser Sneakers verfügten nämlich über keinerlei Profil, sodass sich die Oberfläche mancher Stufen unter meinen Füßen anfühlte, als bewegte ich mich auf blankem Eis. Verzweifelt bemühte ich mich dennoch, Tempo zu machen. Ich wollte dem Abt unbedingt zeigen, was in mir steckte.

So schnell ich konnte, lief ich die Stiegen hinauf und nahm, wo immer möglich, gleich zwei oder gar drei Stufen auf einmal. Wie zu erwarten, ging mir bereits nach sehr kurzer Zeit die Kraft aus. Ohne Vorwarnung wurde mir so schwindlig, dass ich mich setzen musste. Ich ließ den Blick schweifen. Was ich sah, war wie eine Belohnung meiner Mühen. Die Morgendämmerung verwandelte die umliegenden Berge. Einzelne Gipfel leuchteten auf, während andere Hänge, in schwarzblaue Schatten gehüllt, förmlich zu schweben schienen. Und unter mir erstreckte sich die Tempelanlage. Fasziniert betrachtete ich die roten Mauern des Klosters.

Es war eine Landschaft wie aus einem Traum. Ich beschloss, erst einmal zu bleiben und den Ausblick zu genießen. Im Sitzen drehte ich mich um und traute meinen Augen kaum. Konnte der leuchtend orangefarbene Punkt, der sich knapp unter dem Gipfel mit atemberaubender Geschwindigkeit bergauf bewegte, tatsächlich Shi Yang He sein? Aber wie war er so schnell dorthin gekommen? Und was würde der Meister wohl denken, wenn er mich hier unten faul herumhocken sah? Sofort stand ich auf. Doch mir wurde erneut schwindlig. Offenbar hatte ich es wirklich übertrieben. Warum nur war ich nicht in meinem eigenen Tempo aufgestiegen? Erst im zweiten Anlauf klappte das Aufstehen.

Mit einem Seufzer erkannte ich, wie typisch mein Verhalten gewesen war. Mein Leben lang hatte ich voller Ehrgeiz immer wieder neue Projekte begonnen, nur um bald darauf die Lust zu verlieren. Gleichzeitig erinnerte ich mich daran, wie oft Shi Yang He mich beim Training aufgefordert hatte, die Bewegungen langsamer, aber dafür genauer zu machen. »Die Geschwindigkeit«, so hörte ich ihn sagen, »kommt irgendwann von selbst. Die Genauigkeit aber nicht. Denn etwas schnell zu können, bedeutet noch lange nicht, dass man auch in der Lage ist, es langsam zu tun.«

Ich wartete, bis der orangefarbene Punkt am Berg verschwunden war, und machte mich vorsichtig wieder auf den Weg. Völlig außer Atem erreichte ich schließlich das kleine terrassenförmige Plateau, auf dem Shi Yang He mich bereits erwartete. Während ich noch erschöpft nach Atem rang, hörte ich plötzlich den inzwischen vertrauten Singsang der Mönche, der mich am Tag meiner Ankunft so beruhigt hatte. Mittlerweile wusste ich, dass die Mönche damit einen buddhistischen Heiligen verehrten. Sein Name war Amitabha, der Buddha der umfassenden Liebe. Er lebte der Legende nach in totaler Ruhe und arbeitete unablässig daran, allen irdischen Wesen zur Erleuchtung zu verhelfen. Die Mönche glaubten, dass seine wichtigste Technik darin bestand, sich die umgebende Welt als Paradies vorzustellen und sich alle Wesen glücklich zu wünschen. Auch wenn ich meine Zweifel hatte, ob das zum Erfolg führen konnte, schien mir diese Technik ein Zugang zum Geheimnis der Klosterbrüder zu sein.

Ich sah mich um, woher der Gesang kam, und entdeckte auf der dem Berg zugewandten Seite der Plattform fünf schmale Treppenstufen, die zu einem steinernen Torbogen führten. Auf der anderen Seite saßen einige meiner Mitbrüder auf dem Boden und intonierten den Gesang. Warum meditierten sie um diese Zeit ausgerechnet an diesem abgelegenen Ort?

Shi Yang He trat neben mich.

Ich wollte ihm gerade erklären, warum ich so lange für den Aufstieg gebraucht hatte, da legte er den Finger an die Lippen.

»Du möchtest mir gerade etwas sagen, nach dem ich dich gar

nicht gefragt habe.« Er sah mich an. »Ich bin nicht enttäuscht von dir.«

Alles bebte in mir. Langsam wurde mir die Fähigkeit des Meisters, meine Gedanken zu lesen, unheimlich. Ich verbeugte mich wortlos als Zeichen meines Respekts. Woher nahm der Meister die Größe, nicht von meiner Leistung enttäuscht zu sein? Er hatte Hunderte von Stunden in meine Entwicklung investiert, und ich war nicht einmal in der Lage, auf dieser Treppe mit ihm auch nur annähernd Schritt zu halten?

»Die Enttäuschung ist allein in deinem Kopf, An. Sie hat nichts mit mir zu tun.« Shi Yang He deutete auf den Torbogen. »Erweise dem Patriarchen die Ehre.«

Wie geheißen, durchquerte ich das steinerne Tor. Am hinteren Ende des kleinen Platzes tat sich so etwas wie ein Eingang zu einer Höhle auf. Unaufgefordert ließ ich mich neben meinen Mitbrüdern auf dem Boden nieder. Der Meister war also nicht enttäuscht. Warum aber hatte ich das bloß angenommen? Wieder einmal hatte ich mich selbst unter Druck gesetzt, nur weil ich davon ausgegangen war, dass die Dinge auf eine bestimmte Art getan werden mussten. Der Geruch der Räucherstäbchen stieg mir in die Nase. Verwundert stellte ich fest, dass er mir willkommen war. Irgendwie gehörte ich schon richtig hierher. Der gleichmäßige Rhythmus der behelfsmäßigen Trommel und der monotone Gesang versetzten mich in eine Art Trance. Was mochte der Meister damit gemeint haben, dass die Enttäuschung allein in meinem Kopf sei? Wollte Shi Yang He mir sagen, dass ich mir das alles einredete? »Sie hat nichts mit mir zu tun.« Tatsächlich hatte nichts am Verhalten des Abtes darauf hingewiesen, dass er mit meiner Leistung nicht zufrieden gewesen war. Er nahm mich so, wie ich war. Deshalb hatte er auch keine Rechtfertigung hören wollen.

Ich ertappte mich dabei, dass ich still nickte. Wieder einmal war ich es gewesen, der die eigene Kraft gegen sich selbst gerichtet hatte.

Als ich den Kopf hob, stellte ich fest, dass alle außer mir sich so gedreht hatten, dass ihr Blick auf die Höhle gerichtet war. Langsam kam der Abt zwischen den Sitzenden auf mich zu. Seine ruhigen Bewegungen und der Singsang ließen in meinem Kopf den Eindruck entstehen, dass er zwischen den Mönchen hindurch förmlich auf mich zuschwebte. Er berührte mich wortlos an der Schulter und bedeutete mir, mit ihm zu kommen.

Ich folgte ihm bis zum Eingang der kleinen Höhle, wo ich kurz andächtig verharrte. Offensichtlich würde ich gleich einen heiligen Ort betreten. Die Decke war derart niedrig, dass ich mich bücken musste, um mir nicht den Kopf zu stoßen. Als sich meine Augen an die Dunkelheit gewöhnt hatten, sah ich mich vorsichtig um. Den meisten Raum nahm eine Statue ein, die den Blick starr auf die Wand gerichtet hatte. Sie war mit einem goldenen und einem roten Umhang umhüllt und schien zu meditieren. Diese Statue schien auch der Grund zu sein, aus dem die Mönche hier ihre Andacht hielten.

»Boddhidharma.« Der Abt sprach so leise, dass ich mich konzentrieren musste, ihn zu verstehen. Dann verbeugte er sich und verharrte in dieser Position.

Ich tat es ihm nach. Boddhidharma. Den Namen hatte ich schon eimal gehört. Aber wo? Plötzlich fiel es mir ein. Der Artikel! Mich überlief ein Schauer, als ich verstand, wo ich mich gerade befand. In dieser Höhle musste der legendäre Gründer des Klosters vor fast eintausendfünfhundert Jahren den Zustand der Erleuchtung erlangt haben.

Shi Yang He stieß mich an und zeigte an eine Stelle an der Wand, an der sich ein deutlich erkennbarer, dunkler Fleck befand. Fragend sah ich den Abt an.

»Tamo«, sagte Shi Yang He, »hat an diesem Platz neun Jahre lang unbeweglich meditiert. Bis sich sein Schatten in die Wand gebrannt hat.«

Ich wusste nicht, wie ich reagieren sollte. Auf der einen Seite wollte ich natürlich die Gefühle des Abtes nicht verletzen. Gleichzeitig schien mir das bei allem Respekt aber doch etwas hergeholt. Wie wollte jemand neun Jahre lang dasitzen, ohne sich zu bewegen? Ich betrachtete abwechselnd die Statue und den dunklen

Fleck. Wie so vieles in Shaolin strahlte auch diese Figur eine ansteckende Ruhe aus. Hatte der Mönch vielleicht doch so lange auf der Stelle verharrt, und konnte nur ich es mir nicht vorstellen?

Die Mönche beendeten ihren Gesang. Ich versuchte, die Stille in mich aufzunehmen. Tamo musste ein durchaus besonderer Mensch gewesen sein, so viel schien mir sicher. Wie anders war es sonst zu erklären, dass man ihn auch eineinhalb Jahrtausende nach seinem Tod noch wie einen Heiligen verehrte? Ich ließ die Stimmung eine Zeit lang auf mich wirken. Dann trat ich wieder hinaus ins Freie, wo die Sonne inzwischen höher gestiegen war. Im hellen Licht erkannte ich, dass die anderen Mönche zurück ins Kloster gegangen sein mussten, denn Shi Yang He stand allein vor mir auf der Plattform. Zu meinem Erstaunen hatte er ein Bein am Körper entlang senkrecht nach oben gestreckt und hielt nun den Fuß mit der gegenüberliegenden Hand über dem Kopf fest. Als koste ihn das auch nicht die geringste Anstrengung, ließ er den Blick über das tief unter uns liegende Tal schweifen. Lautlos blieb ich hinter ihm stehen und beobachtete, wie er nach einiger Zeit den Fuß zurück auf den Boden stellte und die Übung mit dem anderen Bein mit einer selbstverständlichen Leichtigkeit wiederholte.

Den Fuß in der Hand, wandte er mir das Gesicht zu. »Der erste Patriarch hat uns diese Übungen gezeigt. Wie er uns auch die Kunst des Kampfes gelehrt hat.«

Ich nickte schweigend. Ich hatte gelesen, dass neun Jahre unbewegten Sitzens sogar für Boddhidharma zu viel gewesen waren und er seinen Nachfahren das Leid ersparen wollte, das dieses reglose Verharren mit sich gebracht haben musste.

»Ich spüre deine Zweifel, An«, sagte Shi Yang He.

Wieder nickte ich. Ich zweifelte tatsächlich. Doch vor allem interessierte mich die Frage nach dem Zweck des Ganzen. Was mochte der Grund und was das Ergebnis dieser jahrelangen Strapazen gewesen sein?

»Welchen Sinn könnte es machen, sich so lange Zeit zu quälen und so viele Jahre seines Lebens zu opfern?«

Shi Yang He stellte den Fuß zurück auf den Boden. »Als Tamo diesen Ort erreichte, war er bereits einhundertfünfzig Jahre alt.«

Einen kurzen Moment lang wusste ich nicht, was ich sagen sollte. Glaubte der Abt selbst, was er hier erzählte, oder handelte es sich um eine Prüfung?

»Wie sollte ein Mensch so alt geworden sein?« Ich erschrak, weil ich zum ersten Mal offen mit den Überzeugungen meines Lehrers gehadert hatte.

»Wie denn nicht?« Das feine Lächeln, das um die Augen des Meisters spielte, verriet mir, dass ich wieder einmal dabei war, in eine Falle zu gehen. Also doch eine Prüfung.

»Weil …« Ich zögerte.

»Weil dein Verstand dir sagt, dass so etwas nicht sein kann? Weil doch niemand so alt wird, dass er sich mit hundertfünfzig noch für zehn Jahre in eine Höhle setzt, danach ein Kloster gründet und seine Lehre an die Mönche weitergibt.«

Ich erwiderte seinen Blick. Sagte ihm sein Verstand tatsächlich etwas anderes? Worauf wollte Shi Yang He hinaus?

»Sag mir, An, warum ist es wichtig, ob es stimmt? Welchen Unterschied macht es, ob der Patriarch dreißig, siebzig oder zweihundert Jahre alt war, als er hier angekommen ist? Wäre seine Lehre besser, wenn er statt neun Jahren nur neun Monate an diesem Ort verbracht hätte? Am Ende ist es dein Verstand, der dir Grenzen setzt und dich einschränkt. Dein größtes Hindernis ist dein Glaube, unbedingt alles verstehen und alles wissen zu müssen.«

Ich starrte ihn nachdenklich an.

»Lass uns weitergehen«, Shi Yang Hes Stimme klang vergnügt. Zumindest schien das Gespräch einem von uns Freude zu machen.

Die Sonne stand hoch am Himmel und brannte fast auf uns nieder, als wir uns aufmachten, den Berggipfel zu erklimmen, wo sich nach Aussage des Abtes eine Pagode befand. Schweigend gingen wir hintereinander die nicht enden wollende Treppe hinauf. Doch diesmal hatte ich keinen Gedanken dafür übrig, ob ich keuchte, erschöpft war oder zu schnell ging. In meinem Kopf arbeitete es, denn ich hatte das Gefühl, dem Meister widersprechen zu müssen. Wie sollte mir ausgerechnet mein Verstand Grenzen setzen? Es war doch gerade die Fähigkeit zu denken, die es uns erst ermöglichte, diese Grenzen zu sprengen!

Als ich oben ankam, saß Shi Yang He bereits auf einer Bank im Schatten einer kleinen Pagode und klopfte mit der Hand auffordernd auf den Platz neben sich. Sein Blick verriet mir, dass er wieder einmal meine Gedanken erraten hatte.

Ich wartete, dass er mich aufforderte, zu sprechen, froh, erst noch durchatmen zu können. Doch der Meister hatte die Augen geschlossen und schien die Wärme der Sonnenstrahlen zu genießen.

Zögernd unterbrach ich die Stille. »Erlaubt mir bitte eine Frage.«

Der Abt reagierte nicht. »Ich widerspreche Euch äußerst ungern«, begann ich noch einmal vorsichtig. »Aber diesmal muss es sein.« Erwartungsvoll blickte ich ihn an, doch der Meister saß weiterhin mit geschlossenen Augen da. »Dann tue es«, sagte er, ohne eine Miene zu verziehen. »Auch wenn es keinen Grund dafür gibt.«

Ich öffnete den Mund, um etwas zu erwidern, schloss ihn aber sofort wieder. Wahrscheinlich hatte Shi Yang He recht. Wie anmaßend von mir, den Abt von Shaolin von etwas überzeugen zu wollen, das nicht seinem Glauben entsprach. Ich wollte gerade klein beigeben und mich entschuldigen, als der Abt sich zu mir drehte.

Ohne die Augen zu öffnen, sagte er: »Schon der Buddha hat gesagt: Wenn deine Einsicht meiner Lehre widerspricht, dann sollst du deiner Einsicht folgen.« Dann wandte er das Gesicht wieder der Sonne zu.

»Was aber, wenn ich nicht weiß, ob meine Einsicht die richtige ist?« Ich war mir nicht sicher, ob mich tatsächliche Zweifel an meinen Gedanken oder meine Sorge, den Meister zu verärgern, zu dieser Frage veranlassten. »Ich meine, was ist, wenn ich einfach etwas übersehe?«

Shi Yang He zog wortlos die Füße an den Körper, sodass er im

Schneidersitz neben mir saß. »Ich mag es, wenn im Frühjahr die Sonne herauskommt.«

»Ich mag das auch«, sagte ich irritiert. »Aber was hat das mit unserem Gespräch zu tun?«

»Nichts«, sagte der Meister.

Ich ignorierte den eigenartigen Themenwechsel und sprach ihn nun direkt auf meine Frage an. »Ihr habt vorhin gesagt, dass der Verstand hinderlich ist. Aber ist denn nicht genau das Gegenteil wahr?« Ich bemerkte, dass ich meine Stimme gehoben hatte. Sofort ermahnte ich mich, sie wieder zu senken. Warum berührte mich dieses Thema so? »Nehmen wir als Beispiel ein Tier, das über keinen menschlichen Verstand verfügt. Im Gegensatz zu uns kann es nichts an seinem Leben ändern und muss alles nehmen, wie es kommt. Erst mein Verstand ermöglicht mir doch, zu begreifen, was mich glücklich macht, und mein Leben entsprechend zu gestalten!«

»Angenommen, du hättest recht und dein Verstand wäre nicht deine größte Schwäche, sondern deine stärkste Waffe: Wärst du dann hier?«

»Nein«, sagte ich vorsichtig, weil mir dämmerte, worauf der Mönch hinauswollte. »Denn dann wäre ich in der Lage, aus mir selbst heraus glücklich zu sein.«

»Auch wenn es für dich den Eindruck macht, sprengt dein Verstand keine Grenzen. Er setzt sie vielmehr. Erst unsere Fähigkeit zu denken, macht uns zu Wesen, die leiden können. Ohne Verstand gäbe es keinen Besitz und keine Gier, keinen Gewinn und keinen Verlust.« Er machte eine kurze Pause, als wolle er sichergehen, dass ich ihm folgen konnte.

Ich nickte.

»Kein Tiger macht sich Gedanken über die Frage, wo er am nächsten Tag sein Essen herbekommt. Da er über keinen menschlichen Verstand verfügt, weiß er nämlich nicht, dass es so etwas wie ein Morgen gibt. Wie fast alle Wesen der Natur lebt er ständig in der Gegenwart, fähig, sich völlig auf das einzulassen, was gerade ist. Eine Möglichkeit, um die dein Verstand dich beraubt.«

Gebannt schaute ich den Abt an. So hatte ich mir das noch nie überlegt.

»Nun magst du sagen, dass du kein Tiger bist. Was aber, wenn du etwas richtig gut beherrschst, dein Verstand dir aber sagt, dass du es nicht kannst? Kannst du es dann?«

»Nein.« Ich flüsterte fast. »Dann kann ich es nicht.«

Shi Yang He lächelte. »Du kannst es also nicht, obwohl du es doch kannst?«

Ich starrte ihn an. »Ja, ich kann es nicht, obwohl ich es kann. Weil mein Verstand mir sagt, dass ich es nicht können kann.«

»Weißt du eigentlich, wie oft wir unseren Verstand dazu missbrauchen, uns selbst zu schwächen?« Er klatschte mit den Händen auf seine Füße und erhob sich. »Denk einmal an eine Sache, von der du dir sicher bist, sie nicht zu können. Gibt es da etwas?«

»Natürlich gibt es da etwas«, sagte ich lachend. »Einiges sogar.«

»Denk an eine einzige Sache«, sagte der Mönch. »An das, was du am allerwenigsten kannst. Ruf es dir so klar wie möglich ins Gedächtnis.«

Ich überlegte einen kurzen Moment. Es gab einfach so vieles, zu dem ich nicht in der Lage war. Ich konnte nicht gut singen, tat mich schwer damit, Fremdsprachen zu lernen, hielt mich nicht für sonderlich kreativ und war auch kein wirklich begabter Redner. Am meisten nagte jedoch an mir, dass ich nicht zeichnen konnte. Schon als Kind hatte ich festgestellt, dass das Ergebnis immer zu Spott und Gelächter geführt hatte, sodass ich es recht bald aufgegeben hatte. »Ich habe etwas gefunden«, sagte ich.

Shi Yang He ging gemächlich zum Anfang der Treppe. »Dann sage mir: Wann hast du das, von dem du dir gerade so sicher bist, dass du es nicht kannst, das letzte Mal probiert?«

»Vor bestimmt zwanzig Jahren«, sagte ich.

»Das ist eine lange Zeit. Wie willst du wissen, dass du es auch heute nicht kannst?«

Schlagartig verstand ich, worauf der Abt hinauswollte. Nur weil ich etwas als Kind nicht gekonnt hatte, bedeutete das ja noch lange nicht, dass sich an meinen Fähigkeiten nicht in der Zwischenzeit etwas geändert hatte. Doch mein Verstand sagte mir, nicht einmal Üben habe einen Zweck, da mir einfach zu manchem das Talent fehlte. Aber hatte ich nicht selbst erfahren, dass mir Dinge, die ich in der Schule nicht fertiggebracht hatte, als Erwachsener plötzlich leichtgefallen waren? In Gedanken versunken, folgte ich Shi Yang He langsam zum Kloster. Wenn deine Einsicht meiner Lehre widerspricht, hallte es durch meinen Kopf, dann sollst du deiner Einsicht folgen. Oder deine Einsicht noch einmal überdenken.

KAPITEL NEUN

Traurigkeit

Der Sommer kündigte sich an. Die Bäume im Hof leuchteten in sattem Grün, als wollten sie die roten Mauern des Tempels übertreffen. Die Tage waren länger und wärmer geworden, und ich spürte, dass auch ich mich in vieler Hinsicht weiterentwickelte. Mein Chinesisch war zwar noch weit davon entfernt, gut oder gar fließend zu sein. Doch ich konnte mich verständigen, und es löste nicht mehr, wie noch zu Beginn, jedes Wort Lachsalven bei den Umstehenden aus. Selbst mein Körper hatte sich in einer Weise verändert, die mir gefiel. Wo immer die Zeit es zuließ, versuchte ich, mich zusätzlich zum offiziellen Training selbst zu betätigen. Hatte ich anfangs das Laufen, die Liegestütze und all die anderen Übungen vor allem als notwendige Schikane gesehen, hatte ich mein persönliches Programm inzwischen freiwillig verdoppelt. An guten Tagen kam es sogar vor, dass ich gemeinsam mit den Mönchen zur Tamo-Höhle hinauf- und von dort auf allen vieren die Stiegen hinunterlief. Neben den anerkennenden Blicken, die Shi Yang He mir ab und an zuwarf, waren es vor allem die sichtbaren Ergebnisse, die mich zum Durchhalten motivierten. War ich in der Anfangszeit streng darauf bedacht gewesen, meinen Bauch zu verdecken, trainierte ich seit einiger Zeit wie alle anderen auch mit freiem Oberkörper. Selbst an meine kurzen Haare hatte ich mich gewöhnt wie auch an den Anblick meiner asiatischen Mitbrüder. Die flachen Nasenrücken, der sehnige, muskulöse Bau ihrer oft schmächtigen Körper und die besondere Form ihrer Augen waren mir mittlerweile derart selbstverständlich geworden, dass mich der

Anblick meines eigenen kantigen Gesichtes manchmal erschreckte.

Es gab keinen Grund, nicht glücklich zu sein. Dennoch war ich es nicht. Denn so groß meine Freude auch war, weil ich von Tag zu Tag besser und mir das Leben im Kloster vertrauter wurde, hatte diese zunehmende Selbstverständlichkeit einen unangenehmen Nebeneffekt. Mit dem Reiz des Neuen verschwand auch die Konzentration auf den Augenblick. Hatte mich am Anfang all das Unbekannte noch derartig in Beschlag genommen, dass ich gleichsam gezwungen war, im Moment zu leben, dachte ich nun immer öfter an das Leben vor Shaolin. Dabei schien mir mein altes Zuhause und alles, was damit zu tun hatte, Lichtjahre entfernt. Trotzdem ertappte ich mich immer öfter bei dem traurigen Gedanken an J. Jene Frau, mit der ich einmal von einer gemeinsamen Zukunft geträumt hatte. Sie hieß in Wirklichkeit Johanna, wollte aber nie so genannt werden, weil sie das altmodisch fand. Johanna war in vieler Hinsicht das totale Gegenteil von mir. Unangepasst, aufmüpfig, stets gierig nach Leben. Wir waren zwölf gewesen, als wir uns das erste Mal mit glühenden Wangen gegenübergestanden hatten, laut unsere Namen gesagt und uns versprochen hatten, für immer Freunde zu sein. Fast zwei Jahre lang hatten wir damals bereits den Schulweg geteilt. Uns fast täglich aus der Ferne verstohlen beobachtet. Doch nie den Mut gehabt, den anderen anzusprechen. Die Frage, wer von uns beiden den entscheidenden Schritt gemacht hatte, war später noch lange Gegenstand liebevoller Neckereien. Doch unsere Beziehung stand von Anfang an unter keinem guten Stern. Vor allem Js Vater ließ offen durchblicken, dass er mich für einen schlechten Umgang hielt. Ich sei nicht gut für seine Tochter. Er selbst hatte sich durch harte Arbeit zum Chef eines kleinen Unternehmens hochgearbeitet und verabscheute daher Studenten wie mich, die seiner Ansicht nach erst einmal etwas leisten sollten, bevor sie den Mund aufmachten. Sein Kind, so wurde er nicht müde zu betonen, verdiene etwas Besseres. Jemanden, der später einmal in der Lage sein würde, ihr einen anständigen Lebensstil zu bieten. Viel zu lange tat ich die Attacken und Seiten-hiebe ab. Denn auch wenn ich Js Zerrissenheit spürte, die ständig zwischen ihrem Vater und mir vermitteln musste, gab sie mir das Gefühl, dass ihr unsere Beziehung wichtiger war als das Verhält-nis zu ihren Eltern. Bis eines Tages das böse Erwachen kam. Egal, was ich tat, ich konnte es meiner Partnerin nicht mehr recht ma-chen. Anfangs schob ich das veränderte Verhalten auf Kopf-schmerzen oder auf Stress in der Arbeit. Doch bald konnte ich Js Ablehnung nicht mehr verleugnen. Auf einmal war ich für sie kein interessanter Gesprächspartner mehr, hatte einen viel zu an-gepassten Lebensstil und konnte mit meinem schmalen Zusatz-verdienst auch ihre immer höher werdenden materiellen An-sprüche nicht mehr befriedigen. Bis sie eines Tages begann, sich über mein Aussehen und meine körperliche Verfassung lustig zu machen, unter der ich schon als Kind gelitten hatte. Zwar ver-suchte ich in der Zeit, mit Johanna Sport zu machen, so oft es mir möglich war. Doch nach einem Tag an der Universität und einem langen Abend in einem Büro fehlte mir oft die Motivation. Auch wenn ich am Ende davon ausging, dass der wahre Grund für un-sere Trennung die ständigen Sticheleien ihres Vaters gewesen wa-ren, hatte vor allem der Spott über meinen Körper tiefe Narben hinterlassen. Es war also kein Wunder, dass ich immer häufiger überlegte, was Johanna wohl sagen würde, könnte sie mich jetzt sehen. Vor allem beim Training schweiften meine Gedanken oft ab. Immer wieder ertappte ich mich bei der Vorstellung, wie sie bewundernd auf meinen gestählten Körper schaute und mich anfeuerte, noch länger in der Pferdestellung zu bleiben, obwohl meine Oberschenkel bereits brannten wie Feuer.

Ich hatte nie mit Shi Yang He über meine Zeit mit ihr gespro-chen. Ohnehin war ich nie der Typ gewesen, der mit anderen über seine Probleme sprach. Gleichgültig, wie es in meinem Inneren ausgesehen hatte, nach außen hin gab ich immer den strahlenden Glückspilz, mit dem das Leben es ausschließlich gut meinte. Da-von abgesehen mochte Shi Yang He ein exzellenter Kämpfer und weiser Mönch sein, der Antworten auf fast alle Fragen hatte. Den

Eindruck, als hätten Frauen in seinem Leben eine wichtige Rolle gespielt, machte er allerdings nicht. Umso erstaunter war ich, als der Abt mich von sich aus auf dieses Problem ansprach.

Es war an einem dieser Tage, an denen Johanna mir wieder einmal besonders fehlte. Ich hatte bereits Meditationstechniken probiert, die einem über die Vergangenheit hinweghelfen sollten, mein Trainingspensum noch einmal verdoppelt und sogar drei Tage lang nur Wasser getrunken, um den Körper zu reinigen. Aber egal, was ich tat, es machte die Sehnsucht nur noch schlimmer. Selbst der Versuch, meine Emotionen auszuatmen, schlug fehl. Johanna blieb einfach in meinem Kopf verankert. Mit unangenehmen Konsequenzen. Denn statt mich auf die Anweisungen meines Meisters zu konzentrieren, war ich fast ausschließlich damit beschäftigt, mir auszumalen, wie meine ehemalige Partnerin mich anflehte, doch bitte zu ihr zurückzukommen. Zunehmend verzweifelt bemerkte ich, dass meine fließenden Bewegungen wieder fahrig wurden und ich oft nicht einmal mehr in der Lage war, die einfachsten Übungen korrekt auszuführen. Shi Yang He tat, als bemerke er nichts, und verbesserte mit erstaunlicher Geduld wieder und wieder meine Fehler. Warum bekam ich diese Frau nicht aus meinem Kopf?

»An?«

Ich blickte zu Boden. Als ich die strenge Stimme des Abtes hörte, wusste ich, was folgen würde.

»Wo ist dein Geist?«

Ich vermied es, den Meister anzusehen, und antwortete nicht.

Doch Shi Yang He fixierte mich mit seinem ruhigen Blick. Ich wusste, er würde nicht nachgeben, bis er nicht eine Antwort bekam. Krampfhaft überlegte ich, wie ich das Problem am besten formulierte.

»Du denkst an eine Frau, oder?« Es klang belustigt.

Ich sah den Abt an und nickte. Was war daran amüsant?

»Es ist deine Sache, woran du denkst«, sagte der Meister, der plötzlich wieder ernst war. »Aber du weißt, dass ein Kämpfer mit einem wandernden Geist leicht besiegbar ist.«

Natürlich wusste ich das. Ich dachte an eine der ersten Strategien, die Xi mich gelehrt hatte. »Du musst im Osten lärmen und im Westen angreifen«, hatte er gesagt. »Die Aufmerksamkeit deines Gegners gezielt auf etwas lenken, an dem er sich gleichsam festbeißt, und ihn damit von den eigenen Absichten abbringen.«

Auch wenn ich mich in keiner Kampfsituation befand, hatte ich genau diese Technik in der letzten Zeit oft bei mir selbst angewendet, um mich von meinen Gedanken abzubringen. Aber kein einziger Versuch, mich abzulenken, hatte etwas gefruchtet. Dabei wusste ich durchaus, dass selbst der schwächste Gegner mich längst zu Boden geworfen hätte, bevor ich auch nur bemerkt hätte, worum es ging. Die Worte des Meisters kreisten in meinem Kopf. Ich dachte daran, dass er in einer ganz ähnlichen Situation zu mir gesagt hatte: »Wer zwei Sachen gleichzeitig macht, der macht in Wirklichkeit gar nichts.«

Obwohl ich mein Problem erkannte, wusste ich nicht, was ich dagegen tun konnte. Wäre es nach mir gegangen, hätte ich Johanna schon lange aus meinem Kopf entfernt.

»Nach wem geht es denn, wenn nicht nach dir?«

Ich zuckte zusammen. Konnte der Abt ernsthaft Gedanken lesen? Oder hatte ich schon wieder laut gedacht? Das kindliche Lachen, das Shi Yang Hes nicht vorhandenen Bauch erbeben ließ, verriet mir, dass Letzteres der Fall gewesen sein musste.

Ich besah meine Fußspitzen. »Es sollte nach mir und meinem Gewissen gehen. Obwohl mir bewusst ist, dass es hier allen gelingt, in Askese zu leben, schaffe ich es dennoch nicht, dem Beispiel meiner Mitbrüder zu folgen.«

Kaum waren die Worte heraus, hätte ich mich am liebsten geohrfeigt. Warum redete ich plötzlich so geschwollen? Warum konnte ich nicht einfach sagen, dass ich Johanna vermisste und mir wünschte, sie käme wieder zu mir zurück?

»Hat dich deine Frau verlassen?«

Der weiche Klang von Shi Yang Hes Stimme beruhigte mich. Hatte ich mich auch in diesem Punkt in ihm geirrt? Wer wusste, was er schon alles erlebt hatte. Warum hatte ich geglaubt, bei ihm nicht auf Verständnis zu stoßen? Zögernd sagte ich: »Sie war nicht meine Frau.«

»Aber sie hat dich verlassen?«

»Ja.«

»Denkst du oft an sie?«

»Ja. Viel zu oft.« Die Antwort kam schnell und ohne jedes Überlegen. »Aber ich arbeite daran, dass es aufhört.«

»Weißt du, An«, der Abt schien nachzudenken, wie er die Botschaft formulieren sollte, »die Frage ist nicht, ob du an diese Frau denkst. Nicht einmal der Buddha konnte seine Gedanken so weit kontrollieren, dass er sich verbieten konnte, an Dinge zu denken. Die Frage ist vielmehr, wann du es tust.«

Er setzte sich auf einen Mauervorsprung und sagte nach kurzem Nachdenken: »Auch wenn wir es oft nicht wahrhaben wollen, ist unser Geist nicht in der Lage, zwei Dinge gleichzeitig zu tun. Wenn du während eines fantastischen Essens einer faszinierenden Kampfvorführung zusiehst, dann wirst du am Ende weder das Essen noch die Vorführung genossen haben. Gleiches gilt auch für deine Freundin. Wenn du während des Trainings an sie denkst, dann machst du beides schlecht, weil du es ohne Hingabe tust. Lerne das Nacheinander. Dann kannst du alles haben. Tust du alles zur gleichen Zeit, dann hast du nichts davon.«

In meinem Kopf drehte sich alles. Ich hatte es mir nie so bewusst gemacht, doch ich machte immer mehrere Sachen gleichzeitig. Viel brennender beschäftigte mich im Moment aber eine andere Frage. »Das heißt also, ich darf selbst in Shaolin an sie denken?«

Shi Yang He lachte. »Natürlich darfst du das. Wer sollte es dir denn verbieten?« Er war wieder aufgestanden. »Lass uns einen kleinen Spaziergang machen. Ich möchte dir etwas zeigen.«

Wir legten im üblichen Laufschritt vielleicht drei Kilometer zurück, als ich die typischen Kampfschreie trainierender Mönche hörte. Unterwegs hatte Shi Yang He das Thema Vergänglichkeit aufgebracht, und als ich Umrisse unterschiedlich hoher Steinpagoden erkannte, erinnerte ich mich, von einem alten

Mönchsfriedhof gehört zu haben, der ein Stück außerhalb des Klosters lag. Wahrscheinlich hatte der Abt mich gerade zu diesem geführt. Aber konnte es tatsächlich sein, dass dort trainiert wurde? Ausgerechnet an diesem Ort?

Ich ließ den Anblick der geschätzt hundert Pagoden, die ohne erkennbare Ordnung auf dem weitläufigen Grundstück verteilt waren, still auf mich wirken. Manche schienen schon so lange hier zu stehen, dass Wind und Wetter ihre Strukturen fast bis zur Unkenntlichkeit abgeschliffen hatten. Bei anderen schien es sich wiederum um Grabmäler für erst kürzlich verstorbene Mönche zu handeln. Zu meiner eigentlichen Überraschung wurde das Gebiet aber auch tatsächlich als Trainingsgelände genutzt. Der Meister ging zielstrebig auf eine kleine, neu aussehende Stele zu. Er verbeugte sich tief und verharrte reglos mit gefalteten Händen. Ich folgte ihm leise und blieb etwa zwei Meter hinter ihm stehen.

Nach einer Weile drehte Shi Yang He sich wortlos zu mir um und bedeutete mir, mich neben ihn zu stellen. Das erste Mal seit ich ihn kannte, hatte ich das Gefühl, bei dem Abt etwas wie Trauer zu spüren. Erstaunt machte ich mir bewusst, dass ich bei ihm bis dahin nie andere Emotionen als Gleichmut und herzhaftes Lachen gesehen hatte. Wer mochte hier begraben sein, dass er in dieser Weise gerührt war?

»Ta shi wo de shifu le«, sagte Shi Yang He auf Chinesisch. Das verstand ich: Er war mein Meister.

Mich überkam eine Gänsehaut, als ich schweigend auf den Grabstein starrte. Mir kamen die Worte von Lao-Tse in den Sinn, die der Abt einmal zitiert hatte: »Wer seinen Platz nicht verliert, der dauert. Wer stirbt, ohne zu vergehen, lebt immerdar.«

Ich wusste aus Büchern, dass auch die Japaner der Meinung waren, dass ein Verstorbener so lange weiterexistierte, wie jemand an ihn dachte. Nahmen wir Lebenden uns dadurch nicht zu wichtig, dass wir glaubten, über unser Dasein sogar unsere Existenz im Jenseits mitbestimmen zu können? Ich beschloss, den Meister bei Gelegenheit danach zu fragen.

Während wir still nebeneinander am Grab seines Shifu standen, ließ meine Anspannung langsam nach. Allmählich drangen auch die Geräusche aus dem Hintergrund wieder stärker in mein Bewusstsein. Aus dem Augenwinkel beobachtete ich junge Mönche dabei, wie sie auf die Grabmäler kletterten und mit einem spitzen Schrei wieder hinuntersprangen. Andere übten sich in der Kunst des Stockkampfes. Hätte ich nur die Geräusche der im Kampf aufeinandertreffenden Holzstangen gehört, die hier von vielen als Waffe benutzt wurden, wäre ich niemals auf die Idee gekommen, mich auf einem Friedhof zu befinden. Ich wusste nicht, ob ich das faszinierend oder pietätlos finden sollte.

Der Abt verbeugte sich erneut vor seinem verstorbenen Meister, dann ging er langsam weiter und winkte mich neben sich. Zu gerne hätte ich mehr über das gewusst, was in seinem Kopf vorging. Wie gingen die Mönche mit ihrer Trauer um? Ich nahm meinen ganzen Mut zusammen.

»Meister?«

Sein Lächeln war zurück, als er mich ansah. »Ja?«

»Darf ich Euch etwas fragen?«

Shi Yang He blieb stehen. »Natürlich darfst du das.«

»Seid Ihr traurig?«

»Vorhin war ich traurig«, antwortete Shi Yang He. »Jetzt bin ich fröhlich.«

»Ihr lasst Trauer zu?« Ich konnte mein Erstaunen nicht verbergen.

»Warum sollte ich das nicht tun?« Der Abt drehte sich zu mir. »Ich weiß, was du jetzt denkst. Ich habe meinem verehrten Meister Shi Xuan Ming einmal dieselbe Frage gestellt. Daraufhin hat er mir die Geschichte von dem Zen-Meister erzählt, der zwei Tage lang weinte.«

»Ein Zen-Meister, der zwei Tage lang weinte?« Einen kurzen Moment überlegte ich, ob der Mönch mich wohl auf den Arm nahm.

Shi Yang He lachte. »Ich habe damals reagiert wie du jetzt.« Er fuhr sich mit der Hand durch den Bart am Kinn. »Selbst die

Schüler des Mönches in der Geschichte sahen das offenbar so, denn einer von ihnen sagte zu ihm: ›Ihr seid kein richtiger Meister. Ihr lasst euch von Euren Emotionen überwältigen und weint wie ein kleines Kind.‹ Daraufhin antwortete der Meister: ›Es ist meine Freiheit zu weinen, wenn ich traurig bin.‹ So war der Meister völlig eins mit seiner Trauer, als er traurig war. Da er dadurch für diese Zeit auch wirklich in der Tiefe seiner Traurigkeit war, hatte er sie in diesen zwei Tagen bewältigt.«

Ich starrte den Abt an. Damit hatte ich nicht gerechnet. Bis jetzt war ich der Meinung gewesen, dass ein Teil der Ruhe, welche die Mönche ausstrahlten, seine Ursache genau darin hatte, dass sie gewisse Emotionen gar nicht erst zuließen. Auch wenn ich mich dafür genierte, hatte ich mich in der Geschichte, die der Mönch gerade erzählt hatte, durchaus wiedererkannt.

Während wir zwischen den Grabstätten und den trainierenden Mönchen hindurchschlenderten, überkam mich eine leise Melancholie. Wer, so fragte ich mich, würde wohl einst an meinem Grab weinen? Johanna mit Sicherheit nicht. Für sie war unsere Beziehung längst Geschichte. Aber wer sonst sollte um mich trauern?

Shi Yang He blieb an einer Pagode stehen. Die jungen Mönche, die davor eifrig mit Stöcken und Schwertern übten, hielten inne und verneigten sich grüßend. Der Abt rief ihnen etwas zu, was ich nicht verstand. Es musste etwas Lustiges gewesen sein, denn alle lachten.

»Wie kann man auf einem Friedhof nur Späße machen?« Sofort hielt ich mir die Hand vor den Mund.

Der Meister aber hatte meine Worte verstanden. »Wieso denn nicht?«, fragte Shi Yang He. »Glaubst du, die Mönche, die hier begraben liegen, haben früher nicht gelacht?« Er zeigte auf die Novizen. »Wenn dich schon ihr Lachen stört, wäre es denn nicht überhaupt respektlos gegenüber den Toten, ein gutes Leben zu leben, wo sie doch nicht mehr unter uns sind?« Plötzlich wirkte er nachdenklich. »Erweisen wir ihnen nicht gerade dadurch die größte Ehre, dass wir das Leben in jedem Moment leben, solange es uns möglich ist?«

Ich nickte gedankenverloren. Irgendwie berührte es mich, wie nahe an diesem Ort Leben und Tod beisammen waren. Einerseits erschien mir das total unpassend. Andererseits fragte ich mich, warum dem so war.

»Hast du Angst davor, eines Tages selbst zu sterben?«

Shi Yang Hes Worte holten mich zurück. Ja, ich hatte große Angst vor dem Tod. Weniger vor dem Sterben selbst als davor, mein Leben versäumt zu haben und es nicht mehr nachholen zu können. Wie viele Monate hatte ich einzig damit verbracht, darauf zu warten, dass die Zeit verging? Wie oft hatte ich mein Leben in wichtige und unwichtige Tage eingeteilt, ohne zu verstehen, dass jeder einzelne Augenblick Leben bedeutete? »Manchmal habe ich das Gefühl, dass mein Leben mir davonläuft«, sagte ich leise. »Gerade in Momenten wie diesen, in denen ich so richtig glücklich bin, frage ich mich, was wäre, müsste ich morgen sterben?«

»Dann müsstest du morgen sterben.« Ich hörte die Stimme des Abtes wie aus der Ferne. »Aber warum beschäftigt dich das Thema jetzt, wenn es ohnehin erst morgen sein wird? Hörst du nicht, wie wunderbar die Vögel um uns herum singen? Glaubst du, sie machen sich irgendwelche Gedanken darüber, was morgen sein wird?«

»Nein«, sagte ich. »Das machen sie wohl kaum. Aber warum nicht?«

»Weil sie erstens wohl gar nicht wissen, dass es ein Morgen gibt. Und weil sie zweitens, und das ist noch viel wichtiger, immer genau dort leben, wo sie gerade sind. Im Hier und Jetzt.«

»Aber ich lebe doch auch im Hier und Jetzt!«

»Nein«, sagte der Abt. »Du lebst wie die meisten Menschen in deiner Vergangenheit oder in der Zukunft.«

»Stehe ich nicht gerade hier mit Euch an diesem Grab?« »Das ist eine interessante Frage«, sagte Shi Yang He. »Irre ich mich, wenn ich glaube, dass du vorhin wegen deiner Freundin traurig warst?«

»Ihr irrt Euch nicht. Das war tatsächlich so.«

Der Abt strich sich durch den Bart. »Ist deine Freundin denn jetzt gerade bei dir, oder war es eine Begegnung in deiner Vergangenheit, die dich in der Gegenwart hindert, glücklich zu sein?«

Ich schluckte. Der Meister hatte recht. Johanna war nicht mehr da. Sie hatte keinen Anteil mehr an meinem Leben, und es war fraglich, ob sie es jemals wieder sein würde. Dennoch bestimmte die Trauer um diesen Verlust mein Leben mehr als die Freude über all die schönen Dinge, die ich gerade erleben durfte.

»Das Geheimnis des Glücks ist die Gegenwart. Die Gedanken an die Vergangenheit führen uns oft in die Trauer. Und unsere Gedanken an die Zukunft führen uns in die Angst. Die einzige Zeit, die wir selbst gestalten können, ist das Jetzt.«

Meine Gedanken rotierten. Das mit der Vergangenheit konnte ich ja noch nachvollziehen. Aber was meinte Shi Yang He mit der Zukunft? Als ich zu ihm hinübersah, bemerkte ich, dass er den Oberkörper so weit vorgebeugt hatte, dass sein Gesicht an seinen Knien anlag, während er gleichzeitig die Beine mit den Armen umschlang. Fasziniert wartete ich, bis er sich wieder aufgerichtet hatte. Ob wohl jeder Mensch so beweglich werden konnte?

»Die Sache mit der Vergangenheit verstehe ich. Aber gibt es denn nicht auch so etwas wie eine freudige Erwartung auf die Zukunft?«

»Natürlich gibt es das. Aber darum geht es nicht. Hast du dir noch nie bewusst gemacht, dass wir Angst immer nur vor dem haben, was kommen könnte? In der Gegenwart gibt es keine Angst. Die haben wir meist im Griff. Selbst Todesangst verspürt niemand, der bereits gestorben ist, sondern immer nur jemand, der davorsteht, zu sterben. Was uns wirklich Sorgen macht, ist all das, was vielleicht einmal passieren könnte.«

Ich nickte geistesabwesend. Xi hatte mir einmal etwas Ähnliches gesagt, als wir über das Thema Kraft gesprochen hatten. »Der einzige Moment, in dem wir stark genug sind, um allen Herausforderungen zu begegnen, ist das Jetzt. Deswegen muss ein guter Kämpfer in der Lage sein, seine ganze Kraft auf diesen Bruchteil einer Sekunde zu fokussieren. Schon der kleinste Gedanke, den ein Gegner zwischen ihn und den Augenblick bringt, nimmt dem Angriff alle Kraft.« Ich seufzte. Wollte ich mir von der Erinnerung an Johanna wirklich weiterhin die Kraft und den Lebensmut nehmen lassen?

Auf dem Weg zurück ins Kloster wiederholte ich in Gedanken, was Shi Yang He mich gelehrt hatte. »Das wahre Geheimnis des Glücks ist die Gegenwart. Vergangenheit führt in die Trauer, Zukunft in die Angst. Es gibt keine andere Zeit als das Jetzt.« Denn alles andere, so begriff ich mit einem Mal, war Illusion.

KAPITEL ZEHN

Begierde

Auch wenn ich nicht wusste, ob Shi Yang He es beabsichtigt hatte, bewirkte das Gespräch im Pagodenwald noch etwas anderes: Es führte mir vor Augen, dass es auch andere Menschen in meinem Leben gab. Seit das Klosterleben einen großen Teil meiner Aufmerksamkeit beanspruchte, hatte ich wie in einer Blase für mich allein gelebt. Zwar hatte ich hin und wieder an zu Hause gedacht, doch den Gedanken meist ebenso schnell wieder verdrängt, wie er aufgekommen war. Umso deutlicher kam mir nun ins Bewusstsein, dass seit meinem überstürzten Abschied bereits mehr als acht Monate vergangen waren, in denen ich mich kein einziges Mal gemeldet hatte. Je öfter ich nun darüber sinnierte, desto mehr erschrak ich über meine Gleichgültigkeit. Bedeutete denn im Moment zu leben nicht auch, das Notwendige sofort zu tun? Zu akzeptieren, dass es vielleicht kein Später mehr gab, in dem man etwas reparieren konnte? Andererseits wurde das Verlangen, mein Verhältnis zu den Menschen daheim in Ordnung zu bringen, von der Erinnerung an all das überlagert, weshalb ich meinem alten Leben den Rücken gekehrt hatte. Ich war hin- und hergerissen. Obwohl das Bedürfnis wuchs, mich zu Hause zu melden, hatte ich gleichzeitig Angst davor, diesen Schritt auch zu tun. Es genügte die Vorstellung, meine Eltern anzurufen, um die zornige Stimme meines Vaters zu hören, der mich in aggressivem Tonfall aufforderte, sofort nach Hause zu kommen. Und der Gedanke daran, wie oft er mich vor allen niedergemacht hatte, ließ mich innerlich zusammenzucken. Doch auch von meinen Kollegen und Freunden, die nie mit Kritik an meinem Vorhaben gespart hatten, konnte ich wohl wenig anderes erwarten.

Dankbar dachte ich daran, wie anders der Umgang hier im Kloster war. Selbst wenn die chinesische Sprache für westliche Ohren recht ruppig klang und die Kommandos wie Befehle herüberkamen, hatte ich noch nie jemanden schreien gehört. Doch je konkreter die Idee wurde, desto mehr wuchsen auch die Zweifel. Mir kam schon der Gedanke eigenartig vor, das Kloster zu verlassen, ohne den Abt zumindest darüber zu informieren. Musste ich aber in meinem Alter tatsächlich noch jemanden um Erlaubnis fragen? Verfiel ich gerade Shi Yang He gegenüber in das gleiche Muster, das so viele Jahre lang das Verhältnis zu meinen Mitmenschen geprägt hatte? Warum schien es mir so wichtig, das Einverständnis meines Meisters für etwas einzuholen, das doch eigentlich selbstverständlich war? Brauchte ich wirklich seinen Segen, um in die Stadt zu gehen und dort ein Telefonat zu führen?

Tief in mir kannte ich die Antwort auf all diese Fragen. Eigentlich mochte ich es, wenn andere die Verantwortung übernahmen. Ich überlegte, wann ich zuletzt etwas nur für mich entschieden hatte, doch außer dem Aufbruch nach Asien fiel mir nichts ein. Es war das einzige Mal gewesen, dass ich einen Entschluss gefasst und diesen auch umgesetzt hatte. Andererseits sollte doch gerade das ein Anfang gewesen sein! Ich beschloss, den Ausflug zu machen.

Als ich am nächsten Morgen die vertraute Umgebung des Klosters verließ, hatte ich dennoch ein flaues Gefühl im Magen. Wohl war ich auf der einen Seite erleichtert, dass ich endlich die Entscheidung getroffen hatte, mich bei meiner Familie zu melden. Gleichzeitig gingen mir Hunderte Fragen durch den Kopf. Wer würde auf der anderen Seite abnehmen? Wie sollte ich reagieren, wenn es wieder nur Vorwürfe hagelte, dass ich mich so lange nicht gemeldet hatte? Was würde ich auf die Frage antworten, wo ich mich gerade befand? Ich wollte meinen Eltern zu gerne erzählen, dass es mir gelungen war, im Shaolin-Kloster aufgenommen zu werden. Dass sich mein Traum erfüllt hatte. Doch ich wusste, dass ihre Reaktion irgendwo zwischen Unglaube und Desinteresse schwanken würde. Warum sollten diese Mönche ausgerechnet auf jemanden wie mich warten? Hatte ich nichts Besseres zu tun, als in der Weltgeschichte umherzureisen? Ich musste lachen, weil ich noch vor einem Jahr vermutlich nicht viel anders reagiert hätte.

Schließlich war die Einstellung zum Thema Freizeit wohl auch jener Punkt gewesen, in dem ich mich am stärksten von Johanna unterschieden hatte. Während sie Arbeit einfach als ein notwendiges Übel sah, das man eben in Kauf nahm, um überleben zu können, hatte ich immer den gegenteiligen Standpunkt vertreten. Blaumachen konnte man noch lange genug, wenn man einmal in Rente war. In unserem Alter musste man vielmehr froh sein, arbeiten zu können!

Einen Riss hatte meine Überzeugung erst bekommen, als ein beruflich besonders erfolgreicher Kollege mit neunundzwanzig bei einem Autounfall gestorben war. Dabei hatte er alles dafür gegeben, um das Leben nach Pensionsantritt irgendwann in vollen Zügen genießen zu können.

Ich zwang mich, meine Gedanken von der Vergangenheit abzulenken, und versuchte, auf den schmalen Waldpfad zu achten, den ich gerade entlanglief. Obwohl das Kloster nur vier Stunden Fußmarsch von der nächstgelegenen Kleinstadt entfernt war, schufen die Berge und der dichte Wald eine natürliche Grenze zwischen diesen beiden verschiedenen Welten.

Lächelnd dachte ich an den alten Küchenmönch. Wie ehrfürchtig aufgeregt er doch gewesen war, als ich ihn nach dem Weg zum nächstgelegenen Postamt gefragt hatte!

»Ta qu Deng Feng! Er geht in die Stadt Deng Feng!«, hatte er so laut durch die Küche gerufen, dass sich alle neugierig nach mir umgedreht hatten. Umgehend war ein anderer Mönch auf mich zugekommen, den ich während der ganzen Zeit, die wir nun gemeinsam in der Küche arbeiteten, noch nie ein Wort hatte sagen hören. Sichtlich angestrengt hatte er versucht, sich daran zu erinnern, wo genau sich in dem Städtchen die Post befand, um mir dann freudestrahlend auf einem fettigen Stück Papier eine Art Plan zu skizzieren. Wie lange mochte der Mann die Mauern des Klosters nicht mehr verlassen haben? Überwältigt erkannte ich, dass selbst die nach außen so disziplinierten Mönche tief in ihrem Inneren lebensfrohe Menschen waren. Wäre es mir nicht so unpassend erschienen, ich hätte die beiden fest gedrückt.

Nach wenigen Minuten verringerte ich mein Tempo. Warum beeilte ich mich eigentlich so sehr? Selbst wenn ich langsamer ging, war es noch lange genug hell, um vor Sonnenuntergang zurück im Kloster zu sein. Abgesehen davon, dass ich ohnehin nicht vorhatte, mich länger in Deng Feng aufzuhalten, als das Ferngespräch mit meinen Eltern dauern würde.

Der Duft des Waldes stieg mir in nie gekannter Intensität in die Nase. Ich hielt an und setzte mich. Während ich versuchte, meinen Fokus auf die einsame Stille zu richten, kehrten meine Gedanken an den Tag zurück, an dem ich das erste Mal mit Shi Yang He über Johanna gesprochen hatte.

Ich war nach dem Abendtraining gerade in mein Zimmer zurückgekehrt, als es zögernd an der Tür klopfte. Verwundert, wer um diese Zeit noch etwas von mir wollen könnte, öffnete ich und blickte in das schüchterne Lächeln eines jungen Novizen. Als wir uns das erste Mal begegnet waren, hatte ich ihm fröhlich zugezwinkert. Umgehend hatte er versucht, es mir gleichzutun. Doch da seine Gesichtsmuskulatur auf diese Bewegung nicht vorbereitet war, schnitt er stattdessen nur eine Grimasse. Wir mussten beide lachen, und das Zwinkern wurde uns zu einem persönlichen Ritual. So genügte es jetzt, dass er das rechte Auge zusammenkniff und mit dem Kopf Richtung Abtzimmer deutete, damit ich verstand, dass mein Meister mich noch einmal sehen wollte.

Shi Yang He führte mich in einen kleinen Seitenhof, in dem ich bis dahin noch nicht gewesen war. Immer wenn ich dachte, endlich alle Bereiche des Klosterkomplexes zu kennen, musste ich staunend zugeben, dass dem noch immer nicht so war. Einige junge Mönche, die im Schneidersitz auf dem Boden saßen, schienen auf etwas zu warten. Ich blickte mich um. Vielleicht drei Meter von mir entfernt stand ein Mönch, dem ich bereits einige Male begegnet war. Obwohl er immer wieder versucht hatte, mit mir Kontakt aufzunehmen, war unsere Kommunikation daran gescheitert, dass ich seinen Dialekt nicht verstand. Diesmal hatte er keinen Blick für mich. Er hatte sein Oberteil ausgezogen, sodass jeder Muskel seines durchtrainierten Körpers zu sehen war. Ehrfürchtig beobachtete ich, wie er in völliger Konzentration eine Abfolge langsamer Bewegungen machte, die aussahen, als wolle er etwas in seinem Körper verteilen. Er hatte in tiefer Hocke ein Bein zur Seite gestreckt und strich nun mit der offenen Hand Richtung Fuß, ohne seinen Körper dabei zu berühren.

»Qigong«, sagte der Abt leise, dem mein fragender Blick offenbar nicht entgangen war. »Arbeit mit der Energie.« Fasziniert starrte ich auf die geschmeidigen Bewegungen, die tatsächlich so aussahen, als könnte der Mönch die Energie in seinem Körper an jeden beliebigen Punkt verschieben. Nachdem er diese eine Bewegung mehrmals wiederholt hatte, richtete er sich ruckartig auf. Sein Blick verriet, dass er vollkommen in sich ruhte. Bedächtig hob er die Hände so vor die Brust, dass die nach oben gerichteten Handflächen aufeinander zu liegen kamen. Es folgte eine Bewegung, als wolle er sich Energie in den Kopf pumpen. Obwohl ich nicht genau verstand, was hier vor sich ging, schien mir die Kraft des Meisters förmlich greifbar. Ich fühlte, dass ich zitterte. Auf einmal entspannte der Mann seinen Körper und ließ die Arme sinken. Wie auf ein unhörbares Kommando brachte einer der Schüler einen mächtigen Holztisch, stellte ihn wortlos vor den Übenden hin und nahm wieder auf dem Boden Platz. Gespannt beobachtete ich, was nun geschah. Der Mönch holte noch einmal deutlich hörbar Luft. Dann stieß er sie mit einen heftigen Schrei wieder aus, ging in die Knie und näherte sich in der Hocke mit weit geöffnetem Mund einer Ecke der Tischplatte, die er tief zwischen seine Zähne gleiten ließ. Meine Anspannung stieg. Hoffentlich versuchte er nicht, den Tisch auf diese Weise zu heben!

Doch zu meinem Entsetzen richtete sich der Meister mit dem Holztisch im Mund auf und machte einige Schritte in meine Richtung, als hätte er nicht mehr als ein Blatt Papier zwischen den Zähnen. Mir wurde abwechselnd heiß und kalt. Wie konnte jemand so eine Kraft im Kiefer haben?

Nachdem er den Tisch eine Runde durch den Hof getragen hatte, stellte er ihn ruhig dort wieder ab, wo er ihn aufgenommen hatte. Dann atmete er tief durch, machte erneut die weichen Bewegungen vom Anfang, welche diesmal so aussahen, als wolle er die Kraft wieder abfließen lassen, und verneigte sich mit vor der Brust gefalteten Händen.

Wie konnte man seine ganze Energie so sehr auf einen Punkt konzentrieren, dass so etwas möglich war? Ich beendete die kurze Pause und stand auf. In Gedanken noch immer gefangen von der Erinnerung an jenen Abend ging ich weiter. Es war nicht allein die körperliche Kraft, die ich an den Mönchen so bewunderte. Vielmehr schien es mir unverständlich, dass jemand den Mut aufbrachte, so etwas auch nur zu versuchen! Hatten die Klosterbrüder denn gar keine Angst vor Schmerzen? Ich dachte an das Gespräch mit dem Abt. Mochte es tatsächlich stimmen, dass unsere Angst nur mit dem Gefühl zu tun hatte, die Zukunft nicht kontrollieren zu können? Wie auf ein Stichwort kam mir das bevorstehende Gespräch mit zu Hause in den Sinn. Sofort stellte sich wieder das Gefühl der Panik ein. Ich fühlte, dass ich schwerer Luft bekam und mein Herzschlag sich beschleunigte. Ruhig bleiben und auf den Atem achten. Sonst, so hatte ich im Training gelernt, beschleunige sich die Atmung, und dann würden die Probleme sich gegenseitig verstärken. Verärgert blieb ich stehen. Es konnte doch nicht sein, dass ich mich im fernen China zurechtfand und mir dann fast in die Hose machte, weil ich mit meinen Eltern telefonieren sollte! Ich dachte an eine Technik, die Shi Yang He mir gezeigt hatte. Vier Sekunden lang konzentriert einatmen. Dann vier Sekunden lang die Luft anhalten und genauso lange ausatmen. Weitere vier Sekunden mit leerer Lunge warten und schließlich wieder einatmen. Nach einigen Zyklen bemerkte ich, dass ich ruhiger wurde. Trotzdem war ich enttäuscht von mir. War es denn wirklich notwendig gewesen, mich so sehr in eine Sache hineinzusteigern, die mit dem aktuellen Augenblick rein gar nichts zu tun hatte? Vielleicht waren meine Eltern ja überhaupt nicht daheim! Dann brauchte ich nur eine Nachricht auf dem Anrufbeantworter hinterlassen, und die Sache wäre erledigt. Ich grinste, da mir der Gedanke gefiel. Gleichzeitig sträubte sich etwas in mir. Hatte ich es denn wirklich noch immer notwendig, so zu denken? Hatten die vergangenen Monate mich nicht gelehrt, dass ich am Ende jede Aufgabe meistern konnte, egal, wie schwierig sie mir am Anfang auch erschien?

In diesem Moment schwor ich mir, von nun an allen Herausforderungen, die auf mich zukämen, mit dieser Geisteshaltung zu begegnen. Es gab einfach keinen Grund, mir die Freude an der Gegenwart mit der Angst vor etwas zu zerstören, das möglicherweise niemals eintrat. Unbewusst hatte ich meinen Schritt wieder beschleunigt, und so ermahnte ich mich erneut, langsamer zu gehen. Waren es denn die vielen bunten Blumen, die am Rand des schmalen Pfades wuchsen, nicht auch wert, wahrgenommen zu werden? Und wovor lief ich eigentlich davon?

Auf einmal hörte ich direkt vor mir ein lautes Knacken. Ich blieb stehen und sah, wie ein fuchsähnliches Tier meinen Weg kreuzte. Es lief so schnell, dass es bereits wieder im Unterholz verschwunden war, bevor ich erkennen konnte, worum es sich handelte. Erschrocken erkannte ich, wie sehr diese kleine Kreatur auch ein Sinnbild für mein eigenes Leben war. Das Tier hatte keinerlei Grund gehabt, sich zu fürchten, weil ich nicht vorhatte, ihm etwas zu tun. Das Einzige, vor dem es weglief, war seine eigene Angst.

Es war Mittag, als ich das unscheinbare, graue Gebäude erreichte, bei dem es sich der Skizze nach um das Postamt handeln musste. Hätte auf dem Bürgersteig nicht ein großes hölzernes Schild gestanden, auf das ein freundlicher Mensch eine symbolisierte Briefmarke, ein Telefon und einen Pfeil gezeichnet hatte, wäre ich wohl daran vorbeigelaufen. Die Fassade war grau und schmutzig, an manchen Stellen blätterte der Putz ab, und ganz allgemein machte das Haus den Eindruck, den mir die ganze Stadt vermittelte: Es schien, als habe es schon bessere Zeiten gesehen. Auch beim Betreten des Gebäudes hatte ich umgehend das Gefühl, jemand hätte mich in meine alte Welt zurückgeworfen. Nicht, dass das Innere unbedingt europäisch aussah. Aber nachdem ich über ein halbes Jahr nur Mönche in orangefarbenen oder grauen Gewändern gesehen hatte, waren die zivil gekleideten Männer und Frauen, die sich in einer Art Warteraum drängten, ein ebenso ungewohnter wie erfreulicher Anblick. Obwohl die Stadt bei meiner Ankunft noch recht menschenleer gewesen war, hatten sich hier einige Kunden versammelt. Ich ließ den Blick schweifen. Schaute man nur oberflächlich, machten sie einen durchaus westlichen Eindruck. Doch ich nahm mir die Zeit, genauer hinzusehen, und so betrachtete ich fasziniert die Menschen, die vor der Paketausgabe Schlange standen. Während die wenigen anwesenden Frauen, die das lange schwarze Haar meist offen trugen, sich in ihrem Kleidungsstil nicht sonderlich unterschieden, konnte ich die Männer in zwei Kategorien unterteilen. Die einen hatten das fettige Haar zu einem geschmeidigen Scheitel frisiert und kombinierten dazu ein Hemd mit einer ärmellosen Weste sowie eine Brille. Bei der zweiten Gruppe hingegen waren neben den kurz geschorenen Haaren vor allem die Nacken auffällig, die mich unwillkürlich an Stiere erinnerten. Als ich die Männer der Reihe nach musterte, stellte ich belustigt fest, dass kein einziger Stiernacken eine Brille trug, während die Scheitelmänner fast ausnahmslos an Sehschwäche zu leiden schienen. Gemeinsam war beiden Gruppen eine hellgraue oder dunkelbraune Anzughose, kombiniert mit meist viel zu großen Schuhen, zu welchen die Stiernacken ein kurzärmeliges Shirt, aber kein Hemd trugen.

Nach einigen Minuten des faszinierten Beobachtens fiel mir ein, warum ich eigentlich gekommen war. Ich riss mich von Brillenträgern und Stiernacken los und folgte den Pfeilen neben den

Zeichen für »Elektrizität« und »Sprechen«, die zusammen im Chinesischen das Wort für »telefonieren« ergeben.

Auch der Raum, in dem sich die Telefonzellen befanden, war überwiegend von Männern bevölkert, die sich lautstark miteinander unterhielten. Ich versuchte zu verstehen, wie ich nun weiter vorgehen musste. Ein älterer Herr, dem seine Schuhe mindestens drei Nummern zu groß waren, sprach mit einem der Angestellten, die sich hinter einer sehr langen Theke befanden, und reichte ihm dann zwei Scheine. Wie es aussah, musste man vor dem Gespräch eine Vorauszahlung leisten. Dann sagte der Kassie etwas zu dem Mann, der neben ihm saß. Es musste sich um den Operator handeln, denn er steckte sofort mit atemberaubender Geschwindigkeit Kabelenden in verschiedene Löcher, die sich in einer Wand vor ihm befanden. Schließlich horchte er konzentriert und deutete mit den Fingern eine Zwei. Sofort begab sich der Kunde in die Zelle mit der entsprechenden Nummer. Beruhigt verschaffte ich mir einen Überblick über die Schlangen vor den einzelnen Operatoren und stellte mich bei der kürzesten an. Ich betete insgeheim, dass an allen Schaltern alle Gespräche vermittelt würden und ich mich nicht erneut am Anfang einer anderen Schlange anstellen musste, weil ich ein Auslandsgespräch führen wollte.

Als ich mich spontan umdrehte, blickte ich in lauter ernste Gesichter, die mich konzentriert anstarrten. Ich musste lächeln, als mir bewusst wurde, dass meine Körpergröße und mein fremdländisches Aussehen mich zu einer willkommenen Attraktion machten. Offenbar verirrten sich nicht viele Ausländer in diese Stadt. Angespannt wartete ich, bis die Reihe an mich kam. Ich war sicher gewesen, die Situation unter Kontrolle zu haben. Doch jetzt spürte ich meine Nervosität zurückkehren. Ich reichte dem Mitarbeiter den Zettel mit der Nummer meiner Eltern, bezahlte einen erstaunlich kleinen Betrag und betrachtete abwesend den Operator. Irgendetwas war an diesem Mann eigenartig. Es dauerte einige Sekunden, bis ich begriff, dass es seine Brille war, die mich so irritierte. Abgesehen davon, dass sie so riesig war, dass sie sein halbes Gesicht verdeckte, waren sowohl das Modell als auch die dicken schwarzen Ränder in Europa seit mindestens dreißig Jahren nicht mehr modern. Ich unterdrückte ein Lachen und beobachtete, wie der Operator mit erstaunlicher Zielsicherheit Steckverbindungen herstellte und wieder löste. Abwesend versuchte ich, ein System dahinter zu erkennen, aber ich war zu sehr damit beschäftigt, mich auf das bevorstehende Telefongespräch vorzubereiten. Auf einmal sah ich ein grünes Licht aufleuchten. Im selben Augenblick streckte der Bedienstete den rechten Arm so in die Höhe, dass ich seine zur Faust geschlossene Hand sehen konnte, von der er nur den Daumen und den kleinen Finger weggestreckt hatte. Ich sah ihn verwirrt an. Sollte er mir nicht die Nummer der Zelle zeigen, in welche er die Verbindung gelegt hatte? Warum formte er stattdessen die chinesische Form des Victory-Zeichens?

»Liu! Liu!« Die Rufe um mich wurden immer lauter.

Ich drehte mich um und blickte in offen lachende Gesichter. Ausländer, so hatte ich mittlerweile gelernt, sorgten in Asien durch ihr oft unbeholfenes Verhalten immer für gute Stimmung. Außerdem musste man bei ihnen, wie es aussah, die oft strengen Regeln der Höflichkeit nicht ganz so strikt einhalten.

»Liu! Sechs!« Die Stimme gehörte zu einer jungen Frau, die mich kurz verlegen anlächelte und dann sofort den Blick senkte.

Ich starrte sie an. Die Frau sah aus wie J! Der gleiche schlanke Körper, ähnlich langes schwarzes Haar, das sie lässig zu einem Pferdeschwanz gebunden hatte. Ich bemühte mich, sie möglichst unbefangen anzusehen.

Die junge Chinesin schien sich schneller zu fangen als ich. Sie blickte schüchtern in meine Richtung und lächelte mich an. Wie in Trance lächelte ich zurück. Johanna.

Ich murmelte leise: »Danke«, und schon knallte ich zur allgemeinen Erheiterung mit dem Kopf voran gegen die Glastür der Telefonzelle.

Befreites Gelächter. Das hatte mir noch gefehlt. Ohne mich umzusehen, trat ich einen Schritt zurück, öffnete die Tür und verschwand, so schnell ich konnte, in der schützenden Kabine. Hektisch schloss ich die Tür. Doch der Geruch nach abgestandenem kaltem Rauch, der die gesamte Zelle ausfüllte, nahm mir den Atem, und ich riss die Glastür sofort wieder auf. Erneut hörte ich, dass draußen gelacht wurde.

An die Wand war ein kleines Holzbrett montiert, auf dem ein uraltes Telefon stand, das leise läutete. Ich nahm den schmierigen Hörer mit spitzen Fingern von der Gabel und hielt mir die Muschel angeekelt an den Mund. Nur nichts berühren.

»Hallo?«

Auf der anderen Seite war nur ein leises Rauschen zu hören.

»Hallo? Hört ihr mich?« Ich hatte lauter gesprochen, doch es kam weiterhin keine Antwort. Ob mich die Person auf der anderen Seite überhaupt verstehen konnte? »Ich höre euch nicht!«, sagte ich. Erneut keine Reaktion. Ich überlegte, was ich tun sollte. Wer immer auf der anderen Seite abgenommen hatte, musste mich gehört haben, da er sonst längst wieder aufgelegt hätte. »Ich wollte euch nur sagen, dass ich in China bin und dass es mir gut geht. Ich weiß nicht, wann ich zurückkomme, aber ich werde mich wieder melden. Grüßt alle und passt auf euch auf.«

Ich wartete, bis ein leises Klicken mir verriet, dass die Gegenseite das Gespräch beendet hatte, legte den Hörer zurück auf die Gabel und atmete tief durch. Meine Eltern wussten jetzt, dass es mir gut ging und hatten trotzdem keinerlei Gelegenheit gehabt, mir ins Gewissen zu reden. Langsam drehte ich mich um und hatte den Saal vor Augen. Ich verspürte keinerlei Lust, mich noch einmal vor der jungen Chinesin zu blamieren, die Johanna so ähnlich sah. Erleichtert stellte ich fest, dass sie nicht mehr im Raum war. Ich bahnte mir zielstrebig einen Weg durch die Wartenden, die erschrocken vor mir zurückwichen.

Beim Verlassen des Postamts verspürte ich eine Mischung aus Erleichterung und Enttäuschung. Warum war ich nur so feige gewesen, mich vor der jungen Frau zu verstecken? Auch wenn ich es mir nicht eingestehen wollte, hatte ich durchaus Gefallen an ihr gefunden. Verwirrt stand ich nun auf die Straße und wusste nicht, was ich tun sollte. Ich wandte mein Gesicht Richtung Sonne, schloss die Augen und holte tief Luft.

»Ni shuo zhongwen ma? Sprichst du Chinesisch?«

Ich fuhr auf dem Absatz herum. Die Frau aus dem Postamt! Wo kam sie denn plötzlich her? »Ich … ich … äh … ich …« Ich hasste diese Nervosität. Wenn ich mich mit den Mönchen unterhielt, war ich doch auch in der Lage, mich zumindest zu verständigen. Selbst auf Chinesisch. Warum brachte ich nun keinen vernünftigen Satz mehr heraus?

»Ja, ein bisschen«, sagte ich langsam und achtete dabei auf jeden Ton. Nur nichts falsch machen! »Es könnte besser sein.«

»Oh, du sprichst aber wirklich gut!«

Ich spürte, dass ich errötete. Was war plötzlich mit mir los? Gerade wollte ich geschmeichelt »Danke!« sagen, als mir einfiel, dass man in China zwar gerne lobte, aber umgekehrt auf Lob mit Bescheidenheit reagierte. Ich stellte mir vor, ich stünde dem Küchenmönch gegenüber, und konzentrierte mich auf die Aussprache. »Aber woher denn! Ich habe noch viel zu lernen!«

»Viele Chinesen wären froh, könnten sie so deutlich Hochchinesisch sprechen wie du!« Sie verbeugte sich. »Ich heiße übrigens Ying Yue. Schön, dich kennenzulernen!«

»An«, sagte ich. Im letzten Augenblick widerstand ich der Versuchung, meiner neuen Bekanntschaft die Hand entgegenzustrecken. Gespannt blickte ich sie an. Sicher würde sie mich als Nächstes verwundert fragen, wieso ich als Europäer einen chinesischen Namen hatte. Innerlich jubelte ich bereits, endlich jemandem meine Geschichte erzählen zu können. Doch zu meiner Enttäuschung schien Ying weder beeindruckt noch weiter interessiert.

»Da hast du aber Glück! Normalerweise haben Ausländer Namen, die ich auch beim fünften Nachfragen nicht verstehe!«, sagte sie lachend.

Ich lachte etwas zu laut mit. Zumindest schien sie meine Enttäuschung nicht bemerkt zu haben. Die junge Dame wandte sich zum Gehen und sagte etwas, was ich nicht verstand. Mit einem hastigen

Schritt war ich wieder bei ihr. Wie in Trance sah ich, wie ich meine Hand auf ihre Schulter legte. »Warte kurz! Wenn du in die andere Richtung sprichst, dann verstehe ich dich gleich noch weniger!« Ich betete, dass sie meine Aufregung nicht heraushören konnte.

Ying blieb stehen. »Oh, entschuldige bitte.« Zu meinem Erstaunen schien auch sie nervös zu sein. »Ich habe gefragt, ob du noch Zeit hast für ein Gespräch.«

Wie bereits im Postamt drehten sich die anwesenden Gäste nach uns um, als wir das kleine Teehaus betraten. Ich tat zwar, als bemerkte ich nicht, dass die größtenteils männlichen Besucher mich mehr oder weniger offen anstarrten, genoss aber die Aufmerksamkeit, die ich hervorrief, als wir dem Kellner zu einem Tisch im hinteren Bereich des Lokals folgten.

Ying nahm Platz und presste die Handtasche an ihren Körper. Eine Zeit lang saßen wir uns schweigend gegenüber und beobachteten uns verstohlen. Mit Sicherheit dachte der Kellner, der in Seelenruhe eine Teekanne und zwei Tassen auf den Tisch stellte, dass wir ein junges Liebespaar waren. Er starrte zuerst meine Begleitung und dann mich an. Dann machte er unsere Tassen derart voll, dass sie fast überliefen. Danach drehte er sich zum Tresen um, ohne uns dabei aus den Augen zu lassen.

Ich grinste zu Ying hinüber, in der stillen Hoffnung, dass auch sie das Verhalten des Obers lustig fände. Wie konnte man die Tasse eines Gastes nur so voll machen? Statt jedoch auf meine Belustigung zu reagieren, nahm sie nur das dampfende Gefäß in beide Hände und nippte vorsichtig an ihrem Tee.

»Bist du aus dieser Gegend?«, fragte ich schließlich, um die Stille zu beenden.

Sie sah mich nur fragend an. Ich zwang mich zur Ruhe und ging den Satz im Kopf Wort für Wort durch, bevor ich ihn laut wiederholte.

Ying lachte. »Jetzt habe ich dich verstanden.«

Sie strich sich eine Haarsträhne aus dem Gesicht, genau wie auch Johanna es immer getan hatte. Zeigte eine Frau nicht mit dieser Geste Interesse an ihrem Gegenüber?

»Ja, ich bin hier geboren. In einem kleinen Dorf, vielleicht zehn Kilometer von Deng Feng. Aber im Moment studiere ich in Beijing.«

»In Beijing!« Ich versuchte, möglichst beeindruckt zu klingen.

»Meine Eltern haben viele Jahre lang gespart, um mir das zu ermöglichen. Ich soll es einmal besser haben als sie.«

Ich nickte schweigend. Die Worte kamen mir bekannt vor. Auch meine Eltern hatten immer gesagt, dass ich es einmal besser haben sollte als sie. Aber was war am Ende herausgekommen? Ein Leben voller Arbeit, das vielleicht noch mehr Entbehrungen mit sich gebracht hatte als ihr eigenes. Ein Leben, vor dem ich am Ende weggelaufen war, weil ich es nicht mehr ertragen hatte.

Ich sah sie an. Ying hatte das Kinn auf die Hände gestützt und sich in meine Richtung gebeugt. Wieder wurde mir abwechselnd heiß und kalt. Warum sah diese Frau nur Johanna so ähnlich?

»Warst du schon einmal in Europa?«, fragte ich.

Ying senkte den Blick und schüttelte den Kopf. »Nein. So viel Geld haben meine Eltern auch wieder nicht. Wir sind nicht alle so reich, dass wir es uns leisten können, einfach so durch die Welt zu reisen.«

Ich biss mir auf die Zunge. Wie überheblich musste meine Frage für die junge Chinesin geklungen haben! Ich überlegte kurz, ihr zu sagen, dass auch ich einige Jahre gespart hatte, bevor ich zu dieser Reise aufgebrochen war. Aber wer sagte mir, dass sie nicht arbeitete? »Du hast aber auch nicht wirklich etwas versäumt«, sagte ich.

Ying sah mich an, die Stirn nachdenklich gerunzelt.

»Nun, China ist doch ohnehin viel schöner und interessanter!«, sagte ich, ohne sie anzusehen.

»Wieso sagst du das?«

Sie hatte sich wieder aufgerichtet. »Macht man das so bei euch in Europa, um arme Menschen aufzumuntern?«

Einen kurzen Augenblick wusste ich nicht, was ich sagen sollte. Ich trat gerade von einem Fettnäpfchen ins nächste. Noch selten hatte ich mich so dumm angestellt wie gerade. Ich tat, als müsse ich husten.

Sofort kramte Ying in ihrer Tasche und zog ein Taschentuch heraus.

»Danke.« Umständlich putzte ich mir die Nase. So konnte ich zumindest etwas Zeit gewinnen. Meine neue Bekanntschaft rührte sichtlich verlegen in ihrem Tee.

»Entschuldige bitte«, sagte ich. »Ich wollte dich vorhin nicht kränken. Ich mag China wirklich. Und wenn du eines Tages Europa besuchen wirst, werde ich mich freuen, dich zu Gast zu haben.«

Erleichtert stellte ich fest, dass Ying lächelte.

»Du hast so einen schönen Namen, Ying Yue. Spiegelung des Mondes.«

Sie beugte ihren Oberkörper wieder leicht vor. »Du sprichst wirklich so gut Chinesisch, dass du das verstehst? Meine Eltern haben mir erzählt, dass sich am Tag meiner Geburt der Mond in dem kleinen See vor dem Stadttempel gespiegelt hat. Daher haben sie mich so genannt.«

Ich nahm einen Schluck aus meiner Tasse. »Du hast sie besucht, nicht wahr?«

Ying Yue nickte. »Mein Vater ist krank. Aber weil ich in Beijing studiere kann ich mich nicht so viel um ihn kümmern, wie ich sollte.« Ihre Stimme klang plötzlich traurig. »Meine Schwester ist verheiratet. Jetzt muss meine Mutter allein für Vater sorgen. Sie hat kein Geld für einen Pfleger.«

Mir kamen Konfuzius und seine Regeln in den Sinn, nach denen die chinesische Gesellschaft seit mehr als zweieinhalb Jahrtausenden funktionierte. Gemäß diesen gehörte eine Frau nach der Hochzeit zur Familie jenes Mannes, den sie heiratete. Dadurch war sie für ihre eigenen Eltern verloren. Wenn diese keinen Sohn hatten, was offensichtlich bei Yings Familie der Fall war, mussten sie entweder das Geld für eine Betreuung aufbringen oder allein schauen, wie sie zurechtkamen. Den Bruchteil einer Sekunde war ich versucht, Ying finanzielle Hilfe anzubieten. Abgesehen davon, dass sie wohl schon mit einer nach westlichen Maßstäben lächerlichen Summe glücklich gewesen wäre, konnte ich so zumindest sichergehen, sie noch einmal zu sehen. Doch gerade als ich den Mund aufmachen wollte, schossen mir die Worte des Abtes durch den Kopf: »Bleib bei deinem Geld, mein Freund.«

»Ich verstehe«, sagte ich stattdessen. »Gibt es denn etwas, was ich für dich tun kann?«

Ying lachte verlegen. »Erzähl mir etwas von dir. Was machst du denn in Deng Feng?«

»Ich habe versucht, meine Eltern anzurufen.«

»In Kabine sechs, ich weiß. Hast du mit ihnen gesprochen?«

»Meine Mutter hat abgehoben, aber ich konnte sie nicht hören.«

»Wie schade«, sagte Ying. »Aber sie hat sich sicher gefreut, dass du dich gemeldet hast. Wirst du es noch einmal versuchen? Du hast sicher ganz wunderbare Eltern. Allein, dass sie dir diese Reise möglich gemacht haben!«

Gerade noch hatte ich vorgehabt, meiner neuen Bekanntschaft meine Situation zu schildern und ihr zu erzählen, wie froh ich war, der Diskussion mit meiner Familie entgangen zu sein. Doch nun wusste ich, dass Ying mir wohl mehr Verwunderung als Verständnis entgegengebracht hätte. »Ich werde morgen oder übermorgen noch einmal in die Stadt kommen und es probieren.«

Obwohl ich nichts dergleichen vorhatte, log ich in der Hoffnung, Ying würde vorschlagen, mich noch einmal zu treffen. »Aber ich bin mir noch nicht ganz sicher. Weil wer wird mir denn helfen, die richtige Kabine zu finden?«

»Ich leider nicht.«

Ich zuckte zusammen.

»Ich fahre heute mit dem Nachtzug zurück nach Beijing.«

Ich versuchte, meine Enttäuschung hinter einem Lächeln zu verbergen. »Kein Problem. Jetzt weiß ich ja, wie man die sechs zeigt.«

Wir lachten beide.

»Du kannst mich aber gerne einmal besuchen, wenn du in die Hauptstadt kommst. Das wird vermutlich schneller passieren, als dass ich nach Europa komme.«

Ich versuchte, mir meine Freude nicht anmerken zu lassen. Die schöne Chinesin wollte mich also tatsächlich noch einmal sehen. »Ich werde schauen, was ich tun kann. Im Moment habe ich noch hier zu tun, aber ich werde gerne darauf zurückkommen.«

Ying zog grinsend eine Füllfeder und ein Blatt Papier aus ihrer Handtasche. Sie kritzelte einige unleserliche Zeichen darauf und schob es auffordernd über den Tisch. »Keine Ahnung, ob du das lesen kannst. Aber du kannst es ja dem Taxifahrer zeigen, wenn du am Bahnhof ankommst.«

Ich blickte interessiert auf die für mich zusammenhanglosen Striche auf dem Blatt und tat, als könne ich sie lesen. Tatsächlich waren mir die chinesischen Schriftzeichen im Gegensatz zur gesprochenen Sprache immer ein Rätsel geblieben, das sich jedem Lösungsversuch widersetzte.

Ying sah mich an. »Ich teile übrigens ein Zimmer mit einer Freundin, da ich im Studentenheim wohne. Aber wenn du möchtest, kannst du bei uns auf dem Boden schlafen.«

Ich fühlte, dass ich rot wurde. Bildete ich es mir ein, oder beruhte die Zuneigung tatsächlich auf Gegenseitigkeit?

»Ich bin das gewohnt«, sagte ich betont lässig. »Ich habe es eine Zeit lang jeden Tag getan.«

Ying schüttelte fragend den Kopf. »Ihr schlaft in Europa am Boden?«

»Nein«, sagte ich lachend. »Wir …« Ich tat, als suchte ich nach passenden Worten. Wie sehr genoss ich es doch, nach derart langer Zeit wieder einmal mit einer Frau zu sprechen, die sich für mich interessierte! »Hast du vom Shaolin-Tempel gehört?«

Mein Gegenüber legte den Kopf zur Seite. Ihr Blick verriet eine Mischung aus Überraschung und Erstaunen.

»Natürlich habe ich das. Der ist ja nicht weit von hier.« Sie seufzte. »Und ich habe als Kind immer davon geträumt, dort die

Kampfkunst und die Meditation zu lernen. Aber ich wollte nie diese kurzen Haare tragen müssen. Aber was hat das mit dir zu tun?«

Ich tat, als müsse ich husten. Welche Brücken musste ich ihr denn noch bauen? Warum fragte sie mich denn nicht endlich, ob ich das Kloster schon einmal besucht hatte? Vor meinem geistigen Auge sah ich mich ihr mit möglichst selbstverständlich klingender Stimme erzählen, dass das Leben in Shaolin selbst für einen Europäer recht hart wäre. Aber sie sah mich nur aus zusammengekniffenen Augen an.

»Willst du damit sagen, dass du schon dort warst?«

»Ich lebe dort bei den Mönchen«, sagte ich.

Yings Reaktion brachte mich aus der Fassung. Kaum hatte ich nämlich die Worte ausgesprochen, schlug sie sich die Hand vor den Mund und brach in schallendes Gelächter aus. »Du bist ein Shaolin-Mönch?«

Selten in meinem Leben war ich mir so dumm vorgekommen. Was sollte ich jetzt sagen? Einerseits wollte ich meine neue Bekanntschaft nicht direkt belügen. Andererseits wirkte ihre Bewunderung auf mich wie eine Droge, und irgendwie war ich gerne davon abhängig. »So etwas in der Art«, sagte ich schnell. »Aber ich erzähle dir das, wenn wir uns wiedertreffen.«

Ying sah auf ihre Armbanduhr, deren großes, viereckiges Zifferblatt den Eindruck machte, es handle sich um ein Herrenmodell. Aber dann bemerkte ich, dass gerade dadurch ihre zierlichen Arme noch schlanker wirkten. »Oh … Mein Bus fährt in zwanzig Minuten. Ich sollte wirklich gehen.«

Wir standen beide auf.

»Dann pass auf dich auf, und komm gut nach Hause. Wir sehen uns.« Ying warf sich die Handtasche über die Schulter, nickte kurz und ging kurzerhand Richtung Ausgang.

Ich starrte ihr nach. Mir blieb fast das Herz stehen, als sie nach wenigen Schritten stehen blieb und sich umdrehte.

»Wenn wir uns sehen, erzählst du mir vom Kloster, versprochen?«

Ich glaubte mich verhört zu haben. »Ja«, sagte ich leise. »Versprochen.«

Ich wartete, bis Ying das Lokal verlassen hatte, und nahm den letzten Schluck von meinem Tee. Warum war dieser Traum nur so schnell vorüber? Ich nahm den Zettel mit Yings Adresse vom Tisch und betrachtete ihn eine Weile. Dann blies ich die Tinte trocken und faltete ihn vorsichtig zusammen. »Ganz fest versprochen«, sagte ich laut zu mir selbst und steckte das Papier in die Hosentasche. »Früher, als du glaubst.«

KAPITEL ELF

Zweifel

D er Schlag vor die Brust traf mich mit voller Wucht. Ich stolperte fünf Schritte zurück, verlor das Gleichgewicht, kippte nach hinten und blieb schwer atmend auf dem Boden liegen. Niemals hätte ich meinem alten Meister eine solche Kraft zugetraut. Noch dazu, da eine fast unmerkliche Bewegung gereicht hatte, um mich zum Fallen zu bringen. Wieder einmal fragte ich mich, woher der Mann diese Energie nahm. Ich versuchte, die Schmerzen zu ignorieren, die von der Schulter bis zum Gesäß zogen, und öffnete langsam die Augen.

Shi Yang He stand etwa einen Meter von mir entfernt und dehnte die Handgelenke. Hatte er mich nicht gerade zu Boden geschickt? Ich versuchte ein Zeichen von Ärger oder Enttäuschung in seinem Gesicht zu erkennen, doch seine Miene war unbeweglich. Vorsichtig massierte ich mir mit den Handballen das schmerzende Brustbein. Ich fühlte, dass ich mir mehr Mühe geben musste, wollte ich die Gunst meines Meisters nicht verlieren. Warum aber war ich plötzlich nicht mehr in der Lage, mich auf etwas anderes zu konzentrieren als auf diese Frau aus Deng Feng? Dabei hatten wir uns vielleicht zwei Stunden lang gesehen, und seit unserer Begegnung waren bereits mehr als drei Wochen vergangen. Doch ohne dass ich etwas dagegen tun konnte, ging mir Ying nicht mehr aus dem Kopf.

Zwar war es mir in der ersten Zeit durchaus noch gelungen, die Gedanken an sie beiseitezuschieben. Das hatte aber auch damit zu tun gehabt, dass das Training noch einmal anspruchsvoller geworden war. Neben Übungen, die speziell der Stärkung der Bauchmuskulatur und der Finger dienten, hatte der Abt vor allem darauf Wert gelegt, meinen Gleichgewichtssinn zu entwickeln. Wieder und wieder musste ich auf einem Bein stehend die Augen schließen und dann langsam den Kopf von links nach rechts und wieder zurück bewegen. Hatte ich noch gelächelt, als der Abt mir die Übung zum ersten Mal zeigte, gelang mir am Anfang nicht einmal ein ganzer Durchgang, bevor ich zitternd den Fuß zurück auf den Boden stellen musste. Richtig an meine Grenzen kam ich, als der Meister mich aufforderte, mich an den Rand einer riesigen Schüssel zu stellen und dort dann so lange wie möglich auf einem Bein zu verharren. Nicht nur einmal zweifelte ich daran, auch nur annähernd an die Geschmeidigkeit der jungen Mönche heranzukommen, die meist spielerisch neben uns trainierten. Doch je besser ich die Aufgaben beherrschte, desto öfter bemerkte ich, dass meine Gedanken zu Ying abglitten.

Die Frau in meinem Kopf war allerdings immer weniger jene Person, die ich in der Stadt getroffen hatte. Vielmehr wurde ihr Bild immer undeutlicher und vermischte sich mehr und mehr mit meiner Erinnerung an J, der sie so verblüffend ähnlich sah. Im Lauf der Zeit wurden meine Tagträume zu einer derartigen Obsession, dass ich die Anweisungen des Meisters nur noch wie durch einen Wattevorhang wahrnahm. So hatte ich auch seine deutliche Aufforderung, mich endlich auf die Blocktechnik zu konzentrieren, zwar gehört. Doch die Worte waren nicht bis in mein Bewusstsein vorgedrungen.

Ich überlegte, ob Shi Yang He tatsächlich die Geduld verloren haben konnte oder ob das, was danach passiert war, einfach ein Teil jener Schule war, mit der er seine Schüler auf die möglichen Konsequenzen ihrer Unachtsamkeit aufmerksam machen wollte. Nachdem er sicher zehnmal meine Haltung verbessert und meine Arme nach oben gedrückt hatte, um die Effizienz meines Blockes zu gewährleisten, hatte er beim letzten Mal den Schlag einfach durchgezogen.

Mühsam richtete ich mich auf. So konnte das nicht weitergehen.

»An?« Der Blick des Abtes verriet eine Mischung aus Verwunderung und Neugier.

»Ja, Meister?«

»Du hast dich geliebt, als du in der Stadt warst, nicht wahr?«

Geliebt? Was meinte er denn wirklich?

»Du hast dich geliebt in eine Frau, dort in der Stadt. Ich merke es.«

Verliebt meinte er. Mir stockte der Atem. War ich wirklich so einfach zu durchschauen? Ich hatte Ying Yue mit keiner Silbe erwähnt. Ich senkte den Blick. »Woran glaubt Ihr das zu erkennen?«

Shi Yang He lachte leise. »Es ist meistens der Fall, wenn sich jemand lieber schlagen lässt, als ordentlich zu lernen.«

»Ist es denn in Shaolin verboten, sich zu verlieben?« Umgehend schlug ich mir die Hand vor den Mund. Was tat ich da gerade? Erst machte ich beim Training einen Fehler nach dem anderen, und jetzt sprach ich auch noch so mit meinem Meister?

»Ist es nicht«, sagte der Abt. »Wieso glaubst du, dass es so ist?«

Ich meinte, mich zu erinnern, vor vielen Jahren in einem Buch gelesen zu haben, dass Buddha die Liebe verboten hatte.

Doch Shi Yang He sah mich nur amüsiert an, als ich ihm davon erzählte. »Du irrst, An. Der Buddha hat uns nichts vorgeschrieben, und er hat uns nichts verboten. Er hat seinen Weg mit uns geteilt. Es bleibt aber immer deine Entscheidung, ihm zu folgen oder deinen eigenen Weg zu gehen.«

Zum Glück ließ der Schmerz allmählich nach. »Der Buddha hat doch gelehrt, dass alles Leid durch Gier entsteht«, sagte ich.

Shi Yang He nickte.

»Aber ist Liebe denn nicht auch eine Form der Gier?«

»Nein«, sagte der Meister. »Liebe alleine ist keine Gier. Anhaften ist Gier.«

»Anhaften?« Ich konnte meine Belustigung nicht verbergen. Was war denn das wieder für ein Wort? Hatte Shi Yang He es gerade erfunden, oder verwechselte er erneut etwas?

»Lass uns ein paar Schritte gehen, An. Ich möchte, dass du etwas siehst.«

Ich stand auf, klopfte mir den Staub aus dem Gewand, und der Schmerz flammte erneut auf. Ich wusste, was der Abt gesagt hätte: Ich müsse ihn einfach durch mich hindurchlassen, ohne mich ihm entgegenzustellen, dann würde er von selbst wieder verschwinden.

»Anhaften«, wiederholte Shi Yang He, während wir nebeneinanderher den Hof verließen, »nannte der Buddha unsere Gier danach, alles festhalten zu wollen. Selbst dann, wenn es überhaupt nicht mehr bei uns sein möchte. Er meinte unsere Unfähigkeit, das gehen zu lassen, was gehen möchte.«

»Ist es denn nicht gerade das Wesen der Liebe, dass wir beim anderen bleiben wollen?«

»Die Frau, in die du dich gerade verliebt hast, ist nicht deine erste, oder?«

Ich schüttelte den Kopf. »Nein, das ist sie nicht. Ich habe bereits einmal einen Menschen gehen lassen.«

Shi Yang He schwieg, während ich ihm die ganze Geschichte von Johanna erzählte.

»Hast du Johanna denn geliebt?«, fragte er, nachdem ich geendet hatte.

Ich nickte heftig. Natürlich hatte ich sie geliebt. Mehr als jemals einen Menschen zuvor. So sehr, dass ich mir niemals hätte vorstellen können, je wieder einen anderen Menschen lieben zu wollen.

»Liebst du sie immer noch?« Der Abt war stehen geblieben.

Wieder nickte ich, wenn auch zögernder. Aber ich wollte ehrlich mit ihm sein. »Ja. Ich liebe sie immer noch.«

Shi Yang He wiegte bedächtig den Kopf. »Glaubst du, dass sie auch ohne dich glücklich ist?«

»Ich hoffe nicht!« Die Worte rutschten einfach heraus. Aber so hart sie auch klingen mochten, so ehrlich waren sie. Denn in Wirklichkeit liebte ich Johanna noch immer viel zu sehr, als dass ich mich mit der Idee hätte abfinden können, sie nie wiederzusehen.

»Verstehst du jetzt, was Anhaftung ist?«

Wir durchquerten Hof um Hof, und ich war gespannt, wo er hinwollte. Oft aber schlenderten wir auch nur ins Gespräch vertieft durch die Anlage. Anhaftung. Nein, das verstand ich nicht.

Ich schüttelte den Kopf.

»Wahre Liebe heißt, den anderen auch gehen lassen zu können. Alles andere ist Anhaften. Oder Selbstsucht, wenn du es so nennen möchtest.« Shi Yang He blieb stehen und sah mir direkt in die Augen. »Wenn du einen Menschen wirklich liebst, wie kannst du dann sagen, dass du dir nicht wünschst, dass er glücklich ist?«

Ich starrte ihn an. Hatte ich tatsächlich so etwas gesagt?

»Du hast gesagt, du hoffst es. Und gemeint hast du sicher, dass du hoffst, sie könne ohne dich nicht glücklich sein. Ich habe nur deine Worte wiederholt.«

Wir hatten das Kloster verlassen, und ich konzentrierte mich verlegen auf die Pflanzen am Wegesrand, von denen ich viele in Europa noch nie gesehen hatte. Der Schluss, den ich aus den Worten des Meisters zog, gefiel mir nicht. »Soll ich sie gehen lassen? Einfach so?«

»Hast du denn eine Wahl?«

»Nein«, sagte ich mehr zu mir selbst als zu ihm, »nein, die habe ich nicht. Wenn ich sie wirklich liebe, muss ich also eigentlich auch akzeptieren, dass sie auf eine Art glücklich ist, die mir nicht gefällt.« Ich seufzte. War das, was ich da gerade von mir gab, wirklich meine Meinung, oder sagte ich es nur, um dem Abt zu gefallen? In meinem Kopf drehte es sich. Was täte ich mit Ying Yue, sollte Johanna eines Tages wirklich zu mir zurückkehren?

Ich war bereits eine ganze Weile tief in Gedanken neben dem Abt hergegangen, als ich seine Stimme hörte. »Wirst du die Frau aus Deng Feng wiedersehen?« Shi Yang He war vor einer kleinen Pagode stehen geblieben.

Ich sah mich um, hätte aber nicht sagen können, wo wir waren. »Ich weiß es nicht«, sagte ich. »Und wenn ich ganz ehrlich bin, dann weiß ich nicht einmal, ob ich es überhaupt möchte.«

Der Meister lud mich mit einer Handbewegung ein, die Pagode zu betreten. »Warum solltest du eine Frau nicht mehr sehen wollen, in die du derart verliebt bist, dass du dich nicht einmal mehr auf die einfachsten Übungen konzentrieren kannst?«

Zum ersten Mal schwang so etwas wie Erstaunen in Shi Yang Hes Stimme mit.

»Weil ich …« Ich zögerte. »Nun, weil ich ihr nicht die ganze Wahrheit gesagt habe.«

Obwohl ich mir fest vorgenommen hatte, die Vorkommnisse in der Stadt für mich zu behalten, erzählte ich ihm nun von meiner Begegnung mit Ying Yue, von ihrer Einladung nach Beijing und davon, dass ich sie möglicherweise in dem Glauben gelassen hatte, ein Shaolin-Mönch zu sein.

Der Abt sagte kein Wort. Sein Schweigen irritierte mich. Warum redete er nichts? Verstand er mein Verhalten und wollte mir auf diese Art seine Zustimmung signalisieren? Oder hielt er mich für einen unwürdigen Angeber, der nun endgültig das Maß überschritten hatte? Ich knetete nervös meine Hände. War es richtig gewesen, den Abt über meinen Ausrutscher zu informieren? Oder hätte ich die Sache besser für mich behalten sollen? »Wisst Ihr, was ich mich schon die ganze Zeit frage?« Ich betete, dass mein Gegenüber mir meine Unsicherheit nicht anhörte.

»Sage es mir«, sagte Shi Yang He, ohne eine Miene zu verziehen.

»Wie gelingt es Menschen, andere dazu zu bringen, etwas zu tun, was diese überhaupt nicht tun wollen?«

»Weil die anderen daran glauben wollen, dass ein anderer sie dazu gebracht hat, etwas zu tun. Obwohl sie tief in ihrem Inneren genau wissen, dass sie selbst entschieden haben, es zu machen. Aber so glauben sie, keine Verantwortung für ihr Handeln übernehmen zu müssen.« Er machte eine kurze Pause. »Wer hat dich denn zu was gebracht?«

»Niemand«, sagte ich leise. »Ich verstehe, was Ihr mir sagen wollt.«

Während wir sprachen, holte der Meister aus einer Ecke der Pagode einige Ziegelsteine hervor und begann, zwei kleine

Türmchen zu errichten. »Niemand außer dir selbst ist für dein Handeln verantwortlich, An. Niemand. Denn gleichgültig, wer dich vermeintlich zu was provoziert, am Ende bist es immer noch du, der die Entscheidung trifft. Auch wenn dir häufig nicht klar zu sein scheint, warum du dich gerade wie entscheidest.« Er ging wieder in die Ecke und kam diesmal mit zwei Holzlatten zurück, die er so auf die Gestelle legte, dass zwei sehr schmale Tischchen entstanden. »Doch solange du das nicht akzeptierst und anderen die Schuld an deinem Tun gibst, wirst du dein Verhalten niemals verändern können.« Er rückte die Tischplatten zurecht, damit diese jeweils direkt in der Mitte des Gestells lagen.

Ich betrachtete die beiden Platten und bemerkte, dass sie unterschiedlich dick waren. Während die eine vielleicht eine Stärke von fünf Millimetern hatte, war die andere mindestens zehn Zentimeter dick.

»Dabei gibt es nichts Wichtigeres im Leben, als in jedem Augenblick ehrlich die Motivation hinter unseren Handlungen zu hinterfragen.« Der Meister betrachtete prüfend das Konstrukt. »Energie folgt immer deiner wahren Absicht. Und die kannst du nicht verschleiern. Niemals.«

Ich sah den Abt fragend an. Was redete er da? Und was hatte das alles mit dieser eigenartigen Konstruktion zu tun, die er gerade vor mir aufgebaut hatte?

»Stell dich bitte einmal hierher.« Shi Yang Hes Stimme riss mich aus den Gedanken. »Ja, genau hier. Vor das dünne Brett.«

Ich musste lächeln, als ich verstand. Der Meister wollte mir sicher zeigen, wie weit ich es einmal bringen könnte, wenn ich nur meinen Geist kontrollierte. Daher sollte ich jetzt das hauchdünne Brettchen zerschlagen, während er neben mir das dicke Brett durchtrennen würde. Respektvoll sah ich zu ihm hinüber, aber entgegen meiner Erwartung hatte er sich von dem Aufbau entfernt.

Der Abt nickte mir auffordernd zu. »Du weißt, worum es geht. Versuche wie auch schon die letzten Male, die Latte mit einem Handschlag zu durchtrennen.« Irritiert starrte ich auf das Brett neben mir. Warum machte er keinerlei Anstalten, sich vor sein Holz zu stellen? Egal. Wahrscheinlich würde er im letzten Moment auf das Gestell zuspringen und das Brett durchtrennen. Ich musste mich jetzt auf meine Aufgabe konzentrieren, die so einfach wirkte, dass mir ein Versagen schon lächerlich schien. Wie ich es gelernt hatte, atmete ich einige Male tief durch und konzentrierte meine ganze Energie auf meine rechte Hand. Dann führte ich die Handkante bis an das Holz heran und stoppte die Bewegung kurz davor ab, um ein optimales Auftreffen zu gewährleisten. Ein tiefer Atemzug, ein lauter Schrei, und meine Handkante durchdrang das Holz wie Butter. Ich holte Luft und sah stolz zur Seite. Doch der Meister stand weiterhin hinter mir. Mir schwante Schreckliches, als ich das intakte Tischchen zu meiner Rechten sah.

»Gut gemacht«, sagte der Meister lächelnd. »Aber das war ja auch zu erwarten.« Er deutete auf den Aufbau rechts von mir, auf dem die dicke Platte lag. »Die wirkliche Herausforderung kommt auch erst jetzt.«

Ich schaute abwechselnd das Holz und den Meister an. Was wollte er von mir? Die Platte war mindestens zehn, wenn nicht sogar fünfzehn Zentimeter stark.

»Fokussiere deine Energie und schlage sie durch. Du kannst es.«

Ich spürte, dass mir die Tränen in die Augen stiegen. Einerseits war mir völlig klar, dass ich nie im Leben in der Lage sein würde, dieses Holz mit bloßen Händen zu zerstören. Andererseits wollte ich den Meister nicht noch einmal enttäuschen. Wie verlangt, stellte ich mich vor das Holz und versuchte, mir vorzustellen, wie das Teil krachend unter der Energie meines Schlages zerbrach. Doch eine innere Stimme sagte mir warnend, es besser zu lassen. Ich versuchte, alle negativen Gedanken beiseitezuschieben und meine ganze Kraft in den nun folgenden Schlag zu legen. Ich schloss die Augen, zählte im Kopf von fünf hinunter, schlug zu und schrie auf. Die Holzplatte lag weiterhin auf ihrem Platz und schien mich zu verlachen. Ich versuchte den Schmerz aus der

Hand zu schütteln, die entgegen meiner Erwartung nicht mal ein bisschen angeschwollen war.

»An?«

»Shifu?«

Ich vermied es, ihn anzusehen. Jetzt hätte nur noch gefehlt, dass Johanna oder Ying Yue Zeugen meines Versagens geworden wären!

»Verstehst du jetzt, was es bedeutet, dass Energie immer der Absicht folgt?«

Ich schüttelte schweigend den Kopf. Nein, ich verstand es tatsächlich nicht. Was hatte ich schließlich gewonnen, außer dass mir die Hand wehtat?

»Ich will damit sagen, dass du immer genau so viel Energie in eine Sache investierst, wie du an ihr Gelingen glaubst. Je mehr du davon überzeugt bist, dass etwas möglich ist, umso mehr Mühe gibst du dir, es auch zu erreichen.«

»Und was hat das mit diesen beiden Platten zu tun?«

»Auf welche der beiden hast du denn fester geschlagen?«

»Auf diese natürlich!« Ich deutete auf das unversehrte Holzstück.

»Ist das so, oder glaubst du nur, dass es so ist?«

»Natürlich ist es so. Warum sollte ich mir so etwas einbilden?«

»Wieso ist es dir dann aber nicht gelungen, die Platte zu zerschlagen?«

Ich musste mich ernsthaft beherrschen, um nicht laut loszulachen. Was war das für eine Frage? »Weil sie mindestens zehnmal so dick ist wie die andere und meine Kraft dazu einfach nicht ausgereicht hat?«

Ohne ein weiteres Wort zu sagen, nahm Shi Yang He das Holz von den Ziegelsteinen und drehte es um. Was ich nun sah, verschlug mir die Sprache. Genau dort, wo mein Schlag aufgetroffen war, hatte jemand eine tiefe Kerbe in das Holz geschnitzt, sodass es vielleicht noch eine Dicke von einem Zentimeter hatte. Mit einem Mal verstand ich, was der Meister mir sagen wollte.

»Wenn ich das gewusst hätte …«

»Es ist dir nicht gelungen, weil Energie der Absicht folgt. Auch wenn du es glauben möchtest, war deine Absicht nicht bei beiden Schlägen die gleiche.« Er hob einen Teil des Holzes auf, das ich beim ersten Versuch durchtrennt hatte. »Als du diese Platte gesehen hattest, war dir von vornherein klar, dass es dir möglich wäre, sie zu zerschlagen. Daher hast du auch die gesamte dir zur Verfügung stehende Kraft benutzt, um dein Ziel zu erreichen. Deine Absicht war, das Holz zu durchtrennen, und genau dafür hast du deine Energie aufgewendet.« Er warf das Teil zurück auf den Boden. »Ganz anders bei der zweiten Prüfung. Hier schien dir die Aufgabe von vornherein unlösbar. Daher hattest du auch nicht die Absicht, das Holz durchzuschlagen.«

»Sondern?«

»Deine wahre Absicht war, dich nicht zu verletzen. Auch wenn du es nicht zugeben möchtest, überführt dich die geringe Kraft, mit der du den Schlag ausgeführt hast. Beide Platten waren nämlich in Wirklichkeit gleich dick.«

In mir rebellierte es. Einerseits wusste ich, dass das, was der Abt sagte, richtig war. Wie oft waren Dinge, von denen ich von Anfang an überzeugt gewesen war, dass ohnehin nichts aus ihnen werden konnte, am Ende auch nichts geworden? Gleichzeitig musste ich mir im Rückblick aber auch eingestehen, dass ich in diesen Fällen jeden echten Aufwand oft als vergebliche Liebesmühe angesehen hatte.

»Selbst die größte körperliche Kraft ist nutzlos, wenn dein Geist sie nicht kontrollieren kann.«

Die Stimme des Meisters schien aus weiter Ferne zu kommen.

War dies das gesamte Geheimnis des Erfolges? Die simple Erkenntnis, dass wir uns einfach nur darüber klar werden mussten, ob unsere Absicht tatsächlich die war, von der wir es dachten? Konnten wir selbst uns mit unserem Denken derart einschränken? Andererseits wusste ich mittlerweile, dass mein Verhalten stets einen Grund hatte. Selbst wenn dieser mir bis dahin nie bewusst geworden war.

»Wahrscheinlich habt Ihr recht«, sagte ich. »Wahrscheinlich

wollte ich mich tatsächlich einfach nicht verletzen. Denn mir ist das schon einmal passiert.«

Shi Yang He schüttelte auffordernd den Kopf. Ich erzählte ihm, dass ich als Jugendlicher einmal Johanna hatte imponieren wollen und damals mit ganzer Kraft auf ein viel zu dickes Holzbrett eingeschlagen hatte. Das Ergebnis war eine gebrochene Mittelhand gewesen.

»Du hast also eine schlechte Erfahrung gemacht, die jetzt deinen Fähigkeiten im Weg steht?«

Ich nickte.

»Auf Basis dieser Erfahrung entscheidest du also bis heute.« Die Worte des Meisters klangen mehr wie eine Feststellung denn wie eine Frage.

Ich nickte erneut. Worauf wollte Shi Yang He jetzt wieder hinaus? Durfte ich plötzlich nicht einmal mehr auf meine Erfahrungen vertrauen?

Der Abt hatte die angesägte Platte wieder an ihren Platz zurückgestellt. »Im Grunde«, sagte er, während er begann, die Ziegelsteintürme abzubauen, »ist Erfahrung etwas Feines. Nur leider ist sie unbrauchbar.«

Ich hätte es wissen müssen. Natürlich war auch das schlecht. Aber warum?

Shi Yang He setzte sich im Schneidersitz auf den Boden, als sei es das Natürlichste von der Welt, und sah mich an. »Wenn du um zwölf Uhr einen wichtigen Termin in Deng Feng hast, wann gehst du dann von hier weg?«

»Um neun Uhr«, sagte ich und war nicht einmal der Meinung, dass mein triumphierender Ton überheblich klang. »Das letzte Mal habe ich nämlich die Erfahrung gemacht, dass ich drei Stunden in die Stadt gebraucht habe. Daher würde ich mir erlauben, davon auszugehen, dass es auch dieses Mal so sein wird.«

Der Abt nickte bedächtig.

Konnte es so leicht sein, ihn zu widerlegen?

»Wenn du unterwegs von Räubern aufgehalten wirst und du dich erst mit ihnen herumschlagen musst, bevor du weiterziehen kannst, was ist dann? Wenn dir ein Baumstamm den Weg versperrt oder ein Unwetter die Strecke unpassierbar gemacht hat und du einen riesigen Umweg machen musst?«

»Dann brauche ich länger«, sagte ich. »Und ich komme zu spät.«

Shi Yang He zwirbelte lächelnd seinen Bart. Ich wusste, dass er auch diesmal im Recht war. Aber wie konnte es andererseits sein, dass meine Erfahrungen auf einmal nutzlos sein sollten? Das konnte doch unmöglich auf alle zutreffen. Rebellisch sagte ich: »Wenn meine Erfahrungen tatsächlich keinen Wert haben, auf was soll ich mich denn dann stützen?«

»Auf deine Achtsamkeit.«

Ich sah ihn an.

»Wieso glaubst du, aus der Rückschau erkennen zu können, was dich im Hier und Jetzt erwartet?« Der Meister war aufgestanden. »Erfahrung ist wie eine Laterne im Rücken, An. Sie beleuchtet nur jenes Stück des Weges, das wir bereits gegangen sind.« Der Abt legte mir die Hand auf die Schulter. Ich spürte, dass ich zitterte. Hatte er trotz allem, was in den letzten Tagen falsch gelaufen war, noch immer nicht den Glauben an mich verloren?

»Der Glaube an unsere Erfahrung nimmt dir die wunderbare Möglichkeit, in jedem einzelnen Moment die Last der Vergangenheit hinter dir zu lassen und stets völlig frei und unvoreingenommen entscheiden zu können. Ich könnte beispielsweise meine Erfahrung mit dir in der letzten Zeit zum Anlass nehmen und dich nicht mehr als meinen Schüler betrachten. Aber warum sollte ich das tun? Der Mensch, der mir jetzt gegenübersteht, ist ein ganz anderer als jener, dem ich vorhin auf die Brust schlagen musste, damit er endlich aufwacht. Menschen und Gegebenheiten ändern sich. Nicht die anderen, allein unsere Erfahrung verbietet uns, auf diese Chance der Erneuerung zu reagieren.«

Wir verließen die Pagode und gingen ohne zu sprechen zum Tempel zurück. Wenn sich Menschen wirklich änderten, konnte ich überhaupt nicht wissen, wie meine Eltern wirklich auf meinen Anruf reagiert hatten. Wenn Shi Yang He richtiglag, hätte es sogar sein können, dass sich mein Vater einfach darüber gefreut hätte, von mir zu hören, und dann hätte er mir weiterhin eine gute Zeit gewünscht. Woher wollte ich wissen, dass in Wirklichkeit nicht ich derjenige war, der nicht bereit war, sich zu verändern?

Früher als sonst fiel ich am Abend erschöpft ins Bett. In dieser Nacht träumte ich das erste Mal seit Langem wieder von daheim.

KAPITEL ZWÖLF

Erwartung

H erbst. Nach dem langen, heißen Sommer, der den Wesen der Natur viel abverlangt hatte, schienen nicht nur die Menschen, sondern auch Tiere und Pflanzen froh zu sein, dass die Tage nun kürzer und kühler wurden und sich eine Zeit der Erholung und Erneuerung ankündigte. Doch so sehr ich das warme Licht, die bunten Farben und die vielfältigen Gerüche dieser Jahreszeit auch genoss, so traurig machte mich gleichzeitig die Vorstellung, den Winter allein bei den Mönchen verbringen zu müssen. Zwar war Shi Yang He mir zu einem väterlichen Freund geworden, mit dem ich mehr Zeit verbrachte, als ich es jemals mit Johanna getan hatte. Die Wärme und Geborgenheit, die mir eine Beziehung mit einer Frau gab, konnte er mir aber nicht ersetzen. Es gelang mir meist, meine Aufmerksamkeit auf das Training und die buddhistischen Lehren zu richten und meine Sorgen zu verdrängen. Doch irgendwann drifteten meine Gedanken erneut zu Ying ab. Selbst während der täglichen Meditation träumte ich davon, sie abzuholen und mit ihr in meine Heimat zurückzukehren. Trotzdem wäre ich nicht in der Lage gewesen, diesen Gedanken auch in die Tat umzusetzen. Viel zu sehr hatte ich mich an das Leben in Shaolin gewöhnt. Ich schätzte das harte körperliche Training ebenso wie die lehrreichen Gespräche mit dem Meister, und ich vermisste noch nicht einmal mehr die früher so gewohnten Besitztümer. Selbst die Einrichtung meines Zimmers, die unverändert aus einem Holzbett, einem Hocker und einer Kerze als Nachttischlampe bestand, erschien mir mittlerweile vollkommen ausreichend.

Eines Abends, als ich gerade erschöpft in mein Zimmer zurückgekehrt war, schlug mir ein unangenehmer Geruch entgegen. Obwohl er mir bekannt vorkam, konnte ich ihn anfangs nicht einordnen, bis ich realisierte, dass es sich um den Gestank eines verdorbenen Lebensmittels handelte. Wahrscheinlich hatte ich vergessen, meine Suppenschüssel in die Küche zu bringen, und diese gammelte jetzt irgendwo vor sich hin. Doch der Raum war übersichtlich eingerichtet, und so hatte ich mich schnell umgesehen. Außer einer Menge Staub entdeckte ich nichts. Müde beschloss ich, das Zimmer am nächsten Morgen einmal gründlich zu putzen. Dann würde ich auch die Quelle des Geruchs finden.

Ich setzte mich auf mein Bett, um mich umzuziehen, doch der Gestank wurde immer stärker. Entweder musste ich die Ursache finden oder bei offenem Fenster schlafen, was mir bei den mittlerweile recht frischen Nachttemperaturen nicht sehr ratsam schien.

In diesem Moment fiel mir auf, dass sich neben meinem Rucksack ein kleiner nasser Fleck gebildet hatte, der sekündlich größer wurde. Schlagartig wusste ich, woher der Geruch kam. Vorsichtig schnürte ich das Gepäck auf und legte ein Kleidungsstück nach dem anderen auf den Boden. Verwundert starrte ich die Sachen an. Sie kamen wirklich aus einer anderen Welt. Das Tragen meines Mönchsgewands war mir inzwischen so selbstverständlich geworden, dass mir die Farben meiner alten Kleidung unwirklich und grell vorkamen. Dann berührten meine Finger etwas Nasses. Was konnte das sein? Ich wühlte tiefer und hielt kurz darauf die verschimmelten Reste von etwas in der Hand, das einmal ein Wiener Würstchen gewesen sein musste. Offensichtlich war die Verpackung unter dem Druck der Fäulnisgase aufgeplatzt, denn als ich die Wurstpackung hervorholte, ergoss sich eine stinkende Brühe über mein Gewand und den Boden. Mit einer Mischung aus Grausen und Wehmut dachte ich daran, wie ich die Würstchen am Tag meiner Abreise beim Metzger erworben hatte. Zu vieles hatte ich über das schreckliche Essen in Asien gehört, als dass ich riskieren wollte zu verhungern.

Angeekelt räumte ich die durchtränkten Kleidungsstücke aus und wickelte sie gemeinsam mit den Essensresten in ein schmutziges Shirt. Zu meinem Entsetzen hatte der stinkende Saft auch meine gute Hose vollkommen durchtränkt, die ich nach dem Ausflug in die Stadt achtlos auf den Boden geworfen und irgendwann in den Rucksack gestopft hatte. Ich knüllte alles zusammen und schlich leise hinaus zur Mülltonne.

Danach kam der Rucksack an die Reihe, den ich vor meiner Zimmertür auf den Fenstererker legte. Ich würde ihn am nächsten Tag waschen, im Moment war ich einfach zu müde. Als ich ihn umdrehte, damit die nasse Stelle morgens von der Sonne getrocknet würde, hörte ich ein Geräusch. Etwas war runtergefallen. In der Dunkelheit sah ich etwas kleines Quadratisches auf dem Boden liegen. Als ich es aufhob, traute ich meinen Augen nicht. Ein zwar verbeultes, aber dicht verschlossenes Päckchen meiner Lieblingswaffeln! Das Wasser lief mir im Munde zusammen. Wie lange hatte ich schon keine Süßigkeiten mehr gegessen? Ich wollte gerade die Packung aufreißen und den Inhalt hinunterschlingen, da kam mir eine Idee. Der Meister sollte auch einmal eine Spezialität aus meiner Heimat kennenlernen! Lächelnd sah ich sein Gesicht vor mir, wie er langsam und genüsslich eine Schnitte nach der anderen verdrückte und den Eindruck machte, gar nicht mehr aufhören zu können.

Der große Moment kam gleich am nächsten Tag. Die Morgenmeditation war vor der Tamo-Höhle abgehalten worden, wie fast an jedem warmen und sonnigen Tag, und Shi Yang He und ich blieben noch einige Minuten auf der Plattform stehen und ließen den Blick über die herbstliche Landschaft gleiten. Aufgeregt wartete ich auf einen passenden Moment. Als ich dem Meister schweigend die steilen Stufen nach unten folgte, hielt ich es nicht mehr aus. Ich kramte die zerknitterte Packung aus der Tasche meiner grauen Jacke. Allein der Anblick war ein Genuss. Einen kurzen Moment überlegte ich, die wertvolle Delikatesse wieder verschwinden zu lassen und sie allein im Zimmer zu essen. Wer wusste denn schon, wann ich wieder so etwas bekommen würde?

Doch die Aussicht darauf, den Abt einmal mit etwas beeindrucken zu können, war zu verlockend. Ich blieb auf einem Treppenabsatz stehen und begann umständlich, das Päckchen zu öffnen. Shi Yang He schien das Geräusch gehört zu haben, denn auch er hielt inne und sah mich nun fragend an.

»Meine Lieblingssüßigkeit«, sagte ich lächelnd. »Die letzte Erinnerung an zu Hause. Ich möchte sie gerne mit Euch teilen.«

Der Meister nickte wortlos.

Sorgfältig befreite ich die obere Hälfte der Schnitten von der Verpackung und hielt sie ihm auffordernd hin. »Nehmt gerne mehr. Sie sind wirklich gut.«

Shi Yang He nickte erneut und bediente sich tatsächlich großzügig. Ich wartete gespannt, dass er eine Schnitte kostete, doch er gab mir zu verstehen, ich solle zuerst essen. Mit geschlossenen Augen schob ich mir Stück für Stück in den Mund. Nichts von dem, was ich in den letzten Monaten vorgesetzt bekommen hatte, ließ sich auch nur annähernd damit vergleichen! Fast schon bereute ich mein großzügiges Angebot an den Meister. Warum sagte der eigentlich nichts? Schmeckte es ihm nicht? Verwundert öffnete ich die Augen und glaubte, nicht richtig zu sehen. Shi Yang He schien die Schnitten nicht einmal probiert zu haben! Vielmehr hatte er sie zerbröckelt und verstreute die Krumen auf der Wiese neben uns, wo sich rasch Vögel einfanden, die sich laut zwitschernd darum zankten.

Es dauerte einen Moment, bis ich die Fassung wieder erlangte. »Haben Euch die Schnitten denn nicht geschmeckt?«

Shi Yang He war weitergegangen. »Ich esse keine Süßigkeiten.«

Ich starrte ihn an. »Aber hättet Ihr sie denn nicht wenigstens kosten können?«

»Natürlich hätte ich das.« Er sah mich an. »Aber wie ich bereits gesagt habe: Ich esse nichts Süßes.«

Mühsam atmete ich die Enttäuschung aus. »Warum habt Ihr sie dann genommen?«, fragte ich so ruhig es mir möglich war.

»Um dir eine Lektion zu erteilen.«

Mir verschlug es die Sprache. Manchmal brachte mich Shi Yang Hes Verhalten an meine Grenzen. Ich hatte ihm meine letzten Süßigkeiten angeboten, und er warf sie den Vögeln hin, um mir damit eine Lektion zu erteilen?

Ich lachte lautlos. »Was meint Ihr, dass ich aus Eurem Verhalten lernen könnte?«, fragte ich fast unhörbar. Ich wollte trotz allem nicht riskieren, den Meister zu verärgern.

»Dass du alles, was du tust, aus einer Erwartung heraus tust.«

»Ihr meint, ich hätte meinen letzten Schnitten mit Euch geteilt, weil ich mir davon etwas versprochen hätte?«

»Hattest du denn nicht irgendetwas erwartet?«

»Nein«, sagte ich.

»Und warum hat es dich dann geärgert, dass ich sie nicht gegessen habe?«

»Weil ich ...« Aber war es denn nicht normal zu erwarten, dass jemand das Essen, das er angeboten bekam, zumindest probierte?

Der Meister hatte seinen Schritt verlangsamt und ging nun neben mir. »Du hattest die Erwartung, dass ich die Speisen koste und dir nachher sage, wie gut ich sie finde. Das war schließlich der Grund, aus dem du sie mir angeboten hast.«

Ich sah beschämt zu Boden. Genauso war es gewesen. Aber war es denn tatsächlich verwerflich, so etwas zu erwarten?

»Stell dir vor, du begegnest in der Stadt einem Bettler. Als du ihn so sitzen siehst, überkommt dich ein Gefühl von Mitleid, und du beschließt, ihm zu helfen. Also entnimmst du deiner Geldbörse einen kleinen Schein und gibst ihn dem Mann. Warum tust du das?«

»Weil ich dem Mann eine Freude machen möchte«, sagte ich.

»Nein«, sagte der Meister. »Das ist der Grund, den du dir einredest, weil du die Tatsachen nicht sehen willst. In Wahrheit tust du es, weil du eine Erwartung hast.«

Ich zog die Augenbrauen zusammen. Welche Erwartung sollte ich an einen Menschen haben, der von meinem Geld abhängig war?

»Du erwartest, dass der Bettler sich auf eine Art verhält, dank derer es dir nachher bessergeht.«

»Wie meint Ihr das bitte?«

»Stell dir einfach vor, du gehst weiter und drehst dich noch einmal nach dem Mann um. Da siehst du, dass er den Geldschein angezündet hat und mit dem brennenden Schein freudig in der Luft herumwedelt. Was geht nun in dir vor?«

Ich fühlte, dass mich alleine der Gedanke an die Situation ärgerlich werden ließ. Wie oft hatte ich daheim darauf verzichtet, einem Bedürftigen Geld zu geben, aus lauter Angst, er könnte es nachher für Alkohol oder Drogen ausgeben! »Ich ärgere mich«, sagte ich.

»Worüber?«, fragte Shi Yang He. »Weil sich der Mann freut?«

Ich musste lachen. »Nein. Weil er das Geld verbrennt.«

»Aber wenn du keinerlei Erwartungen daran geknüpft hast, was der Bettler mit dem Geld machen soll, wie kann dich dann sein Verhalten stören?«

Ich seufzte. Warum nur hatte ich dem Meister nie etwas entgegenzusetzen?

Wir hatten einen kleinen Bach überquert und standen vor dem Eingang zu einem kleinen Tempel, der von außen recht unspektakulär wirkte. Ich fragte mich, warum der Abt mich ausgerechnet hierhergebracht hatte.

»Dies ist der Yogi-Tempel«, sagte Shi Yang He, der wie so oft meine Gedanken zu kennen schien. »Hier verehren wir unsere alten Meister.«

Gespannt betrat ich das Gebäude und blickte mich um. Doch bei dem Anblick, der sich mir bot, setzte mein Verstand kurz aus.

Nach Shi Yang Hes Ankündigung, hier würden »alte Meister« verehrt, hatte ich Statuen erwartet, die altehrwürdige Mönche mit langen weißen Bärten repräsentierten. Umso mehr hatte ich nun das Gefühl, weniger in einem Tempel als in einem Kuriositätenkabinett gelandet zu sein. Denn vor mir öffnete sich ein langer Gang, dessen Seiten von Hunderten goldener Figuren flankiert wurden. Ich ließ den Blick über diese eigenartige Galerie schweifen. Doch keine einzige der Statuen bildete einen Menschen ab, es war niemand dabei, der tatsächlich gelebt haben könnte. Vielmehr gab es Figuren mit sechs Augen, solche, denen aus den Augenhöhlen Kinderarme wuchsen, und welche, deren Beine so dünn wie meine Finger, aber dafür doppelt so lang wie der Oberkörper waren. Ich sah Shi Yang He fragend an, doch der stand in Gedanken versunken vor der Figur eines schwarzen Meisters mit blauen Lippen. Es sah aus, als führten die beiden ein Zwiegespräch.

Ich beschloss, den Meister nicht zu stören, und schlich leise hinter ihm vorbei, um mir auch die anderen Figuren anzusehen. Bis ich die Welt der Mönche verstand, musste ich offenbar noch vieles lernen.

»An?« Der Abt war wieder aus seiner Trance erwacht. »Nicht das, was du erwartet hast?«

Ich schüttelte den Kopf. Offensichtlich gehörte es in Shaolin zum Konzept, die Schüler erst einmal möglichst kräftig aus der Fassung zu bringen, damit sie offen waren für die darauffolgenden Worte des Meisters. Anders konnte ich mir das, was ich hier sah, nicht erklären. Während wir nun gemeinsam die Galerie abschritten, betrachtete ich die Figuren genauer. Zwar wäre ich nicht im Traum auf die Idee gekommen, in den Statuen so etwas wie menschliche Wesen zu sehen, aber faszinierend waren sie alle, jede für sich.

Shi Yang He blieb vor einem weißhaarigen Mann stehen, der auf einem viel zu kleinen Esel saß. Zu meinem Erstaunen waren seine Augenbrauen so lang, dass er sie wie selbstverständlich in den Händen hielt. Warum, so fragte ich mich, stellte man jemanden in dieser Weise dar?

Der Abt lachte, als ich mich endlich traute, meine Frage zu äußern. »Wer sagt dir denn, dass der Meister nicht so ausgesehen hat?« Er machte eine kurze Pause. »Aber eigentlich geht es überhaupt nicht darum. Der wirkliche Grund, weshalb dir die Figuren hier fremd erscheinen, ist doch, dass ich in deinem Kopf ein bestimmtes Bild hervorgerufen habe, als ich sagte, wir verehren hier die alten Meister. Hätte ich dir gesagt, du würdest nun die Kreationen eines bedeutenden Künstlers sehen, würde sich so manche Frage nicht mehr stellen.«

Ich nickte. Natürlich war meine Erwartung eine andere gewesen. Und tatsächlich hatte sie beeinflusst, wie ich nun reagierte. War die Kraft der Erwartung tatsächlich so groß?

Wir schlenderten weiter.

»Erwartungen gehören zu den gefährlichsten Angriffspunkten, die es gibt, An. Wer deine Erwartungen kennt, der kann deine Gefühle, deine Gedanken und schließlich dein ganzes Selbst kontrollieren.«

»Wie soll denn das funktionieren?«

»Wenn ein Angreifer versteht, dass wir unbewusst stets aus unserer Erwartung heraus handeln, hat er Macht über uns. Wir alle verhalten uns durchaus berechenbar und schließen daraus, dass auch andere sich so verhalten wie wir.«

»Aber wenn ich einen Menschen grüße, dann habe ich doch keinerlei Erwartungen an ihn, oder?«

Shi Yang He verneigte sich vor einer Figur, die ihren mindestens zwei Meter langen rechten Arm schräg in die Luft streckte. Dann sah er mich an. »Warum begrüßt du dann den Meister hier nicht?«

Ich lachte. »Weil er mit Sicherheit nicht zurückgrüßen würde.«

»Siehst du? Du grüßt also nicht, weil du jemandem Respekt bezeugen möchtest. Du tust es vielmehr, weil du wünschst, dass dein Gruß erwidert wird.«

»Bei allem Respekt, aber möchtet Ihr jetzt diese Figuren hier wirklich mit Menschen vergleichen?«

»Ist es bei Menschen denn anders?« Der Abt wischte mit seinem Oberteil einer goldenen Figur den Staub von der Glatze. »Lass uns annehmen, du betrittst einen Gemüseladen. Nicht, weil du etwas kaufen möchtest, sondern einfach, um dich umzusehen. Hinter der Theke sitzt ein Verkäufer, der gerade in ein Buch vertieft ist. Grüßt du ihn?«

»Natürlich grüße ich ihn«, sagte ich.

»Gut. Dann stell dir nun vor, der Mann würde deinen deutlich vorgebrachten Gruß einfach nicht erwidern.«

»Dann grüße ich ihn noch einmal.«

»Warum?«

»Weil er den Gruß vielleicht nicht gehört hat.«

»Und wenn er dann wieder nicht reagiert?«

Langsam dämmerte mir, worauf der Meister hinauswollte. »Dann habe ich das Gefühl, dass er mich bewusst übergeht.«

»Wenn du aber ohnehin nichts von ihm erwartest, wie kannst du dich dann übergangen fühlen?«

»Weil ich das Gefühl habe, dass mein Gegenüber mich ignoriert.«

»Können wir es dann nicht so formulieren, dass du den Mann nur deshalb grüßt, weil du erwartest, dass er dich zurückgrüßt?«

Ich biss mir in die Unterlippe.

»Schließlich brauchst du ja nichts von ihm.«

Natürlich konnte man das so formulieren. Ich nickte zögernd.

»Können wir weiter sagen, dass der Mann deinen Gemütszustand kontrollieren kann, sobald er weiß, dass du ihn nur grüßt, weil du eine Reaktion von ihm erwartest?«

Mir lief es kalt den Rücken hinunter. Waren wir Menschen wirklich so berechenbar?

»Verstehst du jetzt, was ich dir mit meinem Verhalten zeigen wollte?«

Ich antwortete nicht. Auch wenn ich immer noch traurig war, dass der Abt die mir kostbaren Schnitten einfach weggeworfen hatte, begann ich tatsächlich langsam zu begreifen, was er mir hatte zeigen wollen. Wäre es mir nämlich einfach nur darum gegangen, die Süßigkeiten mit ihm zu teilen, so wäre es mir gleichgültig gewesen, was er mit ihnen getan hätte. So aber hatte ich mich durch sein Verhalten gekränkt gefühlt.

Abwesend betrachtete ich eine Figur, die mich aus fünf Augen freundlich ansah. Würde ich wohl jemals das Aussehen dieser alten Meister mit der gleichen Selbstverständlichkeit als gegeben ansehen wie Shi Yang He? Oder würde mein Verstand auch weiterhin verhindern, dass ich die wahre Bedeutung dieser Statuen erkannte?

»Meister?« Mein Blick ruhte auf der Figur. »Ist Erwartung wirklich immer schlecht? Ich meine, kann es nicht auch etwas Schönes sein, freudig auf einen Menschen zu warten?«

Der Abt strich sich über die Fingerknöchel.

»Begriffe wie gut und schlecht existieren nur in deinem Verstand. Sie sind doch immer eine Frage des Standpunktes! Ist es denn gut oder schlecht, wenn es regnet? Ist bereits seit Wochen kein Regen mehr gefallen und wartet die Erde sehnsüchtig darauf, dann ist Regen gut. Was aber, wenn es die letzten Tage Tag und Nacht ständig geregnet hat und jeder weitere Liter Wasser einen Damm zum Bersten bringen könnte?«

»Dann ist der Regen schlecht«, sagte ich.

»Ich möchte aber deine eigentliche Frage nicht unbeantwortet lassen. Angenommen, du erwartest jemanden, so wie du es gerade erwähnt hast. Dann sitzt du aber nicht herum und beobachtest, was passiert, sondern du wartest vielmehr darauf, dass der andere kommt. Zugegeben, du freust dich, wenn er dann da ist. Aber freust du dich genauso, wenn der andere nicht kommt? Einfach darüber, dass du dort gesessen und eine gute Zeit verbracht hast? Sobald du aber aus einer gewissen Erwartungshaltung heraus dasitzt, bist du nicht mehr an dem Ort, um dort zu sitzen, sondern allein, um die Zeit zu überbrücken, bis das eintritt, worauf du wartest.«

Natürlich war Vorfreude auch eine Freude. Aber wenn man vergeblich wartete, war es mit ihr recht schnell wieder vorbei. »Dann hätte ich ja damit auch noch Lebenszeit verloren. Weil mein Fokus nicht mehr auf dem Hier und Jetzt lag, sondern auf der Zukunft. Und weil ich nur dann glücklich bin, wenn das Erwartete am Ende auch eintritt.«

»Es ist das Wesen jeder Erwartung, dass sie sich am Ende gegen dich richtet«, sagte Shi Yang He. »Wenn ich eine riesige, schwer aussehende Truhe vor dich hinstelle und dich auffordere, sie anzuheben. Wie wirst du die Aufgabe angehen?«

»Ich werde zumindest versuchen, sie besser zu erledigen als bei den beiden Brettern, die ich durchschlagen sollte.« Ich sah den Meister an, aber der verzog keine Miene. »Daher würde ich meine ganze Kraft bündeln, und zwar genau in dem Moment, in dem ich die Kiste anhebe.«

»Kannst du das etwas genauer beschreiben?«

Ich schloss die Augen und versuchte, mir die Szene bildlich vorzustellen. »Zuerst gehe ich in die Knie und versuche, meine Finger unter die Truhe zu bekommen. Dann fokussiere ich meine Energie. Konzentriere mich und reiße das Ding mit einem Ruck in die Höhe.«

»Du richtest also deine Energie nach deiner Erwartung.«

»Wieso Erwartung?«

»Du erwartest ein großes Gewicht. Weil du vorhast, viel Kraft anzuwenden.«

»Ich dachte, die Kiste sei schwer?«

»Ich habe nur gesagt, dass sie schwer aussieht.« Der Abt dehnte seine Finger. »Wenn sie nun aber nicht aus Holz, sondern aus leichtem Papier gefertigt ist, dann reißt dich deine eigene Kraft rückwärts zu Boden.«

Ich musste bei der Vorstellung grinsen, wie ich versuchte, eine Papierkiste mit so großer Kraft in die Höhe zu wuchten, dass ich dabei hintenüberkippte. Nicht die Tatsache, dass die Aufgabe schwierig war, hätte dann dazu geführt, dass ich gescheitert war, sondern allein meine Annahme, dass es schwer werden würde.

»Erwartung schlägt auf dich zurück. Du tust dir nur selbst weh damit. Aber eine Erwartung zu haben, ist noch aus einem anderen Grund gefährlich. Und den möchte ich dir noch einmal ganz deutlich machen: Sie verleitet uns sehr leicht zu falschen Schlüssen.«

Als wir den Tempel mit den alten Meistern wieder verließen, stand die Sonne tiefer am Horizont. In der frischen Herbstluft fröstelte ich.

»Wir erwarten immer, dass andere Menschen sich genauso verhalten, wie wir selbst es tun.«

»Und was hat das mit falschen Schlüssen zu tun?« Aus einem unerfindlichen Grund hatte ich auf einmal das Gefühl, mit Shi Yang He auf Augenhöhe zu diskutieren.

»Es geht um die Basis, auf der wir das Verhalten anderer Menschen bewerten. Kratzt du dich beispielsweise immer an der Nase, wenn du dich fürchtest, dann gehst du davon aus, dass auch dein Gegner Angst hat, sobald du ihn dabei beobachtest, wie er sich kratzt. Wer aber sagt dir, dass es ihn nicht einfach juckt?«

Das kannte ich. Wie schwer fiel es mir oft, jemandem eine Aufgabe zu übertragen, die mir selbst keine Freude machte. Wer aber sagte mir, dass auch der andere mit dieser Arbeit unglücklich war? Am Ende hatte ich mit meiner Erwartung nicht nur mir zusätzliche Arbeit aufgehalst, sondern auch jemand anderem etwas weggenommen, das er vielleicht gerne gemacht hätte. Aber war es denn möglich, ohne jedwede Erwartung zu leben? Gab es einen Weg, die Dinge einfach so zu nehmen, wie sie waren?

Spontan dachte ich an Ying. Seit unserem Treffen waren mittlerweile vier Monate vergangen, doch sie hatte kein einziges Mal geschrieben.

»Gestattet mir noch eine Frage«, sagte ich, als wir durch das Tempeltor in den Innenhof traten. »Wenn jemand einen Brief an das Shaolin-Kloster adressiert, kommt der dann an?«

Der Abt nickte. »Der Postbote kommt einmal in der Woche und bringt die Post. Wieso?«

Ich antwortete nicht. Es hätten also schon zwanzig Briefe von Ying eintreffen können. Hatte sie mich wirklich so schnell vergessen?

»Du denkst an die Frau aus Deng Feng, nicht wahr?« Shi Yang He war stehen geblieben.

»Ja«, sagte ich. »Weil ich das Gefühl habe, die Zeit mit ihr verschwendet zu haben. Sie hat sich seit unserem Treffen kein einziges Mal bei mir gemeldet.«

Der Abt setzte sich auf eine steinerne Bank direkt unter einem riesigen alten Baum und winkte mich zu sich. Normalerweise liebte ich diesen Ort, an dem wir bereits unzählige Stunden mit angeregten Gesprächen verbracht hatten. Nur diesmal verspürte ich eine tiefe Unruhe, als ich neben dem Abt Platz nahm. Warum konnte nicht Ying jetzt hier neben mir sitzen – wenigstens für einen kurzen Moment?

»Abgesehen davon, dass auch du dich bei ihr hättest melden können, weißt du noch, was wir gerade zum Thema Erwartung gesagt haben?«

Ich zeichnete mit den Schuhspitze Kreise auf den Boden.

»Wenn zwei Menschen miteinander eine Beziehung eingehen, dann erwarten sie, dass diese ewig hält. Dabei macht es keinerlei Unterschied, ob es sich um ein geschäftliches Verhältnis oder um eine Freundschaft handelt. Wie du aber selbst weißt, wird diese Erwartung in den seltensten Fällen erfüllt.«

Ich starrte auf den Steinboden. Erst war Johanna gegangen und jetzt Ying. Wieso passierte mir so etwas ständig?

»Dennoch neigen so viele dazu, in der Rückschau plötzlich nur noch das Schlechte zu sehen, anstatt dankbar auf das Gute zurückzublicken, das auch war.«

Ein dicker Tropfen klatschte mir auf den Kopf und bahnte sich seinen Weg über die Stirn direkt in mein linkes Auge. Ohne ihn abzuwischen, blickte ich nach oben und sah, dass am Himmel dunkelgraue Wolken aufgezogen waren.

»Wenn jemand eine Stunde lang deine Hand hält und sie dann loslässt, wie reagierst du dann? Dankbar für die gemeinsame Stunde? Oder vielmehr verärgert, weil die schöne Zeit zu Ende ist?«

»Verärgert«, musste ich zugeben. »Auch wenn das natürlich falsch ist.«

»Es geht nicht um richtig oder falsch, An. Es geht allein darum, wie es dir dabei geht.«

Das Tröpfeln wurde stärker, doch der Abt sprach weiter, als wäre nichts. »Ist denn wirklich alles, das gewesen ist, schlecht, nur weil wir eines Tages erkennen, dass unser Gegenüber nicht so ist, wie wir ihn bis zu diesem Zeitpunkt gesehen haben?« Er legte den Kopf in den Nacken. »Sollen wir wirklich den Sonnenschein des heutigen Tages vergessen, weil es jetzt zu regnen beginnt? Ein gemeinsames Jahr wegwerfen wegen eines einzigen Tages, der nicht nach unseren Vorstellungen gelaufen ist?« Shi Yang He wischte sich mit der Hand über den Kopf. »Es ist die ständige Angst, dass die Dinge eines Tages nicht mehr so sein werden, wie sie bisher waren, die es vielen unmöglich macht, den Moment zu genießen.«

So gut ich konnte, ignorierte ich die dicken Tropfen, die auf meinem Gewand und dem des Meisters feuchte, dunkle Flecken hinterließen. Doch Shi Yang He schienen sie nicht zu stören.

Tief in mir wusste ich, warum ich plötzlich selbst auf solche Äußerlichkeiten achtete. Mich ängstigte die Klarheit, mit der Shi Yang He meinen wunden Punkt gefunden hatte. Denn auf einmal verspürte ich eine ungeheure Traurigkeit bei dem Gedanken, die zwei Stunden in Deng Feng könnten alles gewesen sein, das zwischen Ying und mir möglich war.

»Lerne, dankbar zu sein, An. Selbst dort, wo es dir schwerfällt.«

Erleichtert sah ich, dass Shi Yang He aufstand. Es regnete mittlerweile in Strömen. Das Wasser lief mir in die Schuhe. Doch der Meister schlenderte mit einer Ruhe über den Klosterhof, als hätten wir den schönsten Sonnenschein.

»Dankbar sein, wofür?«, fragte ich.

»Für das, was du bekommen hast.« Shi Yang He klang abwesend.

»Auch dann, wenn es mich unglücklich macht? Auch dann, wenn ich mir insgeheim wünsche, ich hätte es nie bekommen und müsste jetzt nicht leiden, weil ich es wieder verloren habe?«

»Hast du es denn wirklich verloren?« Shi Yang He sah mir direkt in die Augen.

»Nein«, erwiderte ich flüsternd. »Ich habe nur etwas gewonnen. Ich habe zwei unerwartet glückliche Stunden gewonnen, die mir zeit meines Lebens keiner mehr nehmen wird.«

»Behalte sie dir.« Der Abt legte mir die Hand auf die Schulter. »Und gib auf sie acht.«

KAPITEL DREIZEHN

Leid

D er Brief erreichte mich an einem nasskalten Morgen im Februar. Nach dem Herbst war Weihnachten gekommen und dann der Jahreswechsel, doch beidem hatte hier niemand weitere Beachtung geschenkt. Seit bald zwei Monaten war es nun Winter, und selbst an den seltenen Tagen, an denen die Sonne schien, kamen die Temperaturen nicht über den Gefrierpunkt hinaus.

Das Leben im Kloster ging seinen gewohnten Gang wie in allen anderen Jahreszeiten auch. Selbst bei der größten Kälte duschten wir mit eiskaltem Wasser, bevor wir uns frühmorgens in die ungeheizte Meditationshalle begaben. Auch das Training fand bei jeder Witterung im Freien statt. Manche meiner Mitbrüder bestanden selbst bei tiefsten Minusgraden darauf, die Übungen mit entblößtem Oberkörper auszuführen. Obwohl ich diese Mönche durchaus bewunderte, behielt ich zumindest ein Shirt an.

Nach vielen durchfrorenen Nächten hatte ich mich durchgerungen, den Abt nach einer zweiten Decke zu fragen, die er mir ohne weiteren Kommentar gab. Ich verwendete sie als eine Art Matratze, damit es mir nicht so sehr von unten in den Rücken zog. Trotz aller Bestrebungen war ich weiterhin meilenweit davon entfernt, meine kämpferischen Fähigkeiten auch nur mit jenen der Novizen vergleichen zu können.

Dennoch stellte ich immer wieder fest, wie sehr sich die Monate des körperlichen und geistigen Trainings mittlerweile bemerkbar machten. Auch im Kopf war ich ruhiger geworden. Vor allem hatte ich es endlich geschafft, das Gedankenkarussell zu beenden, das sich nach meiner Begegnung mit Ying Yue unaufhörlich in meinem Kopf gedreht hatte. Nicht, dass ich sie vergessen hätte. Ich hatte vielmehr gelernt, mit dem Umstand zu leben, dass sie im gegenwärtigen Augenblick nicht bei mir war.

Genau genommen war mein Gemütszustand recht eigenartig. Ich hätte nicht behaupten können, überschäumend glücklich zu sein, doch hatte sich eine angenehme Zufriedenheit eingestellt. Mir genügte das, was mir zur Verfügung stand. Zum ersten Mal in meinem Leben hatte ich das Gefühl, nichts zu vermissen. Besonders genoss ich die Gespräche mit Shi Yang He, die im Lauf der Monate zu einem allabendlichen Ritual geworden waren. Wenn wir nicht spazieren gingen, unterhielten wir uns so lange auf der Steinbank im Hof, bis ich vor Kälte zitternd darum bat, mich in mein Zimmer zurückziehen zu dürfen.

Wie sehr ich mich an diese gemeinsamen Stunden gewöhnt hatte, wurde mir eines Tages besonders bewusst. Mein Meister hatte sich am Abend zuvor mit den Worten verabschiedet, er müsse sich nun eine Zeit lang einer anderen Aufgabe widmen. Die darauffolgende Woche hatte ich Mühe, meine Eifersucht zu unterdrücken, die bei der Idee aufkam, der Abt könne einen neuen Schüler angenommen haben. Erfolglos versuchte ich, mich mit dem Gedanken zu beruhigen, dass es normal war und unsere gemeinsame Zeit auch einmal ein Ende haben musste.

Gewissenhaft fuhr ich in meinem Tagesablauf fort wie bisher. Trotzdem fühlte ich, wie sehr es mir fehlte, mit jemandem in meiner Muttersprache reden zu können. Vor allem aber vermisste ich den Halt, den mir die Anwesenheit von Shi Yang He verlieh. Einzig tröstlich war der Gedanke, dass der Meister kein Wort von einem neuen Schüler gesagt hatte und dieser wieder einmal nur in meiner Einbildung zu existieren schien. Doch damit hatte ich mittlerweile so weit umzugehen gelernt, dass es mir dennoch gelang, zufrieden zu sein.

Umso erfreuter aber war ich, als es an einem Morgen sehr zeitig an meine Tür klopfte. Sollte mich der Meister zu sich rufen?

Ich öffnete verschlafen und blickte in das freundliche Gesicht eines älteren Mönches, der mir mit beiden Händen ein rotes Kuvert überreichte. Ein Blick darauf genügte, um das Zeichen für »Frieden« zu erkennen. An.

Mir klopfte das Herz bis zum Hals. Fast wäre ich vor Freude in die Luft gesprungen. Ying hatte mich also nicht vergessen! Ich schloss die Tür und legte mich aufs Bett. Dort schloss ich die Augen und dachte an Shi Yang He. Hatte er so etwas geahnt und sich deswegen aus meinem Leben zurückgezogen? Wollte er mir die Entscheidung für ein Leben mit Frau und Kind leichter machen und hatte sich daher entschlossen, mich aus der Ferne zu begleiten? Wunderbarer, weiser alter Mann!

Nachdem ich einige Minuten träumend auf dem Bett gelegen hatte, packte mich die Ungeduld. Ich musste dem Meister die freudige Nachricht überbringen. Wenn er es nicht ohnehin schon wusste, sollte er der Erste sein, der davon erfuhr.

Kurz überlegte ich, ob es richtig war, den Abt um diese Uhrzeit zu stören. Zumal er ja mit dieser anderen Sache beschäftigt war. Aber ein Brief von Ying Yue schien mir einfach wichtig genug. Ich sprang mit beiden Beinen aus dem Bett, warf mir eine Jacke über und rannte quer durch die Höfe zum Zimmer von Shi Yang He.

Zu meiner Verwirrung hing an der Tür ein riesiges Vorhangschloss. Normalerweise war dies das Zeichen dafür, dass der Abt für längere Zeit verreist war. Ich bemühte mich, Ruhe zu bewahren. Mit Sicherheit hing das Schloss aus einem anderen Grund dort. Der Meister wäre doch kaum verreist, ohne mich davon in Kenntnis zu setzen!

Ich wandte mich gerade zum Gehen, als ich von hinten ein Schnalzen hörte. Ich drehte mich um und stand vor dem Mönch, der im Sommer den Tisch mit nichts als den Zähnen getragen hatte. Er hatte ein paar dürre Äste zu einer Art Besen zusammengebunden und befreite gerade die Stiegen vom Schnee. Lächelnd versuchte ich, mich an ihm vorbeizudrücken, da eine Kommunikation aufgrund seines für mich unverständlichen Dialektes unmöglich war. Doch just in diesem Augenblick stellte er die Arbeit ein und schüttelte wild gestikulierend den Kopf. Dann sagte er etwas, das für mich nach »Ta bu zai! Er ist nicht da!« klang. Ich lächelte ihn an, verbeugte mich dankend und ging zurück in mein Zimmer. Dann würde der Abt eben erst später von Yings Brief erfahren. So konnte ich ihn zumindest vorher einmal selbst lesen und gleich auch vom Inhalt berichten. Was mochte sie wohl geschrieben haben? Wahrscheinlich wollte sie mir sagen, dass sie mich vermisste und dass ich sie so schnell wie möglich besuchen kommen sollte.

Zurück im Zimmer betrachtete ich den Briefumschlag. Auf der Vorderseite befanden sich handschriftliche Zeichen, von denen eines ganz klar »An« bedeutete. Doch warum erkannte ich dort, wo der Empfänger stand, nirgends die Zeichen für Shaolin-Tempel? Und warum klebte auf dem Kuvert keine Briefmarke?

Aufgeregt überlegte ich, dass Ying den Brief auch direkt an der Pforte abgegeben haben konnte. Hastig riss ich den Umschlag auf. Warum hatte ich ihn nicht sofort geöffnet, bevor ich zum Zimmer des Abtes gelaufen war? Was, wenn Ying vor dem Tempel auf mich gewartet hatte? Bestimmt war sie schon wieder aufgebrochen. Dann würde ich ihr eben nachlaufen, beschloss ich. Schließlich gab es nur einen einzigen Weg in die Stadt.

Nervös fingerte ich eine dicht beschriebene Karte aus dem Umschlag. An ihrer Oberseite prangte das Siegel des Tempels. Bitte nicht. Ich spürte, wie mir vor Enttäuschung regelrecht schwindlig wurde. Das Schreiben stammte jedenfalls nicht von Ying.

Traurig ließ ich die Hände in den Schoß fallen und starrte ein Loch in die Luft. Erst nach einer ganzen Weile fiel mein Blick auf die Zeichen. So schrieb keine junge Frau. Ob die Nachricht vom Abt war? Aber warum sollte er auf Chinesisch schreiben? Ich atmete tief durch und wollte die Hoffnung einfach nicht aufgeben: Vielleicht war das Schreiben ja doch von Ying?

In diesem Moment fiel mir ein, dass der Meister nie gelernt hatte, unsere Schrift zu benutzen.

Verwirrt suchte ich das Wörterbuch, das unter meinem Bett lag. Seit ich es nicht mehr für die Kommunikation mit Xi benötigte, hatte ich es nicht mehr in der Hand gehabt. Ich dachte daran, dass dieses Buch unseren Gedankenaustausch erst möglich gemacht hatte. Was mochte aus meinem Zimmerkollegen geworden sein? Auch von ihm hatte ich nie wieder etwas gehört. Ob er sich noch an mich erinnerte? Unwillkürlich schossen mir Tränen in die Augen. Warum tat der Meister mir das alles an? Gerade noch war ich richtig glücklich gewesen. Traurig starrte ich auf das Wörterbuch, aber die Schrift verschwamm zu einer unleserlichen, grauschlierigen Masse.

Was hätte Xi mir in dieser Situation wohl geraten? Ich merkte, dass mich der Gedanke an meinen ersten Lehrer beruhigte. War es denn die Schuld meines Meisters, dass ich mich erneut von meinen Erwartungen und Begierden hatte täuschen lassen?

Entschlossen wischte ich mir über die Augen und machte mich daran, den Text Zeichen für Zeichen zu übersetzen.

»Lieber An! Wenn du diese Zeilen liest, werde ich bereits an einem Ort sein, an den du mir noch nicht folgen kannst.«

Spontan füllten meine Augen sich wieder mit Tränen. Was war das für eine eigenartige Nachricht? War der Meister fort? Oder was sonst bedeutete »an einem anderen Ort« auf Chinesisch? Mir fiel die Formulierung »er ist nicht mehr unter uns« ein. Umgehend wischte ich sie fort und las weiter.

»Ich habe dich so weit unterrichtet, wie es mir möglich war. Nun ist es für uns an der Zeit, weiterzugehen. Bezähme deine Gier und bezwinge deinen Verstand. Erst dann kann der Tiger dem Drachen den Weg weisen, und du wirst auch das letzte Geheimnis erfahren. Ich werde dich wiedersehen. Dein Meister Shi Yang He.«

Ich hatte das Schreiben Zeichen für Zeichen auf ein Blatt Papier übertragen. Jetzt ging ich noch einmal alles Wort für Wort durch. Zumindest war der Abt noch am Leben, so viel war klar. Aber was wollte er mir mit dem Rest sagen? Was hatten der Drache und der Tiger mit meinem Verstand zu tun? Ich starrte auf den Text. Vielleicht war ich ja wirklich nicht in der Lage, das wahre Geheimnis der Mönche zu verstehen.

In diesem Moment überkam mich eine schier unerträgliche Sehnsucht nach Ying. Ich dachte an ihr langes schwarzes Haar. An ihre anmutigen Bewegungen. An die schönen, gepflegten Hände. Ich wollte sie an mich drücken, sie umarmen, sie küssen. Mit verschlungenen Körpern auf dem Boden liegen! Wie aus dem Nichts durchzuckte mich ein Gedanke. Wer sagte mir eigentlich, dass Ying nicht genauso verzweifelt auf ein Zeichen von mir wartete? Woher konnte ich denn wissen, dass sie mir nicht schon lange geschrieben hatte und der Brief einfach nie angekommen war?

Ich erhob mich vom Bett. Missmutig nahm ich den Rucksack zur Hand, von dem noch immer ein ranziger Geruch ausging. Offenbar hatte sich das stinkende Zeug so weit in das Gewebe hineingefressen, dass ich es mit dem kalten Wasser nicht herausbekommen hatte, mit dem man hier die Wäsche wusch.

Nachdenklich breitete ich meine Habseligkeiten vor mir aus. Ich würde das Kloster verlassen. Sosehr mich das Leben im Tempel auch verändert haben mochte, so sehr war ich ein Mensch mit westlichen Träumen geblieben. Ich wollte lieben und geliebt werden. Ying wiedersehen. Sie heiraten und eine Familie haben. Ein normales Leben wollte ich leben, umgeben von Menschen, die nicht auf einmal verschwanden.

Stück für Stück strich ich die verbliebene Kleidung glatt und packte sie ein. Ying lebte in Beijing. Den Fußmarsch nach Deng Feng eingerechnet, konnte ich in etwa zwei Tagen dort sein. Soweit ich mich erinnern konnte, fuhr von Zheng Zhou ein Nachtzug nach Beijing. Hatte Ying eigentlich aufgeschrieben, in welchem Bezirk sie dort lebte? Nicht, dass ich ein großer Kenner der

Hauptstadt gewesen wäre. Aber ich hatte während der Anreise genug Zeit dort verbracht, um mich grob orientieren zu können. Außerdem enthielt das Wörterbuch einen Übersichtsplan. Jetzt musste ich nur noch den Zettel mit Yings Adresse finden. Da ich die schöne Hose, die ich beim Treffen in Deng Feng getragen hatte, noch nicht eingepackt hatte, musste sie irgendwo im Zimmer herumliegen. Aber wo? Ich ließ den Blick schweifen, aber das gesuchte Kleidungsstück war nirgends zu sehen. Hatte ich es vielleicht doch schon verstaut? Hektisch stellte ich den Rucksack auf den Kopf und ließ alles herausfallen. Nichts. Wo um alles in der Welt konnte die Hose sein, in die ich das Papier mit Yings Adresse gesteckt hatte? Ich durchsuchte jeden Quadratzentimeter. Doch ohne Erfolg. Die Hose und der Zettel blieben unauffindbar.

Verzweifelt setzte ich mich aufs Bett. Nur ruhig bleiben. Ich stützte das Kinn in die Hände und zwang mich, nachzudenken. Wann hatte ich die Hose das letzte Mal gesehen? Sie konnte ja schlecht verschwunden sein. Natürlich konnte sie das. Die Erkenntnis traf mich wie ein Schlag. Ich hatte die Hose mit den anderen Kleidungsstücken entsorgt, als die eklige Brühe aus der vergammelten Wurst alles schmutzig gemacht hatte! Am liebsten hätte ich laut losgeheult. Wie konnte ich nur so dumm sein?

Barfuß rannte ich über den schneebedeckten Hof zu den Mülleimern. Vielleicht hatte ich ja wenigstens dieses eine Mal Glück! Doch die Leere, die mir entgegenstarrte, holte mich zurück in die Wirklichkeit. Hatte ich denn ernsthaft geglaubt, dass die Mülltonnen nur jedes halbe Jahr geleert wurden? Ich setzte mich in eine Ecke und weinte.

Dann kam mir die rettende Idee. Wobei es weniger eine Idee war als ein spontaner Gedanke. Eine Eingebung. Ein plötzliches Gefühl. Ich musste nach Deng Feng! Etwas in mir sagte mir, dass Ying wieder dorthin zurückgekehrt war. Je länger ich nachdachte, desto wahrscheinlicher erschien es mir. Hatte sie nicht von ihrem kranken Vater erzählt? Vielleicht hatte sich sein Gesundheitszustand so weit verschlechtert, dass sie nach Hause gefahren war, um ihn noch ein letztes Mal zu besuchen. Im Grunde war es aber auch egal. Hauptsache, Ying Yue war in Deng Feng, und ich würde sie wiedersehen!

Mit den glatten Sohlen rutschte ich über den vereisten Schnee, als ich zwischen den schneebedeckten Bäumen nach Deng Feng lief. Wie anders war der Wald doch im Winter! Ich hatte das Gefühl, Ying nur dann wiederzusehen, wenn ich so schnell lief, wie ich konnte. Die kalte Luft brannte in meiner Lunge. Doch ich trieb mich an, noch schneller zu laufen.

Keuchend erreichte ich die Stadt. Wohin sollte ich jetzt gehen? Zum Postamt natürlich. Dort, wo wir uns schon einmal getroffen hatten. Ohne Rücksicht auf die hektisch klingelnden Radfahrer zu nehmen, denen ich teilweise den Weg abschnitt, hetzte ich ins Stadtzentrum. Vor dem betongrauen Gebäude, von dem aus ich meine Eltern angerufen hatte, blieb ich atemlos stehen. Erwartungsvoll sah ich mich um. Die Straße war menschenleer. Ich schluckte meine Enttäuschung hinunter. Vielleicht musste ich einfach etwas warten? Ich setzte mich auf eine Bank und beobachtete nervös die Umgebung. Außer einem jungen Pärchen und einer älteren Dame war niemand da.

Einen kurzen Moment lang überkamen mich Zweifel. Was sollte Ying ausgerechnet auf dem Postamt tun? Ob mein Vorhaben tatsächlich Sinn ergab? Wieder sagte mir eine innere Stimme, dass die schöne Chinesin in Deng Feng war und ich sie nur finden musste. Ich blieb vor dem Postamt stehen und überlegte, was als Nächstes zu tun war.

Fröstelnd kuschelte ich mich in meine viel zu dünne Jacke. Vielleicht war Ying ja in dem Teehaus, in dem wir gemeinsam gesessen hatten! Sonderlich weit konnte es nicht weg sein, weil wir nicht sehr lange gegangen waren. Meine Beine waren steif vor Kälte, als ich mich auf den Weg machte.

Ich irrte ziellos durch die Gegend, bis mir endlich eine Gasse bekannt vorkam. Hier waren wir gewesen. Ich schloss die Augen und versuchte, mir ins Gedächtnis zu rufen, welchen Weg wir von hier aus genommen hatten.

Nach wenigen Hundert Metern erkannte ich in der Ferne das

Zeichen für Tee. Nervös beschleunigte ich meinen Schritt. Doch als ich das Teehaus erreichte, überkamen mich Zweifel. Sollte ich wirklich eintreten? Was, wenn Ying nicht allein war? Wenn sie in der Zwischenzeit einen Partner gefunden hatte, mit dem sie nun am Tisch saß?

Ich verdrängte den Gedanken und öffnete etwas zu schwungvoll die Tür. Ein Blick in den halbdunklen Raum genügte, und meine Hochstimmung war verflogen. Abgesehen von zwei älteren Herren, die angeregt diskutierend Mahjong spielten, war das Lokal leer. Ob ich den Kellner fragen sollte, wann Ying das letzte Mal hier gewesen war? Vielleicht erinnerte er sich ja. Aber wie sollte ich sie denn beschreiben? Chinesin, klein, mit langem schwarzem Haar?

Resigniert verließ ich das Lokal. Ying war gar nicht in Deng Feng. Hatte ich tatsächlich erwartet, sie hier zu treffen? Traurigkeit drohte, mich zu überwältigen. Es begann zu schneien, und ich machte mich zögernd auf den Rückweg.

In diesem Moment sah ich eine Frau in die Straße einbiegen, in der das Teehaus lag. Ich hielt mir die Hand vor den Mund. Fast hätte ich laut aufgeschrien. Ying! Selbst von hinten erkannte ich sie sofort. Der dicke Anorak ließ ihre zierliche Figur noch verführerischer aussehen. Schneeflocken glänzten auf dem schwarzen Haar. Ich bemühte mich, möglichst lässig, aber doch rasch zu gehen, um sie einzuholen. Hastig überlegte ich meine nächsten Schritte. Zumindest würde sie mich diesmal in meinem Mönchsgewand sehen. Ich näherte mich Ying auf wenige Meter in der Hoffnung, dass sie mich von selbst bemerken und sich umdrehen würde. Aber nichts dergleichen geschah. Da nahm ich meinen ganzen Mut zusammen.

»Ying!«

Die Frau ging weiter, als wäre nichts. Sollte ich ihren Namen falsch ausgesprochen haben? »Ying?« Ich versuchte, die Nervosität in meiner Stimme zu unterdrücken.

Sie blieb stehen. Ohne zu überlegen, streckte ich die Arme zu einer breiten Umarmung aus. In diesem Moment drehte die Frau sich um, und ich hatte das Gefühl, jemand habe mir mit der Faust in den Magen geschlagen. Fassungslos starrte ich in das Gesicht einer etwa fünfzigjährigen Chinesin, die mich mit einem Kopfnicken grüßte und dann nach einem kurzen verlegenen Lächeln rasch weitereilte, als sie erkannte, dass sie es mit einem Ausländer zu tun hatte.

KAPITEL VIERZEHN

Wagnis

E s war drei Uhr nachts, als ich frierend aufwachte. Ich lag
vollständig bekleidet, aber abgedeckt in meinem Bett und
wusste für einen Augenblick nicht, wo ich war. Erst langsam
kehrte die Erinnerung daran zurück, wie ich am Vorabend direkt nach meiner Rückkehr in mein Zimmer gegangen und erschöpft ins Bett gefallen war. Die Enttäuschung hatte mich überwältigt. Am liebsten hätte ich den Tempel mitsamt den Mönchen
vergessen und wäre nach Hause zurückgekehrt.

Aber war es nicht genau das, was der Meister in seinem Schreiben vorausgesagt hatte? Ich richtete mich auf und zündete eine
Kerze an. Meine Hände zitterten vor Kälte, als ich noch einmal
seine Worte las. Jedes schien ein Eigenleben zu führen.

Das letzte Geheimnis erfahren. Worum mochte es sich dabei
handeln? Warum sollte es überhaupt das letzte Geheimnis sein?
Bezähme deine Gier. Natürlich, darüber hatten wir gesprochen.
Und während ich mich unter meine Bettdecke zurückzog, begann ich zu begreifen. Mein Meister hatte nur jenes Wissen mit
mir geteilt, das ich auch annehmen konnte. Nun waren wir aber
an eine Grenze gestoßen, an der mein Verstand und meine Begierden mich daran hinderten, den entscheidenden Schritt zu
tun. Solange ich in meiner bisherigen Denkweise gefangen blieb,
würde ich nur die Worte hören, ohne aber jemals ihren Sinn zu
erkennen.

Die Entscheidung lag allein bei mir. Mit seinem Verschwinden
hatte der Meister mich vor eine ehrliche Wahl gestellt. Ich war frei,
mich meinen Gefühlen und Bedürfnissen hinzugeben und in

mein altes Leben zurückzukehren. Dann würde ich auf ewig der bleiben, als der ich gekommen war, Shi Yang He aber nie mehr wiedersehen. Schließlich wäre zwischen uns beiden alles gesagt.

Oder aber ich ließ mich darauf ein, meine Vergangenheit endlich zurückzulassen und in jene neue, mir unbekannte Welt aufzubrechen, in welcher der Abt offenbar schon seit Langem lebte.

Reglos starrte ich in die zuckende Kerzenflamme. Vor meinem geistigen Auge erschien das lächelnde Gesicht des Meisters. Wieder und wieder hatte er mir den Weg zurück zu mir selbst gezeigt. Er hatte meine Trauer ausgehalten, meine Unzufriedenheit, meine Gier. Nun lag es an mir, ihn nicht zu enttäuschen.

Die Zeichen auf der Karte tanzten im Licht der Kerze.

»Ich werde Euch finden, Meister. Ich will das letzte Geheimnis erfahren.«

Erstaunt stellte ich fest, dass meine Stimme von den Wänden hallte. Hatte ich das laut gesagt? Draußen schlug jemand eine Tür zu. Ich schüttelte mich und sprang vom Bett. Die Morgenmeditation. Ich hatte meine Entscheidung getroffen. Von nun an würde alles anders werden.

Eine nie gekannte Ruhe durchströmte mich, als ich mir mit eiskaltem Wasser das Gesicht wusch. »Wir sehen uns wieder«, stand in dem Brief. Mit Sicherheit hatte Shi Yang He mir einen Hinweis hinterlassen, den ich jetzt finden musste. Warum nicht einfach einen meiner Mitbrüder fragen, wo der Abt sich aufhielt? Ich verwarf den Gedanken sofort. Ich wusste, dass keiner bereit wäre, mir die Antwort zu verraten. Sonst hätten sie es längst getan. Der Meister hatte diese letzte Prüfung für mich persönlich vorbereitet. Also musste ich sie auch allein bestehen.

Ich saß auf dem kalten Boden und lauschte dem Gesang der Mönche. Sollte es tatsächlich das letzte Mal sein, dass ich ihn hörte? Wie vieles hatte sich verändert, seit ich das erste Mal auf diesem Steinboden Platz genommen hatte? Lächelnd erinnerte ich mich an die Unruhe, die ich bei den ersten Malen verspürt hatte, und an die schrecklich ziehenden Schmerzen in den Beinen. Mittlerweile konnte ich stundenlang im Lotossitz sitzen, ohne dass es mir etwas ausmachte.

Ich ließ meine Gedanken ziehen. Dachte noch einmal daran zurück, wie ungeschickt ich mich am Anfang bei allem angestellt hatte. Keine einzige Übung hatte ich so ausgeführt, wie sie gedacht war, und selbst bei den einfachsten Küchenarbeiten hatte ich infolge meiner Fahrigkeit immer wieder Fehler gemacht. Dennoch hatten mich Xi, Shi Yang He und die anderen Mönche immer mit Respekt behandelt. Der Abt hatte mich selbst für die kleinsten Fortschritte gelobt und niemals auch nur andeutungsweise erkennen lassen, dass er von mir enttäuscht war.

Das »Amituofu« der Mönche hallte durch den Raum. Auch wenn ich nicht wusste, wo ich anfangen sollte, ihn zu suchen, war ich sicher, dass es diesen Fingerzeig gab, der mich zu Shi Yang He führen würde. Ich versuchte, mich wieder auf die Melodie zu konzentrieren. Jeden einzelnen Schlag auf die umgedrehte Holzschale wahrzunehmen.

Der Tiger kann dem Drachen den Weg weisen, hatte Shi Yang He geschrieben. Aber was wollte er mir damit sagen? Von welchem Tiger sprach er? Und von welchem Drachen? Hatte ich vielleicht nicht achtsam genug gelesen und ein wichtiges Detail übersehen? Einen Fehler bei der Übersetzung gemacht?

Ich zwang meinen Geist zurück in die Halle. Wie hatte der Meister so oft gesagt? »Meditiere. Dann drehst nicht mehr du dich um die Dinge, sondern die Dinge drehen sich um dich.«

Nachdem die Meditation zu Ende war, blieb ich noch allein sitzen. Auch wenn ich mich auf das freute, was vor mir lag, verspürte ich gleichzeitig eine gewisse Wehmut, als mir klar wurde, dass die Zeit im Kloster nun wirklich dem Ende zuging. Einige Minuten lang genoss ich die vollkommene Stille und versuchte, die Ruhe in mich aufzunehmen, die von den goldenen Buddhas ausging. Schließlich stand ich leise auf. Ich wollte noch einmal eine Runde durch das Kloster machen. Vielleicht fand ich ja auf diese Weise heraus, was es mit dem Tiger und dem Drachen auf sich hatte.

Ziellos schlendert ich durch die Höfe, bis ich eher zufällig zu der steinernen Bank kam, auf der ich mit Shi Yang He so viele wunderbare Gespräche geführt hatte. Ich wischte den Schnee zur Seite, nahm Platz und starrte verträumt in den Himmel. Plötzlich fiel mein Blick auf einen Tiger. Ich richtete mich auf. Träumte ich? Warum war mir die geschnitzte Raubkatze, die auf dem geschwungenen Dach des Tempels thronte, bis jetzt noch nicht aufgefallen? Auch wenn ich nicht wusste, wie mir diese Entdeckung konkret dabei helfen konnte, den Meister zu finden, musste ich dennoch lächeln.

Ich stand auf, um das Tier aus der Nähe zu betrachten. Etwas musste an ihm besonders sein, denn es schien noch sorgfältiger gearbeitet zu sein als die anderen Figuren auf dem Dach. Zentimeter für Zentimeter musterte ich die Schnitzerei. Auf einmal sah ich es. Da waren Zeichen. Wer immer das Kunstwerk gestaltet hatte, hatte dem Tiger zwei Schriftzeichen in den Bauch geritzt, als wolle er dem Eingeweihten eine Nachricht hinterlassen. Ich inspizierte auch die Holztiere neben dem Tiger, doch sie schienen diese Besonderheit nicht aufzuweisen. Ich kniff die Augen zusammen, um die Inschrift klarer zu erkennen. Das erste Zeichen hatte ich auf dem Schild über dem Eingangstor zum Kloster gesehen. Tempel. Aber was konnte die Bedeutung des zweiten sein? Obwohl ich wusste, dass ich es schon einmal gesehen hatte, kam ich nicht darauf. Ich starrte auf das Zeichen. Es schien ein sehr mächtiges Wesen zu repräsentieren, denn die Striche ganz oben konnte man mit sehr viel Fantasie als eine Abwandlung des Zeichens für König erkennen. Wer aber war der König der Tiere? Tigertempel. Das ergab einen Sinn. Fehlte nur noch der Drache. Gebannt betrachtete ich das mächtige Tier. Seine geduckte Haltung machte den Eindruck, als wäre es gerade auf dem Sprung. Aber wohin? Ich folgte dem Blick der Raubkatze. Mein Atem ging schneller. Tatsächlich! Der Tiger blickte auf einen Drachen! Die Schnitzerei auf dem gegenüberliegenden Tempeldach war so angebracht, dass man sie nur von exakt der Position aus sehen konnte, an der ich mich gerade befand. Wen der

Tiger nicht zu ihr führte, dem blieb sie verborgen. Hatte im Brief des Abtes nicht auch so etwas gestanden?

Ich starrte den Drachen an, der ebenso mit besonderer Sorgfalt gearbeitet war. Auf seinem Rücken trug er etwas, das aussah wie … eine kleine Pagode! Mein Blick fiel auf seinen Bauch. Auch hier wieder zwei Zeichen. Eines für Tempel und eines, das Drache bedeuten musste. Obwohl es inzwischen in dichten Flocken schneite, bemerkte ich, dass ich zu schwitzen begann. Wenn ich es richtig verstand, dann war es eben dieser Drachentempel, in dem der Meister mich erwartete. Er hatte sich zurückgezogen und erachtete mich nun als würdig, ihm zu folgen. Aber wo war dieser Drachentempel?

Ich studierte noch einmal die Schnitzerei. Vielleicht gab es ein Detail, das mir den Weg verriet? Die Form des hölzernen Drachen, der mich an eine Schlange erinnerte, hatte ich schon in anderen Tempeln gesehen. Aber an diesem hier war etwas anders. Ich ging zurück an den Platz, von dem aus beide Tiere zu sehen waren, und folgte erneut dem Blick des Tigers. Wo hatte ich nur diese sanft geschwungenen Linien schon einmal gesehen, die der Rücken des Drachen nachzubilden schien? Natürlich, diesen Anblick kannte ich von der Tamo-Höhle! Mit offenem Mund starrte ich hinauf zu Tiger und Drache. Der Künstler hatte tatsächlich im Körper der Schnitzerei eine geheime Botschaft versteckt. Betrachtete man die Skulptur aus der richtigen Distanz, so zeichnete sie exakt die charakteristische Wellenform des heiligen Songshan-Gebirges nach. Schließlich begriff ich, dass die kleine Pagode auf dem Rücken des Drachen die genaue Position des Tempels kennzeichnete. Ein Gefühl der Erleichterung durchströmte mich. Der Drache hatte mir sein Geheimnis verraten. Ich löste den Blick von dem Tier und machte mich auf den Weg zurück in mein Quartier.

KAPITEL FÜNFZEHN

Erfüllung

E s schneite noch immer, als ich den Tempel durch das Haupttor verließ. Fast ein ganzes Jahr war vergangen, seit ich das Kloster durch dasselbe Tor betreten hatte, durch das ich nun hinausging. Auch wenn ich wusste, dass ich jederzeit hierher zurückkehren konnte, war mir nur allzu bewusst, dass ich meine Mitbrüder für längere Zeit nicht mehr sehen würde. Die Kraft des Aufbruchs strömte förmlich durch meinen Körper. Ich musste lächeln, als ich an mir heruntersah. Rein äußerlich hatte ich mich fast wieder in jenen Menschen zurückverwandelt, als der ich gekommen war. Ich trug meine letzte Hose, die zwar nicht sehr elegant, aber dafür zumindest warm war, mein einziges heilgebliebenes Hemd und eine warme Jacke. Kurz hatte ich überlegt, mein Reisegepäck im Kloster zu lassen und mich im grauen Mönchsgewand auf den Weg zu Shi Yang He zu machen. Aber etwas in mir hatte mir geraten, mich auf eine längere Abwesenheit vorzubereiten. So hatte ich die Tempelkleidung zusammengefaltet auf das Bett gelegt, das Zimmer gekehrt, meine verbliebenen Habseligkeiten in den Rucksack gepackt und die alte Kleidung angezogen. Einzig meine Füße steckten in jenen weißen Sportschuhen, die ich zusammen mit dem grauen Anzug erhalten hatte.

In der Küche hatte ich den Anwesenden verlegen meinen Plan mitgeteilt, den Tempel zu verlassen. Entgegen meinen Befürchtungen schienen die Mönche weder verwundert noch enttäuscht zu sein. Vielmehr hatten sie gelächelt, sich verbeugt und mir mit einem Schulterklopfen eine gute Reise gewünscht. Trotz allem war es eigenartig, nun wieder allein zu sein.

Fragen gingen mir durch den Kopf. Würde ich den Drachentempel finden? Hatte der Meister mich wirklich aufgefordert, ihm zu folgen, oder war das schlicht meine Interpretation seines Schreibens? Ich ermahnte mich, in der Gegenwart zu bleiben. Langsam umrundete ich die Tempelmauer. Ich hatte den Drachen und die Position der kleinen Pagode auf seinem Rücken sorgfältig abgezeichnet. Nun hoffte ich, dass die Skulptur auch von außerhalb des Tempels sichtbar war, damit sie mir die Richtung wies, in die ich losgehen musste.

Der Drache war tatsächlich so auf dem Pagodendach montiert, dass er für einen Eingeweihten auch von draußen sichtbar war, während jemand, der nichts von seiner Existenz wusste, ihn kaum entdeckte. Sorgfältig betrachtete ich die aufwendige Schnitzerei noch einmal aus der Entfernung. Ich durfte jetzt nur nichts übersehen.

Aber ich entdeckte nichts, was mir nicht bereits bekannt gewesen wäre, nicht einen einzigen weiteren Hinweis.

Der Blick des Tieres war auf einen Punkt gerichtet, der sich in meinem Rücken befand. Ich drehte mich um und stellte erstaunt fest, dass exakt in jener Richtung, in die der Kopf des Tieres wies, eine Art schmaler Pfad begann, der in die Berge zu führen schien. Der Zugang zu diesem Weg war hinter einem riesigen Stein verborgen. Hatte ich den Hinweis des Abtes also richtig verstanden? Zögerlich umrundete ich den Felsblock und folgte dem schneebedeckten Weg.

Der Schnee knirschte unter den dünnen Sohlen meiner Schuhe, als ich eilig in den Wald aufstieg. Ob ich hier wirklich richtig war? Nach einer Weile wurde der Pfad steiler. Ich blieb stehen, um mich zu orientieren.

Mit kalten Fingern holte ich meine Zeichnung des Drachen hervor und starrte unsicher auf die dünnen Linien. Wenn der Körper des Tieres tatsächlich den Weg zum Tempel abbildete, musste ich zuerst einen Bergkamm erreichen und dann wieder ein Stück bergab gehen, bevor mir der eigentliche Aufstieg bevorstand. Ich kam zügig voran, doch nach einigen Minuten wurde der Schneefall so stark, dass er mir die Sicht nahm. Ich hielt kurz an und wischte mir das Wasser aus den Augen, das mir über das Gesicht lief.

War es wirklich eine gute Idee? Mitten im Winter auf einem unbekannten Pfad in die Berge aufzusteigen? Ich musste nur auf dem eisigen Schnee ausrutschen und mit dem Kopf auf einen der großen Steine schlagen, die hier direkt neben dem Weg lagen, oder von einem der Felsen getroffen werden, die hier überall aus den Bergwänden ragten. Wer würde mich in so einem Fall suchen? Der Abt kaum. Der wusste ja nicht einmal, dass ich auf dem Weg zu ihm war. Und meine Mitbrüder waren mit Sicherheit der Meinung, ich hätte mich auf den Weg zurück nach Hause gemacht. Aus lauter Angst, mich lächerlich zu machen, hatte ich ihnen nichts von meinem wahren Vorhaben erzählt. Gleichzeitig dachte ich an die vielen Chancen, die ich in meinem Leben bereits vergeben hatte, nur weil ich im entscheidenden Moment zu feige gewesen war, den angefangenen Weg fortzusetzen.

Ich gab mir einen Ruck und ging weiter. Nachdem ich dem Pfad etwa eine Stunde lang gefolgt war, erreichte ich tatsächlich eine Anhöhe, von der es steil bergab ging. Vorsichtig hangelte ich mich von Baum zu Baum und hielt mich so gut es ging an den vereisten Ästen fest, um nicht auszurutschen. Ich verfluchte das Gewicht meines Rucksacks. Warum hatte ich ihn nicht einfach bei den Mönchen gelassen?

Ich hatte bereits fast die Talsohle erreicht, als passierte, was passieren musste. In Sichtweite des nahen Zwischenzieles genügte ein unvorsichtiger, hektischer Schritt, und ich spürte, dass ich das Gleichgewicht verlor. Wie in Zeitlupe kippte ich nach hinten über und fiel mit dem Rücken in den Schnee. Ich wartete auf den Schmerz, der sich bestimmt jeden Moment einstellen würde. Aber nichts geschah. Zitternd richtete ich mich auf. Offensichtlich war alles noch einmal gut gegangen. Wie es aussah, hatten die endlosen Stunden des Trainings meinen Körper auch für den Ernstfall vorbereitet. Doch für einen kurzen Moment war ich versucht, mich der Vorstellung hinzugeben, wie schlimm die Situation hätte ausgehen können. Nicht auszudenken, was passiert wäre, wenn ich mir auf einem der Steine etwas gebrochen hätte! Sofort ermahnte ich mich, den Gedankenfluss zu stoppen. Es war nichts geschehen, jede Überlegung, was hätte sein können, war verschwendete Energie. Entschlossen klopfte ich mir den Schnee von der Kleidung und ging weiter.

Nach etwa einer Stunde, in der es stetig bergauf ging, war der Weg plötzlich zu Ende. Eine riesige Felswand machte jedes Weiterkommen unmöglich. Meine Suche nach dem Abt schien vorbei zu sein.

Ich nahm den Rucksack vom Rücken und schleuderte ihn wütend in den Schnee. Sollte die ganze Anstrengung, die ich auf mich genommen hatte, um hierherzugelangen, wirklich für nichts gewesen sein? Hätte ich das nicht von vornherein wissen können? Warum sollte ausgerechnet ein geschnitzter Holzdrache den Weg zu einem Tempel weisen? Mit Sicherheit beobachtete mich der Meister gerade und lachte sich krumm über meine Einfalt. In diesem Augenblick schossen mir seine Worte durch den Kopf. »Bezwinge deine Begierde. Nur dann wirst du das letzte Geheimnis erfahren.«

Ich setzte mich in den frischen Schnee und überlegte. Warum war es mir so wichtig, den Tempel zu erreichen? Warum konnte ich mich in diesem Moment nicht an der verschneiten Winterlandschaft erfreuen? Einen Moment lang schien mir der Gedanke absurd. Ich war schließlich nicht zu einem Spaziergang aufgebrochen, sondern um Shi Yang He zu finden.

Wieder dachte ich an unsere Gespräche. »Nur der Weg kann das Ziel sein, An. Denn was, wenn du kurz vor dem Ende scheiterst oder aufgeben musst? Ist denn wirklich alles, was du dann bereits gegangen bist, wertlos, nur weil es dir nicht mehr gelingt, auch noch das letzte Stück zu gehen? All das Glück und die Freude, die du unterwegs verspürt hast?«

Für einen kurzen Moment kehrte die Euphorie zurück, die mich beim Aufbruch erfasst hatte. So entschlossen und eins mit mir hatte ich mich selten gefühlt. Beim Bergaufgehen hatte ich mich Tagträumen hingegeben, in denen mich Shi Yang He begrüßte. Mich in die Arme schloss. Mir versicherte, dass ich nun bereit sei, das Geheimnis der Mönche zu erfahren.

Ich vermeinte, seine Stimme in meinem Kopf zu hören: »Es ist gut, dass du hier bist. Einfach, weil du es ohnehin nicht ändern kannst.«

Ich blickte gen Himmel und stellte fest, dass zumindest der Schneefall aufgehört hatte. Wenn ich mich gleich auf den Rückweg machte, würde ich vielleicht das Kloster erreichen, bevor es ganz dunkel war. Dann konnte ich noch einmal in Ruhe überlegen. Hätte ich doch einen der anderen Mönche nach dem Verbleib des Meisters fragen sollen?

Trotz meiner Enttäuschung ließ mir der Drachentempel keine Ruhe. Wollte ich wirklich so einfach aufgeben? Vielleicht hatte ich ja einfach etwas übersehen und war falsch abgebogen! Ich nahm die Zeichnung in die Hand, um mir die Form des Drachen noch einmal genauer anzusehen. Stück für Stück ging ich die Skizze durch. Den Hügel hatte ich überwunden wie abgebildet und war danach wieder bergab gelaufen. Aber warum gab es nun keinen Hinweis auf eine Felswand? Beim Zeichnen hatte ich mich noch darüber gewundert, dass der linke Teil des Rückens vor der Pagode gezackt war, der rechte hingegen glatt. Ich hatte es für einen Fehler gehalten und dem keinerlei Beachtung geschenkt. Jetzt aber sprang ich auf. Sollte das in Wirklichkeit ein Hinweis darauf sein, dass ich nach einer Treppe suchen musste? Ich suchte die Wand ab, die vor mir hoch aufragte. Und tatsächlich, dort oben in der Höhe war etwas auffällig. Sah das nicht aus wie ein in den Stein geschlagener Pfad? Eine Treppe direkt im Fels?

Bei dem Gedanken an die Höhe wurde mir schwindlig. Dort sollte ich hinaufsteigen?

»Bezwinge deinen Verstand, An«, hörte ich es in meinem Kopf. War der Weg am Ende gar nicht so gefährlich, wie er von unten wirkte? Falls Shi Yang He sich tatsächlich dort aufhielt, wo ich ihn vermutete, war auch er diesen Weg gegangen.

Ich stand auf. Meiner Drachenzeichnung zufolge musste irgendwo links von mir ein Aufstieg beginnen. Zögernd ging ich die Wand entlang. Selbst wenn es hier einen Pfad gab, wie sollte ich ihn bei diesem Wetter benutzen, ohne aus der Höhe in den Tod zu stürzen? War es das wirklich wert, oder bestand die letzte Prüfung einfach darin, verzichten zu lernen? Gerade wollte ich die Suche aufgeben, als ich eine Reihe grober Stufen entdeckte, die jemand in die Felswand gehauen hatte. Mein Entschluss stand fest. Ich würde weitergehen. Das Risiko, verletzt im Wald zu liegen, war ich zuvor bereits eingegangen. Was konnte mir Schlimmeres passieren? Wenn die Götter meinen Tod wollten, dann mussten sie mich nicht erst hierherlocken.

Nachdem ich die ersten zwanzig Stufen erklommen hatte, bog der Pfad zu meiner Überraschung nach links ab. War der Steig auf dem Felsvorsprung, den ich von unten gesehen hatte, gar nicht Teil des Weges?

Ich lächelte, als ich begriff. Um ein Haar wäre ich wieder einmal an der von mir selbst geschaffenen Wirklichkeit gescheitert. Ohne weiter zu zögern, folgte ich dem Pfad, der geschickt in den Fels geschlagen worden war. Am liebsten wäre ich vor Freude in die Luft gesprungen.

Denn das erste Mal hatte ich nicht klein beigegeben, sondern mich der Herausforderung gestellt, obwohl diese größer zu sein schien als meine Fähigkeiten. Während ich seltsam beschwingt weiterging, schwor ich mir, nie wieder aufzugeben, bevor ich etwas nicht zumindest versucht hatte.

Es war bereits Nachmittag, als ich in der Ferne zwei unscheinbare Türmchen erblickte, die offensichtlich Teil eines buddhistischen Tempels waren. Der Schneefall hatte bereits vor einer Weile aufgehört, und nun zeigte sich die Sonne am bewölkten Himmel. Ich war trotz meiner eiskalten Füße stehen geblieben, um den Anblick zu genießen, als ein Sonnenstrahl die Wolken durchdrang und die Spitze der Tempelpagode erleuchtete. Mit einem Schlag fiel die Last der vergangenen Stunden von mir ab. Ich war am Ziel!

Ich hatte den verborgenen Weg gefunden, und ich hatte mich auch überwunden, ihn bis zum Ende zu gehen! Wie auf dem Drachen dargestellt, erhob sich der Tempel auf einer kleinen Plattform, die sich auf einem vorgelagerten Bergkamm erstreckte. Auch diese war von Menschenhand in den Stein gehauen. Ich wagte nicht, mir vorzustellen, wie viel Mühe das gekostet haben musste. Direkt hinter der kleinen grauen Anlage ragte eine weitere riesige Felswand auf, welche diese fast zu verschlucken schien. Wie lange es wohl gedauert haben mochte, den Felsen so weit abzutragen, dass die Pagode mit ihren spitzen Türmen Platz gefunden hatte?

Ehrfürchtig näherte ich mich der Mauer, die den Tempel umgab. Die Anlage war zwar klein, aber nicht nur wegen ihrer exponierten Lage beeindruckend. Alles schien sorgsam gepflegt, und durch den strahlend weißen Schnee sah es aus, als hätte jemand den Tempel eigens für mich verziert.

Nach einer weiteren halben Stunde Fußmarsch erreichte ich endlich die Mauer, die den Tempel umgab. Ich folgte ihr, bis ich vor einem roten Tor mit goldenen Verzierungen stand. Wie auch in Shaolin befand sich darüber eine kleine Tafel mit Schriftzeichen. Auch hier schien es sich um den Namen zu handeln. Zu meiner Erleichterung erkannte ich die Zeichen für »Drache« und »Tempel«. Ich war also da. Dennoch zögerte ich, einzutreten. Denn wieder einmal hatte ich das Gefühl, ungefragt in die privaten Räumlichkeiten eines anderen Menschen einzudringen. Was, wenn der Meister mich gar nicht hierhaben wollte? Und wer sagte mir eigentlich, dass er hier allein lebte?

Das Tor war unverschlossen. Es gab meinem leichten Druck sofort nach, und ich trat vorsichtig ein. Im Innenhof lag der Schnee kniehoch. Hier war schon länger niemand mehr gegangen. Aber wo war dann der Abt?

»Meister?« Ich zuckte zusammen, als mir das Echo meiner eigenen Stimme entgegenhallte. »Seid Ihr da?«

Nichts rührte sich.

Ich versuchte es erneut.

Wieder nichts. Offensichtlich war ich allein. Gespannt wartete ich darauf, dass sich ein Gefühl maßloser Enttäuschung in mir ausbreitete. Aber nichts dergleichen geschah. Ich fühlte vielmehr eine Ruhe, die ich bis zu diesem Augenblick noch nicht erlebt hatte.

Versonnen betrachtete ich den Schnee, der im goldenen Licht der Nachmittagssonne glänzte. Der Abt hatte mir den Weg zu diesem Ort beschrieben. Die Erwartung aber, ihn hier auch anzutreffen, war allein meine eigene gewesen. So mühsam der Weg hierher auch gewesen sein mochte, ich durfte dankbar sein, dass ich gerade an diesem Ort war. Die Sonne schien, es ging mit gut, und ich war frei. Welchen Grund hatte ich, mit irgendetwas unzufrieden zu sein? Wollte ich lieber in einem engen Büro sitzen und Quartalszahlen optimieren? Eilig schüttelte ich den Gedanken ab und reckte mein Gesicht der Sonne entgegen. Ich beschloss, mich von nun an lieber über das zu freuen, was ich hatte, als ständig darüber zu klagen, was mir fehlte. Shi Yang He war auch dann bei mir, wenn ich nur an ihn dachte.

Ich sah mich um. Rechts von mir befand sich eine kleine Tür, welche in die Pagode zu führen schien, zu der die Türme gehörten. Verblüfft stellte ich fest, dass auf dem geschwungenen Dach eine steinerne Version jenes Drachen stand, der mir in Shaolin den Weg gewiesen hatte. Lächelnd drückte ich gegen die Tür. Auch sie war unversperrt und sprang sofort auf. Im Inneren der Pagode verstärkte sich mein Eindruck, dass schon länger niemand mehr dort gewesen war. Mein Blick fiel auf einen lebensgroßen goldenen Buddha, der an der Stirnseite des leeren Raumes mit gekreuzten Beinen auf einer Art Altar saß. Wie die Statuen in Shaolin hatte auch er helmartige blaue Haare, und sein Umhang ließ die rechte Schulter frei. Auf einmal fühlte ich mich zurückversetzt an den Tag meiner Ankunft in Shaolin, und die Erinnerung lief wie ein Film vor mir ab. Alles war wieder da. Der Klosterhof. Die kämpfenden Mönche. Die Angst vor dem, was die Zukunft bringen mochte. Die Faszination meiner ersten Begegnung mit dem Abt.

Versonnen betrachtete ich die vergoldete Figur. Der Erwachte blickte aus halb geschlossenen Augen zu Boden und strahlte jene Ruhe aus, die mich an Shi Yang He immer beeindruckt hatte. Ob der Meister wohl selbst erleuchtet war? Einige Male hatte ich ihn fragen wollen, aber nie den Mut dazu aufgebracht. Aber war es überhaupt wichtig, es zu wissen?

Ich setzte mich im Angesicht der Statue im Lotossitz auf den Boden. Wie lange stand sie wohl schon da? Wen mochte sie kommen und gehen gesehen haben? Ich ließ meinen Gedanken freien Lauf. Auf einmal hatte ich das Gefühl, zu verstehen. Es war nicht wichtig, wo ich war. Es war gleichgültig, ob ich allein war.

»Ein Augenblick«, so hatte Shi Yang He wieder und wieder gesagt, »ist weder gut noch schlecht. Er ist allein das, was du aus ihm machst.«

Ich starrte den Buddha an, bis seine Konturen vor meinen Augen zu verschwimmen begannen. Ich wusste nicht, ob ich den Zustand, in dem mich gerade befand, als Glück bezeichnet hätte. Aber wäre es nach mir gegangen, er hätte ewig weitergehen mögen. Selbst die Frage, wie ich jemals wieder von diesem unwirtlichen Ort wegkommen sollte, war völlig unwichtig.

Ich hatte sicher eine Stunde in völliger Bewegungslosigkeit dagesessen, als sich ein vertrauter Geruch in meine Tagträume mischte. Jemand schien ein Räucherstäbchen entzündet zu haben. Gemächlich drehte ich den Kopf zur Seite und sah, dass die Tür zu der kleinen Pagode aufstand. Ich erhob mich, um mich tief zu verneigen. Shi Yang He schwenkte die glühenden Stäbchen zuerst in meine Richtung und ging dann zielstrebig auf die goldene Statue zu. Er machte mehrere schnelle Verneigungen, murmelte etwas und steckte die Stäbchen schließlich sorgfältig in das kleine vergoldete Gefäß vor der Figur.

Dann drehte er sich zu mir und sah mir direkt in die Augen. »Schön, dass du den Weg hierher gefunden hast.«

Ich verneigte mich erneut, auch um seinem Blick zu entgehen, der mich unruhig machte.

»Wie es aussieht, ist dir mein letztes Geheimnis bereits bekannt.«

Ich zuckte zusammen. War das ein freundlicher Rauswurf? Ich sah ihn fragend an.

Doch Shi Yang He rückte nur die Gefäße vor dem Buddha zurecht. Wo war er überhaupt hergekommen? Ich unterdrückte das Verlangen, ihn zu fragen, da ich wusste, was er mir antworten würde. »Macht es denn einen Unterschied, wo ich vorher war? Jetzt gerade bin ich hier. Zähme deine Begierde, alles wissen und verstehen zu müssen.« Am Ende zählte allein, dass er da war.

»Wie meint Ihr das mit dem letzten Geheimnis?«

Der Meister drehte sich abrupt um. »Bist du denn nicht gekommen, um Abschied zu nehmen?«

Einen Moment lang wusste ich nicht, was ich sagen sollte. War ich das? Hatte ich tatsächlich den ganzen mühsamen Weg auf mich genommen, um jetzt wieder zu gehen? Ich sah den Abt an. »Soll ich im Kloster auf Eure Rückkehr warten?«

Shi Yang He schüttelte den Kopf. »Nein. Ich werde diesen Ort hier nicht mehr verlassen.«

Ich versuchte, mir meine Verunsicherung nicht anmerken zu lassen. Was sollte das bedeuten, dass er diesen Ort nicht mehr verlassen würde? Wollte er tatsächlich den Rest seines Lebens allein auf diesem eisigen Felsplateau verbringen? Trotz des Glücks, das ich zuvor gefühlt hatte, schien mir die Vorstellung eigenartig. Wer würde sich um ihn kümmern, wenn er krank würde? Ich spürte, dass meine Augen feucht wurden. Sofort fuhr ich mir mit dem Handrücken über das Gesicht, um die Tränen wegzuwischen. Ich durfte jetzt keine Schwäche zeigen. Draußen war ein lebhafter Wind aufgekommen, der den Schnee in die Tempelhalle blies.

Shi Yang He ging wortlos zur Tür und zog sie zu. Er drehte sich zu mir um.

»Lebewohl zu sagen ist nie leicht, An. Es liegt in unserer Natur, an Dingen festzuhalten, die wir lieben. Aber alles hat seine Zeit, in der es kommt und in der es wieder geht.« Er klang ernst. »Aber nur wenn wir diesen Umstand akzeptieren, können wir wirklich im Augenblick leben und das schätzen, was wir haben, anstatt ständig nach mehr zu gieren.« Shi Yang He sah mich an. »Was denkst du gerade?«

»Ich frage mich, wie Ihr die Entscheidung treffen konntet, den Rest Eures Lebens an diesem einen Ort zu verbringen. Habt Ihr nicht Angst, dass es Euch unglücklich machen könnte, nie wieder von hier wegzugehen?«

Seit Langem sah ich wieder das Lächeln um die Augen des Abtes. »Ein Baum wächst dort, wo das zufällige Auftreffen eines Samens es bestimmt. Vom Anfang bis zum Ende ist er an diesen Ort gefesselt, an dem er geboren wird, lebt und schließlich stirbt. Scheint dir dieser Baum aber deswegen weniger glücklich?«

»Nein«, sagte ich leise. »Vielleicht wird er aber ohne das Bedürfnis geboren, woanders hinzugehen?«

»Und was, wenn er es dennoch verspürt?«, fragte der Abt.

»Dann kann er es trotzdem nicht«, sagte ich. »Weil er im Gegensatz zu uns nicht frei ist.«

Der Meister nickte. »Trotzdem ist er vielleicht glücklicher als viele von uns. Die Frage ist nämlich nicht, wo man das Leben lebt, sondern allein, dass man es tut. Viel zu oft sind wir aber so beschäftigt mit dem ›Wie‹, dass wir das ›Dass‹ vergessen.« Wie schon so oft nahm der Abt auf dem Boden Platz und bedeutete mir, es ihm nachzutun. »Dennoch sollst du den langen Weg hierher nicht umsonst auf dich genommen haben. Du bist jetzt soweit, das letzte Geheimnis zu erfahren.«

Ich faltete die Hände vor der Brust und verbeugte mich.

»Alle Erfüllung liegt im Loslassen. Denn was du glaubst zu besitzen, besitzt in Wirklichkeit dich.« Der Meister sah mich mit prüfendem Blick an.

Ich nickte, um ihm zu zeigen, dass ich ihm folgte.

»Denk an eine Blume auf der Wiese. Was bringt es, sie zu pflücken und daheim in der Vase zu haben?«

»Nichts«, sagte ich flüsternd.

»Außer der Verantwortung, auf sie aufpassen zu müssen.«

»Warum aber würden so viele sie dann zu sich nach Hause nehmen?«

»Weil sie den Gedanken nicht ertragen, von ihr getrennt zu sein.« Wieder nickte der Abt. »Wenn du die Lehre dieses Geheimnisses verstanden hast, dann hältst du den Schlüssel zu deinem Leben selbst in der Hand. Dann nämlich bestimmen nicht mehr deine Gefühle oder Begierden über dein Leben, sondern ganz allein du.« Er erhob sich. »Ich möchte dich jetzt bitten, zu gehen.«

Wie in Trance verließ ich den Tempel. Als das rote Tempeltor hinter mir zufiel, hielt ich kurz inne, um meine Gedanken zu ordnen. Gerade noch hatte ich dem Meister gegenübergesessen, voller Freude darüber, wieder mit ihm zu sein. Dann der so endgültig klingende Satz: »Ich möchte dich jetzt bitten, zu gehen.« Die Worte hallten in meinem Kopf wider. Gab es denn wirklich nichts mehr, das er mich hätte lehren können? Mit Sicherheit war da doch noch einiges! Aber warum hatte er mich dann weggeschickt? Wäre es ihm wichtig gewesen, allein zu sein, hätte er mich nicht erst auf die Spur zu sich gesetzt. Zumal ich ohnehin keine Möglichkeit gehabt hätte, ihn zu finden, wäre da nicht dieser Brief gewesen.

Ich dachte an das letzte Geheimnis. Die Erfüllung liegt im Loslassen. Im Loslassen von Begierden, falschem Denken und der eigenen Kraft. Und im Loslassen dessen, was man einst liebte. Ich dachte an einen Ausspruch von Konfuzius, den Xi mir einmal aufgeschrieben hatte: »Was du liebst, lass frei. Kommt es zurück, gehört es dir – für immer.«

Es war dies der Moment, in dem ich begriff. Shi Yang He hatte mich nicht weggeschickt. Er ließ mich vielmehr frei. Der Meister hatte mich als seinen Schüler akzeptiert und sein Wissen mit mir geteilt. Nun war es an mir, meinen Weg zu gehen und das, was der Abt mich gelehrt hatte, mit Leben zu füllen.

Vorsichtig wanderte ich den rutschigen Weg zurück zu dem vereisten Treppenanfang. Dort blieb ich noch einmal stehen und drehte mich um. Der Tempel und die Felswand leuchteten gelbrot in der untergehenden Sonne. Dankbar faltete ich die Hände vor der Brust und verharrte in einer tiefen Verbeugung. »Wo xie xie nin, shifu«, sagte ich auf Chinesisch. »Ich danke Euch, Meister. Für das viele, das möglich war.«

Als ich mich zum Gehen wandte, sah ich unter mir in unwirklicher Stille die verschneite Landschaft der heiligen Songshan-Berge liegen. Ich verharrte kurz, um den Anblick noch ein letztes Mal in mich aufzunehmen.

In diesem Moment wehte der Wind aus der Richtung des Tempels ein leises, sattes Klatschen zu mir herüber. Jenen Klang, der entsteht, wenn ein Schüler sich beim Training mit der flachen Hand auf den gestreckten Fußrücken schlägt. Den Klang, der mich bei meiner Ankunft im Kloster begrüßt hatte. Ich lächelte, als ich verstand. Das war kein Abschied für immer. Wo auch immer dieses Geräusch erklingen sollte, würde es mich zurückbringen. Zurück in die Welt von Meister Shi Yang He und seinen Mönchen von Shaolin.

Danksagung

Denke ich in der Rückschau an die großen Ereignisse meines eigenen Lebens zurück, dann ist es vor allem eine Begegnung, die mir für immer im Gedächtnis bleiben wird. Nur selten hat ein Mensch mich derart beeindruckt wie Shifu Shi De Cheng, Kampfmönch der 31. Generation von Shaolin, der mich vor fast fünfundzwanzig Jahren das erste Mal durch das legendäre Kloster geführt hat. Obwohl mir sowohl die Ideen des Zen als auch die Kampfkunst des Shaolin Kung-Fu seit meiner Jugend vertraut waren, hatte ich nie zuvor eine derartige Präzision, Schnelligkeit und Entschlossenheit erlebt. So sollten denn die folgenden Aufenthalte nicht nur meine Einsichten und Überzeugungen, sondern mein ganzes Leben für immer verändern. Im »Drachentempel« habe ich ihn und seinen Meister Shi Su Yun zur Person des Abtes Shi Yang He vereint. Auch von Shifu Shi Yan Yan, Kampfmönch der 34. Generation, mit dem mich bis heute eine Freundschaft verbindet, erhielt ich tiefe Einblicke in die Denkweise der Mönche. Er hat mich zur Figur von Ans erstem Lehrer Shi De Xi inspiriert.

Ich widme dieses Buch in Respekt und Dankbarkeit meiner Lektorin Caroline Draeger, die mir über die Jahre der Zusammenarbeit zu einem Mentor und großen Lehrer geworden ist. Die promovierte Sinologin teilt nicht nur meine Liebe zu Asien mit mir, sondern vermittelt mir auch in Momenten des Zweifels ein wunderbares Gefühl der Sicherheit.

Keines meiner Bücher gäbe es ohne den Wiener Veranstaltungsmanager Herbert Fechter und den chinesischen Kulturmanager Jian Wang, denen ich meinen ersten Aufenthalt im Shaolin-Kloster verdanke; meinen Seniorpartner Gerhard Conzelmann, der mich sanft zum Schreiben meines ersten Buches gezwungen hat; meiner ersten Lektorin Bettina Huber, die von Anfang an an das Thema »Shaolin« geglaubt hat; den Verleger Hans-Peter Übleis, der mich als jungen Autor persönlich unter seine Fittiche genommen hat, das Team der Verlagsgruppe Droemer Knaur sowie natürlich die vielen Mitarbeiter des Buchhandels, ohne die keines meiner Werke seine Leser finden würde.

Viele Inspirationen für die Geschichte vom Drachentempel kamen aus Gesprächen mit meiner Kollegin Marianne Mohatschek, die mich stets aufs Neue dazu bringt, meine Ansichten zu überdenken, und mir gemeinsam mit meiner Mitarbeiterin Dagmar Cloos, wo immer möglich, den Rücken zum Schreiben freigehalten hat; mit der Illustratorin Irene Nemeth, die mich seit vielen Jahren durch Asien begleitet und die mir in Hongkong die kleine lachende Mönchsfigur »Xi« geschenkt hat, mit Letizia Nemeth, die mir während der gemeinsamen Wochen in China im Rahmen von Gotsia!18 den Blick des Anfängers auf die asiatische Kultur zurückgegeben hat und mit Gabriela Ilas, auf deren Anregung Ans Begegnung mit Ying Yue zurückgeht.

Auch der Reiseleiter Alexander Kriegelstein, durch den ich meine Begeisterung für das Erzählen und das Führen von Menschen entdeckt habe; meine Eltern Christa und Wolfgang Möstl, denen ich meine Liebe zum Reisen verdanke; meine Großeltern Erika und Norbert Möstl, die mich, wo immer möglich, gefördert und unterstützt haben; der Kronstädter Tourismus-Stadtrat Christian Macedonschi, mit dem ich viele tolle Projekte realisieren durfte, und natürlich Sie, geschätzter Leser, waren ein Teil jenes Weges, der mich dorthin geführt hat, wo ich heute bin.

Stellvertretend auch für all jene, die in dieser Danksagung keine Aufnahme gefunden haben, möchte ich euch allen danke sagen. Schön, dass es euch gibt.

Herzlichst,
Bernhard Moestl

Shaolin, China,
Bodhgaya, Indien, und
Brasov, Rumänien, im Juli 2019

BERNHARD MOESTL

LÄCHELN IST DIE BESTE ANTWORT

88 Wege asiatischer Gelassenheit

Es kommt auf die innere Haltung an: Anhand von Anekdoten und Begebenheiten zeigt der Bestsellerautor Bernhard Moestl, der lange Jahre in Asien gelebt und bei den Shaolin-Mönchen gelernt hat, wie wir entspannt und mit einem Lächeln durchs Leben gehen können, wenn wir uns nur auf eine andere Denkungsart einlassen.

KNAUR